MINGUO TONGSU XIAOSHUO
DIANCANG WENKU

民国通俗小说典藏文库·冯玉奇卷

豆蔻女郎

冯玉奇 ◎ 著

中国文史出版社

目　　录

第一回

天外飞来歌声袅袅
殷勤招待笑语盈盈

黄浦江里的波涛是滚滚地一刻不停留地激流着。在这激流之中，上海的一切景象是千变万化、五花八门地变幻着。一波过去了，一波又起来，永远不会平静的热闹，就这样一年一年地演进着。这是一个经济曾崩溃后又繁荣起来的上海的春天里，人们在极度酷冷的寒冬的气压下渡过了难关，对于春的降临，自然是感到了无限的轻松和愉快。虽然这里是瞧不到桃红柳绿、草长莺飞的春的启示，但是脸迎着一阵阵和暖的微风，眼瞧着一对对热情的伴侣，很明显的，春天已给予他们欢悦的活跃。

黄昏的暮霭已笼罩了大地，宇宙间已迷离得黯淡了，但那条富于异国情调的霞飞路上却又光怪陆离地神秘热闹起来。在这个皇宫歌舞剧院的门口，开来了无数的黑牌子的汽车，门警拿着木棍子指挥着一辆过去了，随尾又有一辆停下来，这样地循环地来去着，差不多一分都没有间断过。如此热狂踊跃的情景，瞧在人行道上站着的三个西服少年的眼里，觉得白豆蔻号召魔力的伟大，真也可想而知了。望着汽车里跳下的对对老爷和太太、少爷和奶奶臂挽臂地笑盈盈地向皇宫歌舞戏院门内走，使他们在羡慕之中几乎有些发呆。

这三个西服少年的身材，站在一起的时候，真会令人发笑。一个胖得像段矮冬瓜，他笑起来的时候会瞧不见他的眼睛；一个却是瘦得像根油条子，无论他笑和哭总是显现出那一副有趣的鬼脸；但是另外的一个却和他们两人大不相同，不但身材生得适中，而且那脸蛋儿也生得挺俊美的，两条清秀眉毛下的那只乌圆的眸珠在温情之中显现出英武的气概。他最美的地方还是他那一张薄薄的嘴，因为他的嘴角旁老是掀起了微笑，这微笑的情意给任何哪一个姑娘瞧在眼里都会感到他的和蔼可亲。那胖子回头向少年望了一眼，只见他微昂了脸，兀是对着戏院门口贴着的那张广告中白豆蔻舞蹈的姿势出神，这就拍了拍他的肩胛，笑道：

"秋航，你别发那一股子傻劲了，老站在这门口干什么？这里是有钱人享乐的地方，我们哪来这许多闲钱去买那昂贵的票价？"

秋航回过头来微微地一笑，说道：

"白豆蔻不过才到上海的一个歌女，想不到就轰动得如此厉害，我要听一听她的歌喉是否真的出人头地不同凡响的，假使果然不错的话，我想组织一个音乐队，请她一起合作，怕使整个上海都要震惊了吧！"

瘦子听秋航这样说，便皱起了两条扭曲的眉毛。

"你不要梦想吧！人家白豆蔻是誉载南洋的一代歌圣，她这次到上海来，想找她的不知有多少，她如何会愿意和你这个无名的音乐师合作呢？"

秋航很兴奋的一种痴想被两人掺和这盆冷水，忍不住轻轻地叹了一口气，便不再开口说话了。原来秋航姓狄，是音乐专科的毕业生，对于各种乐曲无不悉心研究精熟。胖子卢虎、瘦子牛小狮都是狄秋航的同学，皆音乐名家，奈时运不济，又因无人捧场，故而埋没在都市的角落里，使他们郁郁不得志。卢虎见秋航这样失意的神情，遂又安慰他道：

"怀才不遇固然是一件懊伤的事，但我们只要静静地忍耐着，总有那么一天，会让我们闻名到社会上来。"

秋航点了点头，脸上又浮起果决的笑容，说道：

"不错，我们不能灰心，我们应该努力奋斗。我相信天下的事情，唯有奋斗才能踏到成功的道路。"

卢虎和牛小狮听他这样说，忍不住哈哈地笑起来。不料笑声未完，就听见皇宫歌舞院内播送出一阵悠扬的音乐声来，在音乐声的包围中，又荡漾了一阵清脆悦耳的歌喉。狄秋航立刻把手一摆，意思叫两人别声张。卢虎和牛小狮慌忙停止了笑，和他一同凝神静聆，只觉其歌声之婉转动听，犹若黄莺出谷，真所谓珠圆玉润，大有余音袅袅，绕梁三日不息之概。秋航如醉如痴，不知不觉间竟向皇宫戏院的石阶上直奔了。就在这个当儿，突然有人把狄秋航的身子拉住了，带了怒斥的口吻，喝道：

"你发狂似的往哪儿走？票子！"

狄秋航回眸望去，只见收票的睁大了两只圆圆的环眼，恶狠狠地瞅视着自己，同时他还伸过手来要票子。这一下才把狄秋航从梦中清醒过来似的，立刻倒退了一步，装出毫不在意的神气，笑道：

"白豆蔻的歌喉实在太动人了，所以使我忘记了购票。"

卢虎知道他是聊以解嘲的话，自己若不帮他一些忙，事情一定要露马脚。于是急急奔了上来，拉住了狄秋航的手，说道：

"老狄，这种戏有什么好听？我们还是到别处去瞧吧，好玩的地方正多着哩！"

狄秋航不及回答，身子早已给卢虎拖出戏院门口去了，但耳中隐隐地又听到收票的冷笑着道：

"瘪三！别打肿了脸装胖子，三个人躲在门口大半天，不是想瞧白戏吗？我早就注意了。这种人想到这儿来瞧白豆蔻的戏，那瞧戏的人不是更要多了吗？哼！哼！"

三人听了这几句讽刺的话，顿时气得脸绯红，觉得人心是太势利了，社会是太冷酷了，这莫大的侮辱，一个血气方刚的少年如何肯忍耐下去？狄秋航倒竖了浓眉，回身要去打他，但早又被瘦子拖住了，说道：

"多一事不如省一事，你忍些亏吧。现在是什么世界？是有钱人的世界呀！我们穷小子本来到处是受人看轻的寒酸东西，还有什么理由可以和他们争论吗？"

狄秋航的脸由红变成了青，两只炯炯有神的目光几乎要冒出火星来，回头望着戏院内的收票人，冷笑了一声，骂道：

"倚势欺人的走狗，终有那么一天，我有了钱，看你们不来向我拍马屁！"

卢虎笑道：

"我们有了钱，还用得到这种人拍马屁？他妈的，早把他们一个一个地……"

狄秋航不等他说完，便急问道：

"一个一个地怎么样？你这存心也错了，有钱只管有钱，难道好把人家吞吃了不成？我最最恨的，就是社会上多以钱来压死人，这种人简直是可杀之至！"

牛小狮轻轻叹了一口气，说道：

"但是，社会上就独多着那些人呀。"

三人气愤愤地说着话，一面匆匆地早已走了一截路。这里是一条清静幽雅的环龙路，两旁都是小巧玲珑西班牙式的小洋房，人行道上每隔一丈植有杨树一株，绿叶成荫，远远地望去，在月光清辉之下，微风荡漾之中，那人行道上摇摆着叶瓣的影子，倒含有些艺术风味的画意。三人是默默地走着，四周是怪静悄的，除了他们皮鞋摩擦在水门汀地上发出了咭咯的声响。狄秋航微昂了脸，望着天是蔚蓝色的，小星疏散地闪烁着微弱的光芒，因此更衬这一轮皓月的皎洁。一阵一阵的夜风吹乱了他头上蓬松的头发，吹动了树叶儿倾轧的瑟瑟的音调，蓦地使他想起白豆蔻的歌喉婉转悦耳得仿佛犹在空中隐隐地播送，他不禁有些神往，在他脑海中不觉又想象出白豆蔻的舞姿，是那样曼妙轻飘的美丽，神情是那样的活泼，脸庞是那样的倾人。虽然白豆蔻的芳容自己还没有亲眼目睹，但他相信，白豆蔻总是一个娇憨可爱的姑娘。狄秋航正在暗暗地独自出神,忽见那边树梢蓬中放射出一线红绿的霓虹灯光来,同时在夜风流动中,有阵细微的乐声触送到耳鼓,很清晰的那是无线电在播音。三人赶了几步,只见是一家小型的咖啡店。狄秋航因为受了戏院中收票的侮辱,心中受了一些刺激,于是便拖着卢虎和牛小狮慢步地踱进了咖啡店,只见里面的营业甚为清淡,食客寥寥无几。正欲找座坐下,就见一个年轻的姑娘,身穿青布的旗袍,外罩白色的马夹,很活泼地跳了过来,含笑招待道:

"三位吗?就在这儿坐下吧。"她说着话,已把正中那张小圆桌旁的椅子拉开了一些,把手摆了摆,意思是请他们坐下。三人对于她这样殷勤地招待,似乎有些意外,不免向她望了一望。就在这一望之中,狄秋航心里便有一个感觉:倒是个挺好的模样儿。她被三人这样地一呆望,好像有些不好意思,但她立刻又问道:

"三位吃些什么?"

随了她这一句话,秋航等已在小圆桌旁坐了下来,向卢虎和牛小狮望了一眼,也问道:

"你们吃什么?"

卢虎把两手搓了搓,眨眨眼睛,说道:

"随便什么?反正我没有饿,吃些便宜的……我……就喝杯咖啡吧。"

她见卢虎这一种滑稽而有趣的表情,忍不住抿着嘴儿嫣然笑起来。但她又怕得罪了顾客,所以竭力绷住了脸颊,把笑痕镇压得平静了,向狄秋航瞟了一眼,低声地道:

"那么,两位呢?"

秋航回眸和她瞧了一个正着,虽然在室内紫色的霓虹灯光芒笼映下,但很明显的,这位姑娘的脸蛋儿实在生得不错。也许爱美是人之天性吧,所以狄秋航倒是愕住了一会子。牛小狮见秋航的神情似乎使这位姑娘有些受窘,于是他代回答道:

"你就先拿三杯咖啡来吧。"

那姑娘巴不得有这一句吩咐，她便立刻回身到里面去了。牛小狮拍了拍秋航的肩胛，笑道：

"老狄，你这种样子可叫人家有些难为情。"

秋航微红了两颊，笑着辩道：

"不，我瞧了这位姑娘，就想起了另外一个人。"

卢虎睁大了他嵌在肉里的那双鼠眼，怔怔地问道：

"你想起了哪一个人？"

狄秋航把手指在玻璃台面上弹了两下，说道：

"在广告纸上印着白豆蔻的人像，她那个脸蛋儿倒有些相像。"

卢虎"嗯"了一声，竖起了一个大拇指，向后指了指，说道：

"说句天地良心的话，她的脸蛋儿可不会比白豆蔻的错，虽然我是没有见过白豆蔻的脸，但我瞧了这位姑娘，觉得形容女人美丽的有句'闭月羞花、沉鱼落雁'的话，那真也不虚了。小牛，你觉得怎么样？"

牛小狮瞅他一眼，伸手撩上去抓了一下头发，说道：

"你倒有心思去顾人家姑娘的美不美。老狄，三杯咖啡茶的钱怎么样？我的身边可分文全无呢！"

狄秋航听他这样说，不禁哑然失笑，说道：

"你放心，穷虽然是穷，但终不至于连三杯咖啡茶都吃不起……"

说到这里，忽觉自己的衣袖被卢虎拼命地扯着，因为不知是什么缘故，所以回过头去正欲喝问他，不料就见那位姑娘已端着三杯咖啡茶站在自己的身后了。卢虎慌忙又缩回了手，去摸了他自己的一下下巴，向秋航扮了一个尴尬面孔。狄秋航这才明白卢虎扯自己衣袖的原因，是怕这样寒酸的话让那位姑娘听了去，于是立刻坐正了身子，把手去摸了一下领带，真感到了十分的局促不安。那姑娘把咖啡杯一杯一杯地送到各人的面前，当拿到秋航门面的时候，她那秋波滴溜圆地一转，便微微地逗给了他一个妩媚的娇笑。狄秋航被她这样一笑，照理是应该心里要荡漾了一下，但为了自己曾经说过这两句寒酸的话，以为那姑娘听见了，一定在笑我们贫穷，所以心里不但感不到一些喜悦，而且两颊不自然地热辣辣地会通红起来。那姑娘见他羞涩得这个样儿，一颗芳心似乎有些不甚了解，遂悄悄地退开去了。狄秋航这才恨恨地埋怨卢虎道：

"你这人真笨，见她走来了，你为什么不早些阻止我说下去呢？"

卢虎拿着铜夹钳着瓷罐子里的方糖，放到咖啡杯中去，听他这样埋怨，便笑着道：

"我不是很快地就扯你的衣袖吗？你自己一定要说下去，那我终不好意思来扪住你的嘴。"

秋航没话可说，自己也不禁笑起来。牛小狮道：

"穷是穷在我们自己的，就是给她听见了，那又有什么关系？只要不短少她一个铜子的咖啡钱，那也是了。"

卢虎眯了眼睛，望着狄秋航，笑道：

"你倒不要误会了，她可不是笑我们穷，因为你生得漂亮，所以她对你在表示一种好感呢。"

秋航听他取笑自己，便瞪他一眼，说道：

"别胡说，我们穷小子还谈得上这些？"

卢虎笑道：

"你这话奇怪了，穷是穷在里面，可不是穷在外表，你穿着这一套半新旧的西服，脸上既没有书着穷字，别人家哪里就会知道你的穷呢？况且穷人有穷人的爱情，富人有富人的爱情，照你说，穷人是永远享受不到爱情了吗？老狄，我老卢正经地和你说句话，你想追求这个大名鼎鼎的白豆蔻小姐，在我的意思，倒不如追求这儿那位娇小玲珑的姑娘。喂！那位咖啡西施可真不错啦！"

卢虎这种说话的表情真会令人发笑的，牛小狮和狄秋航把咖啡杯子正凑在嘴边喝，一时扑哧的一声，几乎把嘴里的咖啡呛了一地。

狄秋航拿手帕拭了一下嘴唇，笑道：

"老卢，假使你愿追求她的话，我倒可以给你想法子。"

卢虎笑道：

"假使我有像你那样的身材脸蛋儿，我还不追求美丽的姑娘，那我真是傻子。无奈我生得这一副尊容，叫姑娘们见了我，都会拔脚飞逃的呢！"

这两句话说得牛小狮和狄秋航都大笑起来。一会儿，秋航又道：

"老卢，你误会我的意思了，你以为我这样醉心白豆蔻小姐，是爱上了她吗？那我无论怎样痴，也没有痴到这种地步的。我想我们自从音乐专科毕了业，各怀了技能，而同学们一个人也没有被人重用，这实在是太可惜了。虽然我在银行里做一个小职员，薪水的低微固然不能维持我一个人稍为适意的生活，而性情的各别，对于职业旨趣的不同，更是一个重大的问题。我之所以欲想和白豆蔻小姐认识，就是欲借重她的号召魔力，来渐渐地发挥我们音乐的天才。假使我们能和白豆蔻小姐合作演奏，那么我们还怕不一鸣惊人而成名了吗？"

卢虎和牛小狮听他这样说，一时不住地点头，连连称是，说道：

"你的意思当然不错，不过要和白豆蔻小姐认识，可不是一件容易的事，你可有什么法子吗？"

狄秋航沉思了一会儿，把手指弹着玻璃嗒嗒有声，说道：

"终要先认识了她的面目，然后才有求见的可能，如今连她的人影子都不知道，要和她认识，这打从哪儿说起呢？"

卢虎忘其所以，不禁高声说道：

"那么你既然没钱去买票子，我想为了大家的前途计，当然可以牺牲一些，明天我把身上这套西服去押当了，也许可以值几个钱……"

牛小狮见那个姑娘又走了过来，便急得把脚向卢虎的腿上乱踢。卢虎正欲再说下去，被他踢痛了，便不禁喔哟喔哟大声地叫起来，环眼瞪着他，方欲发作，牛小狮拿着咖啡杯暗中给他挤挤眼。卢虎回眸过去，见那个咖啡西施犹在憨然地微笑，这就猛可理会了，急得把手按着自己嘴巴，忸怩了一下，偷偷地又向秋航扮了个鬼脸。秋航见这一对活宝的举动，忍不住又好笑起来。这时，那个咖啡西施已走到秋航的身旁，这双媚人的俏眼好像活活的秋波那样地动荡着，向秋航的脸蛋儿逗了一瞥，嫣然笑道：

"这位先生还要吃些什么吗？"

狄秋航觉得这位姑娘的态度仿佛和自己真有特别的好感，因为在座的共有三个人，她为什么偏偏向我问话？难道她知道这次是我请的客吗？一个美丽的姑娘向自己笑盈盈地问还要吃什么，假使袋中血旺的话，真要好好儿地大吃一吃，表示一些阔绰给她瞧瞧，虽然这对于她原没有什么利益，但似乎这样子心里比较兴奋一些。不过如今狄秋航的袋内仅仅只带有一元钱的一张钞票，三杯咖啡茶喝下，那张钞票已经撕去了五分之三，这剩下来的五分之二的钞票，那还有什么东西好吃呢？因此狄秋航一时里竟不知所对，两颊微微地又红晕起来。牛小狮虽然不晓得秋航袋内到底带有多少钱，但五元钱一张戏票子都买不起，很显明的，他袋中的钱总不出于五元范围之外的，所以当那姑娘问话的时候，他的心里就很有些着急。今见秋航低头做沉思的样子，生恐他为了面子关系，不得已而又喊了几件西点吃吃，这种钱岂不是无谓的花费吗？牛小狮这样一想，便不待狄秋航回答，他抬头望了那姑娘一眼，先说道：

"不要吃什么了，我们因为有事情，所以借此来谈一会儿的。"

牛小狮这一句话是回答得好极了，狄秋航在十分受窘之中，方才回过笑脸来，觉得这样回答她，表示我们并非为吃而来，实在有要紧事商量，至少可以遮蔽我们只喝一杯咖啡的寒酸气。那姑娘听他先回答了，粉脸上顿时浮现了一种万分失望的神气，两条柳眉微微地蹙着，雪白的牙齿微咬着她薄薄的嘴唇皮子，倒是愕住了一会子。这种意态瞧在三个人的眼里，谁也明白她内心一定失望我们不是一个大吃客，大概是为了心理作用的缘故吧，秋航等三个人更会感到极度的不安起来。卢虎见那姑娘木然的样子简直有些滑稽，为了避免自己的局促起见，这就忍不住开口搭讪道：

"这种地方倒是很不错，但不知道营业为什么这样不好？"

狄秋航道：

"也许还没有到上市的时候吧。"

那姑娘听秋航开口了，便眉一扬，掀起笑窝儿，接上来说道：

"不错，我们这儿九点钟以后生意就很好，你们三位大概不常到这儿来的吧？"

三人再也想不到这位姑娘倒是个很爱说话的人，不免又向她望了一眼，只见她的视线是完全集中在秋航的脸上。卢虎和牛小狮这才意识到那位姑娘也许是别具心肠，不觉向秋航扮了一个兔子脸，两人不约而同地笑起来。秋航因为她的明眸脉脉含情地只管凝望着自己，显然她的问话是向自己而发，若不回答她，似乎有些不好意思，遂也微笑道：

"这里我们不常来的，九点以后生意既然很好，你一个人倒忙得过来吗？"

她摇了摇头，带着感叹的口吻说道：

"我们这样小的范围，多用一个人就多一笔开销，这个年头儿，谁不想节省一些？虽然我一个人有时候真感到忙不过来，但又有什么法子可想呢？"

秋航听她的口气奇怪，似乎不像有些做人家伙计的口吻，意欲问她这家咖啡店可是你爸爸开设的吗，但这句话终没有勇气问出来。在红色灯光反映之下，她的脸蛋儿是觉得更加玉雪可爱，而她那一种妩媚的意态愈惹人楚楚爱怜。秋航到此，也不免为之神往。就在这时，外面又走进来两个食客，于是她才匆匆走开，又去招待人家去了。卢虎等那姑娘走开，便向狄秋航笑道：

"老狄，她对你可很有些意思，不要瞧她是一个咖啡西施，那张脸蛋儿就真讨人喜欢。"

狄秋航也觉得这位姑娘对于自己似乎有些特殊的感情作用，心里不免荡漾了一下，笑道：

"伙计对待顾客当然要和蔼可亲，你认为她对你有什么爱情的话，那你简直是在发痴。"

牛小狮抓了一下头发，笑道：

"不过像你这那副美的脸蛋，要和人家姑娘谈爱说情也是一件容易的事。"

秋航脸红了红，瞅他一眼，笑道：

"我倒也长有二十二岁的人了，却从来也不知道爱情这样东西究竟是什么。"

卢虎打了一个哈哈，笑道：

"从今天开始起，也许要给你尝一尝爱情的滋味了。"

狄秋航的两颊愈红晕了，啐了他一口，笑道：

"别胡说，我们走吧！"

说着，在袋内摸出仅有的一元钱钞票放在桌子上。那姑娘瞥眼瞧见了，便笑盈盈走过来，端过一碟子面巾，把一元钞票去找来三角四分钱，望着狄秋航又很妩媚地笑了笑。秋航已是站起身子，伸手要去拿桌上的三角四分钱，今被她这样甜蜜地一笑，顿时把那伸出去的手又缩了回来，暗想：这怎好意思拿得下？还是做了小账吧。狄秋航既然这样一想，便回身走了。牛小狮见他忽然又不去拿了，觉得秋航完全是被"情面"两字束缚了，天下真不知有多多少少的事情，只因碍着"情面"两字，都做了无谓的损失。今天我们只不过吃了六角六分钱的东西，小账倒要给三角四分，在这样贫困的环境下，偏要充阔客，这实在太没有意思了。牛小狮既想到了赚钱的不容易，于是他便伸下手去抓回两角钱的票子，余下的一角四分给小账了。其实那位姑娘对于这些事情却也毫不在意，她依然含笑送出门来，向秋航逗了一个多情的秋波，笑道：

"请你们常来玩玩……"

她说完了这一句话，猛可理会，这似乎超出于招待范围之外了，于是她的两颊立刻浮上了一朵娇艳的桃花，很快地回身进内，两手一放，只剩下含有弹性的门摇晃了两下。秋航听她这样叮嘱，又见她如此不胜娇羞的神情，想起"怎当她临去秋波那一转"之句，一时也不禁为之神驰左右，对着那扇摇晃的门愕住了一会子。就在这时，牛小狮把那张角票塞还到他的手中来。秋航低头一瞧，倒是怔住了，问道：

"这做什么啦？我请你喝一杯咖啡茶，你还我两角钱吗？"

牛小狮笑道：

"我哪里来两角钱？这是她找来的三角四分钱，我拿回两角，一角四分做小账也尽够了。"

秋航这才恍然大悟，不免皱起了眉毛，似乎有些嗔怪他的派头太小了的意思。卢虎扯了牛小狮一下衣袖，早已忍不住哈哈地笑起来。牛小狮望了秋航一眼，说道：

"怎么？你怪我多事吗？虽然我也知道过去我们也曾一度阔绰过，但彼一时此一时，在目前那样环境中，我们似乎不应该有此无谓的浪费。"

秋航对于牛小狮这几句话，仔细想来，倒也未始不是，反而深怪自己未免有些感情作用，因此频频地点了一下头，把那张角票塞进西服袋内，默默地向前走了。卢虎仿佛瞧出他有些不乐意的神气，便望了牛小狮一眼，笑怪他道：

"你这个人就太不识趣，老狄所以给三角四分的小账，他当然有他的作用，要你肉痛什么呢？"

牛小狮道：

"你以为那咖啡西施对老狄有什么特殊亲热的表示，所以老狄赏她三角四分的小账吗？这个我以为是错了，她假使果有爱老狄的意思，我想绝不会在金钱眼里着想的。固然爱情是要金钱来养活，但爱情倘然完全要金钱养活的话，那爱情也无所谓可宝贵的了。"

狄秋航听牛小狮这样说，嘴里虽没说话，内心却连连称是。

夜是静悄悄的，街上连行人的影儿都很少，微风吹动着街树的枝叶，奏出来细碎的音调，触送到秋航的耳鼓，使他重又忆起了白豆蔻小姐清脆动听的歌喉，他觉得无论如何明天总应该设法去观赏一次。三人慢步地踱到了十字路口的时候，抬头见月影已斜西去，方才握手各自分别了。狄秋航眼瞧着一胖一瘦的身影在自己眼帘下渐渐地糊涂了去，心里感到有些寂寞的凄凉，忍不住轻轻地叹了一口气，回身向东移步地走。经过国泰大戏院的门口，已可以望见斜对面光怪陆离的皇宫歌舞剧院的门面，用小灯泡缀成的"白豆蔻"三字，是那样锃锃亮地照耀着。狄秋航心里有些情不自禁，两脚便又会向皇宫剧院的门口走。不料这时，皇宫剧院后门的弄堂内突然间驶出来一辆汽车，直向狄秋航的身上撞了过来。

第二回

飞羽觞当筵认干爹
醉豆蔻节约献万金

狄秋航冷不防横弄里会开出一辆汽车来，一时倒猛吃了一惊，急得慌忙向左边躲开，幸喜车夫刹车得快，秋航才免去了这场无妄之灾，但心头犹吓得别别乱跳。不料车夫却从车窗内探出脸，用了恶狠狠的目光向他瞪了一眼，骂道：

"猪猡！你不要性命了，敢和汽车来相撞吗？瞎了眼珠的……"

狄秋航被他这一阵辱骂，觉得较之刚才被收票的欺侮更要委屈了万分，心中这一气愤，几乎把他的眼睛里都要冒出火星来，暗想：这真是有钱人的世界了，我们穷人难道就不是人了吗？想到这里，更是怒不可遏，一时也不知哪儿来了这一股子勇气，猛可抢上一步，伸过手去，就在他探出窗外的那个脸颊上啪的一声，量了一记耳光，也怒冲冲地骂道：

"你这浑蛋东西，仗了谁的势力，竟敢如此放肆欺人？今天我就给你一些教训！"

那汽车夫再也想不到他会下手先打，更气得暴跳如雷，开了车厢，便要和狄秋航来相打，早听车厢里有女子的声音娇喝道：

"福根，什么事情值得这样地大闹？你爱生些是非出来，我可不情愿呢！"

车夫被那女子女这样一喝，顿时把他三丈高的怒火完全熄了下去，将要跳下车来的那一只脚也缩回来了，望着秋航，铁青了脸，骂道：

"好！好！便宜了你这个小子，这一下耳光，往后见了你再算账吧！"

说完了这两句话，便砰的一声，随手把车厢又关上了。秋航回眸仔细向车窗内望进去，只有见了那个女子半个脸，汽车呼呼一声，便风驰电掣般地向前又开去了。狄秋航心里这才感到了一阵痛快，暗暗骂声该死的东西，仰天不觉深深地吐一口气，踏着灰白的月色，很颓伤地回到家里。只见自己唯一亲爱的母亲坐在那盏十五支光的电灯下，手里拿着针线，犹在一针上一针下地干着活儿。她听见了脚步的声音，便慢慢地抬起头来，因为她戴着那副做活针时候用的老花镜两脚早已断了，没有去配好，只用两根绳子做代替，所以她一抬头，眼镜便会骑到她的鼻子上来，于是她慌忙把手又去抬到鼻梁上去，向前仔细望了望。见是秋航回来了，瘦黄脸上顿时堆了一丝笑容，放下手中的活针，说道：

"你在什么地方玩？吃了晚饭出去，怎么直到此刻才回来呀？"

秋航见梳妆台上那架意大利石的座钟短针已指在十一点四十五分了，想着年老的母亲为了自己没回来，她老人家兀是坐在灯下劳苦着，心里便感到了极度的不安，轻轻地说道：

"我和卢虎、牛小狮一块儿谈一会儿，母亲不是早可以休息了吗？这样子你也太辛苦了。"

狄老太把活儿放到桌上那个盘儿上去，拍了拍身上的灰尘，很欣喜地说道：

"我倒没有觉得什么辛苦，只是你这样晚回来，倒是疲乏了吧？早些睡了，明天还得上行里去呢。"

秋航点了点头，脱去了身上的西服褂子，挂到衣钩上去，回身转来的时候，却不自然地微微地叹了一口气。狄老太瞧着儿子郁郁寡欢的神气，心里有些怀疑，便站起来问道：

"秋航，你为什么叹气？"

秋航被母亲这样地一问，倒有些说不出所以然来，愕住了一会子，方说道：

"我没有扬眉吐气的日子，母亲终不能有好日子过。眼瞧着母亲的辛劳，使我会感到十二分的惭愧和难受……"

说到这里，慈爱激动了他母子之情，眼眶子里几乎要淌下泪来。狄老太听他这样说，不禁微微地一笑，慢慢地拉过了他的手，很温和地说道：

"孩子，你以为这样生活算是苦了吗？安贫乐道，我认为实在已经很满足的了。母亲绝不会因你的不得志而起了怨恨，只要你能不做超出于青年范围之外的事情，母亲心里实在很悦快。虽然一粥一饭，恐怕较之每天食那山珍海错还要安慰十分吧。唉，这个年头儿，全国人民妻离子散、流离失所的真不知有多多少少，我们能够平平安安地在此生活着，难道还有什么其他的奢望吗？"

秋航听了母亲这一篇话，心里是深深感动了，他觉得自己所以能够成功现在这样的一个人，完全是母亲教养之力，于是他情不自禁地偎过身子去，虽然自己是已经二十二岁的青年了，但在母亲的面前，正还像十二岁的孩子一样，最好希望母亲还能够抱我一抱。可惜母亲年老了，除了慈爱地抚摸着秋航蓬松的头发外，她再也不能有气力来抱爱儿的举动了。母子两人默默地亲热了一会儿，狄老太摸着他的肩胛，说道：

"睡吧，别冻冷了身子。"

秋航方才向母亲道了晚安，自回到里面一间卧房中去睡了。这晚，秋航躺在床上，哪里能够合眼？想着母亲那一句只要你能不做超出于青年范围之外的事情的话，觉得自己竭力设法要去瞧那白豆蔻的戏，这是否是合理的？但我并不是被她迷住了，我有我深刻的意思，我也是为了我的前途发展着想呀！狄秋航心中是这样想及着白豆蔻小姐的人才，其实他在今晚回家的时候早已遇见过了的。原

16

来坐在汽车里的这个少女便是白豆蔻，她在皇宫剧院里表演的戏成了尾声后，博得了满堂的彩声，笑盈盈地回到了后台，卸去了戏妆，对镜梳洗了一个脸，薄薄地敷上了一层香粉，换了一身苹果绿呢的旗袍。正欲回身退出戏房的时候，只见福根十二分小心地走过来，向白豆蔻弯了腰，说道：

"白小姐，你没了戏吗？老爷在红棉酒家等着你，吩咐我开车特地来接你的。"

白豆蔻听李家瑞又叫福根来接自己，不免微蹙了眉尖，雪白的牙齿咬了一会儿嘴唇皮子，说道：

"今天太晚了，我有一些头痛，想早一些回去休息了。你对老爷说，白小姐明天来拜访吧。"

福根堆了满面笑容，把手抬到头上去抓了一下头发，笑道：

"老爷因为今天请客，要白小姐代为招待招待，吩咐小的说，白小姐是一定要请到的。我想白小姐且先到一到，然后说头痛早些回家休息了，那给我在老爷面前不是可以交账了吗？"

白豆蔻听他这样说，凝眸沉思了一会儿，很不乐意地点了点头，说道：

"好吧，我就跟你去一趟。"

说着，早有使女阿梅送上那件苹果绿呢的春季大衣，给白豆蔻披上，她胁下又夹了一只红白相间的香槟皮匣，咭咭咯咯地随着福根走下楼去了。白豆蔻今晚到红棉酒家去是十分不高兴，不料汽车刚开到马路中心，福根就和路人吵闹起来，心里已经是不高兴，见福根生出是非来，更加不快乐，所以娇声喝住了。福根因为白小姐是老爷的宠人，怎敢违拗？所以只好委屈地拨动机件，舍过狄秋航，直向红棉酒家开去了。汽车到了红棉酒家的大门，福根关了汽车的保险门，开了车厢，领导在前，白豆蔻跟他走到楼上一个精美的房间，只见里面电灯通明，正中放着一桌银台面，四围沙发上果然坐了许多中服、西服的绅士。福根一进房门，就报告道：

"老爷，我把白小姐请到了。"

随了这句话声，就见沙发上一个中年男子，身穿蓝袍黑褂，头上留着薄薄的西发，梳得光溜溜的，人中上还留着一小撮胡须，嘴里衔了雪茄烟，满面含笑地站起身来，向白豆蔻招呼道：

"白小姐，我们等候你许久了。"

白豆蔻凝眸一瞧，正是李家瑞，见他走上前来，伸出了双手，这显然是给自己脱大衣的意思，于是把大衣脱下，连同皮匣一起交给家瑞。家瑞亲自给她挂在衣钩上，回身方才给众人介绍道：

"这位就是誉满南洋的白豆蔻小姐，不但歌喉悦耳动听，且人儿更是漂亮，真不愧是现在的一代艺人。"

说时，又把众人也向白豆蔻一一介绍过了。白豆蔻听有的是银钱业领袖，有的是这业界巨子，都是一班有身份的人，遂也含了微笑，向众人弯了弯腰，打了一个全体招呼。这时，就有一个身穿西服、头发秃顶的名叫樊宝之的老者递过一支茄力克来，笑道：

"这位白小姐我们刚才在舞台上是早已拜识的了，觉得色艺卓绝，名不虚传，真可谓前无古人、后无来者的了。"

白豆蔻连忙接过烟卷，一撩眼皮，很洒脱地笑道：

"承蒙樊先生这样褒奖，那不是太使人难为情了吗？"

众人听了，便都笑了起来。李家瑞忙着取出打火机给白豆蔻燃着了烟卷，望着她脸蛋儿，很得意似的笑道：

"他们知道我创办的戏院里聘请了一个名角，所以都要来欣赏欣赏你的歌喉和才艺，今晚我们都在包厢里瞧你的戏，你没注意到吗？"

白豆蔻很自然地吸了一口烟，又从她红润润的樱口中喷出一缕缕的烟来，摇了摇头，笑道：

"哦！原来你们也都在瞧戏吗？怎么此刻又到这儿来了呀？"

李家瑞微仰了身子，打了一个哈哈，笑道：

"他们瞧了你的戏，听了你的歌声，都佩服得了不得，觉得这样

18

才貌双全的姑娘，实在再也找不出第二个，所以要求我给他们介绍介绍。我说他们这些人未免得寸进尺，但既然如此，我今天做个东，请他们瞧了戏后，索性再请他们吃顿饭，趁此把你请来给大家认识认识，因为他们都是社会上的老前辈，假使有什么事情，也许可以请众位帮些忙。"

樊宝之笑道：

"那只要白小姐说句话，我们可没有不尽力的。"

白豆蔻并没回答什么，吸着烟卷，只是娇憨地微笑着。李家瑞道：

"这位樊先生是华东银行总经理，在社会上很有些势力，他非常看重白小姐，我想白小姐倒可以认一个干爹。"

白豆蔻露着玉雪可爱的牙齿，嫣然笑道：

"那我如何配得上？"

樊宝之眯了眼睛，把手抓着光头，笑道：

"我有这样美丽的一个干女儿，那我真是前世修来的福气呢！"

白豆蔻原是个聪明的姑娘，知道在这种环境之下是不能不和他们携手的，因此掀起酒窝儿，妩媚地笑道：

"你老人家若不嫌我丑恶，那你就收我做了干女儿吧！"

这时，那个办实业厂的陆健祥插嘴笑道：

"既然如此，白小姐要行个礼的，那才相像。"

白豆蔻听了，遂把手中的烟尾丢在痰盂内，笑盈盈地步到樊宝之的面前，很恭敬地鞠了一个躬，亲亲热热叫了一声干爹。樊宝之心中这一喜欢，几乎笑得跌倒地下去。众人见樊宝之的老骨头仿佛酥了似的模样，忍不住也哄然大笑起来。李家瑞道：

"老樊，这一声干爹可不容易受的，你对于白小姐得好好地保护保护。"

樊宝之哈哈笑道：

"这个你请一百二十个放心，我既受了白小姐这一声干爹，那可不让她白喊的。我的干女儿，这个钻戒，干爹就给你做拜见钿吧！"

说着，便把他手指上的那只价值三千元的亮晶晶钻戒脱下，亲自套到白豆蔻的手指上去。白豆蔻知道这种人的钱是只肯花在女子的身上，也就乐得接受，并不拒绝地给他捏着了手戴那只钻戒。樊宝之今年是六十三岁的人了，握着这样柔若无骨的纤手，真有些爱不忍释，因此给她戴钻戒的时候，故意慢慢地多握了一会儿，问她大小怎样。白豆蔻盈盈一笑，逗给了他一个媚眼，说道：

"不大也不小，真的仿佛是我戴的戒指，那么干女儿也不客气，就多谢干爹吧！"

樊宝之心里是甜蜜蜜的，神志有些飘荡着，哈哈地笑道：

"干女儿，我们既做了父女，你和自己爹还客气做什么啦？"

李家瑞见樊宝之握着她的手不肯放松，这种色眯眯的神气，心里倒懊悔自己不该想出这个主意来，给这个老甲鱼揩了许多时候的油，遂忙说道：

"好吧，酒已烫上了，那么我们就入席了。"

于是大家挨次入席，白豆蔻是坐在李家瑞和樊宝之的中间，这时，陆健祥握着酒壶站起来，向樊宝之笑道：

"老樊，你今夜意外地得了这样美丽的一个干女儿，真是生平第一快事，所以我要贺你一杯。"

樊宝之连忙站起身子，举杯接受，口里犹连喊谢谢。陆健祥又给白豆蔻筛酒道：

"白小姐，我当然也要贺你一杯。"

白豆蔻慌笑着站起身道：

"这我可不敢当。"

陆健祥笑道：

"你别客气，不过你既做了老樊的干女儿，你可要喊我一声了，因为我和老樊是个换帖弟兄呀。"

白豆蔻乌圆的眸珠一转，笑道：

"那是理所当然的事，我就叫你一声叔叔是了。"

这时，贸易公司的经理赵如安，他是个湖北人，而且又是个大胖子，他也插嘴笑道：

"那么咱和老樊也是拜把子的，白小姐，你也得叫声咱呀！"

白豆蔻点了点头，扑哧地一笑，说道：

"我叫你胖大叔吧，好不好？"

说着，便抿着小嘴儿哧哧笑起来。众人瞧此娇憨之意态，也不禁为之神魂颠倒矣。李家瑞笑道：

"做干爹的已拿出拜见钿了，你们这两位叔叔可也不能让干侄女儿白喊的呀！"

素来一钱如命的赵如安听了李家瑞的话，又见白豆蔻笑盈盈地逗给他一个媚眼，不知怎的，今天竟慷慨起来，很快地在袋内摸出一只金表来，笑道：

"有！有！做叔叔的把这只金表赠给了侄女儿，那是很含有些意思的，就是一寸光阴一寸金，寸金难买寸光阴。意思是叫侄女儿宝贵着青春，切勿虚度过去，当十二分地珍惜才是。"

众人听他倒想得出说这几句话来，一时都拍手称妙。李家瑞站起来，早已伸手去接。赵如安却把手又缩了回去，哈哈笑道：

"老李怎么来接了？咱可不是送给你的呀！"

李家瑞微红了两颊，笑道：

"你因为坐得太远一些，白小姐怕接不着，所以我来代为接一接呀。"

樊宝之笑道：

"这里除了老李是白小姐的朋友外，其余差不多都是白小姐的伯伯或是叔叔，所以老李喊我们倒也不小哩。"

众人闻说，都大笑起来。李家瑞却是非常得意，望了白豆蔻一眼，笑道：

"你们怎么倒和我开起玩笑来？"

白豆蔻接着忙道：

"李先生既然是干爹的朋友，当然也是我的叔叔了。"

陆健祥也哈哈地笑道：

"这样说来，白小姐也要向老李讨拜见钿，你倒不能赖的呢。"

李家瑞听了这话，虽然自己并不是为了想赖一笔拜见钿而不愿做她的叔叔，但这时倒也不能不承认了，遂很快地也在指上脱下一只价值五千元的钻戒，套到白豆蔻的指上去，笑道：

"老陆的话那是气杀我的人，你瞧我难道会赖的吗？那么你做叔叔的送些什么给侄女儿呢？"

陆健祥放下酒壶，很快地也把他手中那只红宝石约指脱下，递了过来，笑道：

"收了一个这样美丽的侄女儿，送一只约指，那是便宜的事。喂！还有几位叔叔、伯伯怎么样？大家不能假装木人的呀！"

其余几个人原是贪图瞧戏和吃来的，想不到大家都认起干侄女儿来，心头虽然肉疼，但又丢不了这个面子，因此只好委委屈屈地有的脱戒子，有的摸金表，全都送到白豆蔻的面前来。白豆蔻见桌子上放着的共有钻戒五只、宝石戒两只、金表两只，一时心里真有说不出的感触，但表面上却扬起了眉毛，转着乌圆的眸珠，掀着倾人的笑窝儿，站起身子，把纤手握了酒杯，向众人举了一举，很妩媚温柔地笑道：

"众位伯伯和叔叔，承你们瞧得起我，侄女儿是万分地感激，如今侄女儿无以为报，就向伯伯、叔叔们各敬一杯，请伯伯、叔叔们赏侄女儿一个脸吧！"众人见她口齿伶俐，神情活泼，心里都快乐异常，大家都举杯在手，遂一饮而干。白豆蔻见他们喝完了酒，都向自己照杯，于是握着酒壶又向樊宝之杯中筛满了，然后挨次筛下去，笑道：

"今晚侄女儿的心里真是十二分的兴奋，承蒙伯伯、叔叔、干爹如此厚贶，理应连敬三杯。"

说着，把杯子一举，和众人又一饮而干。待她敬完了三杯酒，陆健祥也站起来要给白豆蔻筛酒，说道：

"白小姐，那么我们做叔叔的也应敬你一杯。"

白豆蔻笑道：

"哪有长辈敬小辈的酒？侄女儿这可不敢当。"

陆健祥沉思了一会儿，眼珠一转，笑道：

"那么不叫作敬吧。白小姐今日成名于社会，轰动了整个的上海，我们做叔叔的不是应该要贺贺你吗？"

白豆蔻听他这样说，倒是无话再可推却了，遂递过杯子去，笑道：

"既如此说，那么侄女儿就领情谢谢了。"

说时，陆健祥在她手里捏着的杯子中早已筛满了一杯。白豆蔻毫不思索地早也喝了下去，正欲坐下的时候，谁知赵如安站起来笑道：

"慢来慢来，白小姐既受了这位叔叔的一杯酒，那不能失了咱的面子。"

白豆蔻到此，才知上了他的当，暗想：受了这胖子的，那第三、第四个准会接着上来。若拒绝了他，那既已破例在先，如何可以？正在委决不下，但仔细一想，喝个满堂红也只不过九杯酒，那有什么可惧？于是复又站起身子，笑盈盈地递过杯子，给赵如安筛了一满杯，说声谢谢叔叔，便又一饮而干。果然不出白豆蔻的所料，接着第三、第四都上来贺一杯。白豆蔻索性摆出放浪不羁的豪放神情，一一地都接受了，还抱了白嫩的纤拳，向众人连连拱了两拱，表示谢谢的意思。樊宝之笑道：

"我的干女儿真是一个英雄，你们几个叔叔可都打不倒她哩。干女儿，你快吃菜吧。"

白豆蔻含笑点头，握着筷子夹了一片鲍鱼来吃。李家瑞回眸见她的脸儿白里透红，容光焕发，真个是艳丽无比，遂向她低声说道：

“白小姐，你可有醉了吗？我叫他们拿些水果来吃吧。”

说着，便揿铃喊侍者进来，问他有什么水果。侍者说道：

“有新鲜的芒果，比暹罗蜜橘更要美味一些。”

李家瑞道：

“那么你就去拿五六只来吧。”

侍者答应一声，便匆匆下去，不多一会儿，便用银子的座盘盛了上来。李家瑞望着白豆蔻的粉颊，说道：

“白小姐，你吃吧。”

白豆蔻伸手拿来吃了一口，觉其味鲜美异常，遂一连吃了两只。赵如安笑道：

“白小姐怎么光吃水果，不吃菜呀？”

白豆蔻水汪汪的俏眼向他瞟了一眼，逗给了他一个妩媚的娇笑，说道：

“胖大叔，我会吃的，你自己请呀！”

众人见她这样娇憨的意态，引逗得几个人都馋涎欲滴，心里都不住地荡漾，表面上大家又哄然笑了起来。觥筹交错，喝得杯盘狼藉，众人方才兴尽而归。李家瑞向白豆蔻笑道：

“白小姐慢一步走，回头我把车子送你回去好了。”

这时，白豆蔻也自觉全身发烧，两颊是热辣辣的，几乎有些头重脚轻，遂点头答应。这里侍者开上账单，计酒席二百二十元六角、雪茄五十四元、芒果八只计九十六元，连彩共计四百三十一元八角六分。李家瑞瞧了一遍，觉得别的倒也没有什么，只是芒果要十二元一只，未免有些惊人，但自己是个大中银行的总裁，而且又是皇宫歌剧院的老板，怎好意思向侍者询问一声呢？于是取出支票簿子，开了即期支票四百五十元钱，叫他明天到本行去领取。侍者自然连声称是，一面道谢，一面送出门来。李家瑞站在人行道上，向对面一招手，叫声福根，福根早已把车子开过来，李家瑞扶着白豆蔻上车，两人并肩坐下，吩咐福根开到白小姐的寓所里去。白豆蔻真的有些醉了，经过夜风一阵吹送，酒气更向上涌，一时有些支撑不住，把头慢慢地靠到他的肩胛上来。李家瑞趁势更偎紧了她，把手臂去环抱她的细腰，低低叫道：

"白小姐，你真醉了吗？"

白豆蔻突然清醒了一些，慌又坐正了身子，笑道：

"李大叔，我没有醉。"

李家瑞听她这样称呼，便凝望着她的娇容，问道：

"白小姐，你怎么真的喊我大叔了呀？"

白豆蔻一撩眼皮，乌圆的眸珠在长睫毛里滴溜地一转，嫣然笑道：

"侄女儿连拜见钱也领了，怎么不叫你大叔呢？"

李家瑞摇了摇头，凑过脸去，笑道：

"不，我并不希望做你的叔父。"

白豆蔻憨憨地笑着，撩上手，在他人中上的胡须拉了一拉，咯咯地笑道：

"这么长的须，不做我的叔父，难道还做我的小弟弟不成？"

李家瑞被她拉痛了，便不禁哼起来。白豆蔻瞧此情景，忍不住笑得花枝乱抖，几乎直不起腰来。李家瑞对于她这两句话倒是生了心，暗想：不错，一个女孩儿家总爱小白脸的多。遂望着她笑道：

"白小姐，你以为我留了胡须，觉得太老相吗？其实我的年龄还不过四十岁，实在不算老，明天我把胡须剃光了，再穿上了西装，也许可以够得上资格做你的哥哥，但不知道白小姐情愿有我这样的一个哥哥吗？"

白豆蔻的两颊更娇艳了，秋水动荡样的眼波，逗给了他一个倾人的甜笑，装出撒娇般的意态，笑道：

"嗯！我不要，你好好儿留了几年的胡须，为什么要去剃光了，那不是太可惜了吗？况且你是银行里的总裁啦，把胡须剃了，岂不是失却了总裁的威严了吗？"

李家瑞听她不肯表示答应不答应，心里又觉可恨，但是瞧了她那一种天真的神情，心里真又觉得可爱，遂情不自禁地把她手拉来，抚摸了一会儿，微笑道：

"只要白小姐不讨厌我，我为你无论牺牲到什么地步，都并不可惜的。难道剃去了这几根臭胡须就要可惜了吗?"

白豆蔻听他这样说，也不知她为了什么缘故，竟是咯咯地狂笑不止。李家瑞见她高兴的情景，便更进一步说道：

"白小姐，你想，我心中是这样地爱护着你，大概你一定也不会无动于衷的吧?"

白豆蔻忽然"啊哟"一声，捧着脸，说道：

"李大叔，我醉了，你别理我，醉后的我也许要得罪人吧。"

李家瑞笑道：

"我知道你不会得罪我，即使恼了我，我心里也觉乐意。"

正说时，不料汽车已停了下来。白豆蔻一见已到了自己的家门，便扭开车厢的门，向李家瑞点头笑道：

"李大叔，我们明儿再见。"

说完了这两句话，把手在嘴上一按，又向他招了一招，便逗给他一个娇羞的媚眼，咭咭咯咯地自回进三友小筑里去了。李家瑞见她若即若离的意态，心里真是又恨又爱，暗自说声这妮子倒刁得厉害，不禁微微地叹了一口气，遂吩咐福根把汽车开回公馆里去。白豆蔻回到家里，阿妈林英迎上来，望着她血红的脸，说道：

"小姐，你已喝醉了酒吧?"

白豆蔻摇了摇头，把大衣和皮匣在桌上一丢，取出众人赠送的五只钻戒和两只宝石戒并金表两只，捧在手里呆呆地望了一会儿，忽然哈哈地大笑起来，笑过了后，却又呜呜咽咽地泣个不停。林英见小姐醉得厉害，便泡上一杯浓咖啡，拧上一把手巾，轻声地叫道：

"小姐，你别哭吧，喝杯咖啡醒醒酒，我给你擦一把脸。"

不料林英话声未完，白豆蔻突然把手中拿着的钻戒和金表都一齐向地上掷去，回身倒在床上，更是伤心地啜泣不停。林英知道小姐醉后一定想着了不如意的事情，所以要大发脾气了，于是索性不去睬她，在地上把约指和金表一一拾起，给她好好儿放在抽屉内。回眸见小姐哭了一会儿后，却早已沉沉地熟睡了，遂在床后撩过一条金山毯，给她轻轻地盖上，方才自去安息了。

李家瑞回到家里，和夫人谈了几句，便也脱衣就寝。谁知到了次日，身子就有些不舒服，于是在家休养了两天。这日起身，梳洗完毕，坐在沙发上喝着牛奶，丫鬟红桃送上报纸，李家瑞接过翻开来瞧，突然在本埠新闻一栏里发觉了一则新闻，只见标题是：

女艺人白豆蔻女士节约献金

誉满南洋之一代歌圣白豆蔻女士最近自海外归国，受聘于皇宫歌舞剧院为台柱，上演之日，一鸣惊人，果然名不虚传。女士平日生活简单，性安俭朴，虽处身于歌舞场中，然一寸心灵无时不念前方之军士，今将所有饰物计钻戒五只、宝石戒两只、金表两只转交本报代为献给国家，以充军实。该项饰物，约值法币四万金。此种热心爱国之精神，确为吾辈青年绝好之模范云。

李家瑞瞧完了这则新闻，不禁哑声儿失笑起来，暗想：这小妮子倒是会做人的，把我们的东西，她却去博得了一个爱国的名誉。到了晚上，他便坐车赶往皇宫剧院，在后台和白豆蔻遇见了，便握住她手，笑道：

"好呀！你怎么把我们送给你的钻戒都作献金了呀？你的干爹要和你办交涉哩！"

白豆蔻扬着眉毛，掀起了笑窝儿，咻咻地笑道：

"李大叔，你这话不对呀！你们做长辈的难道不愿意你的子女爱国吗？我想干爹知道了，一定还会赞成我哩！李大叔，对不起，时候已到了，我要上台去了，你坐会儿吧。"

白豆蔻说完了这两句话，又对他咪咪地一笑，便很兴奋而又很痛快地奔到舞台上去了。

第三回

典笔买歌心神欲醉
霓裳妙舞魂梦兼狂

　　喔喔的一阵鸡啼的声音冲破了黑漫漫的长夜，惊醒了床上的狄秋航，伸手在眼皮上揉擦了一下，微微地睁开眸珠。只见室内兀是暗沉沉的，窗外弄中的灯光从白纺绸的帷幔中透露到清洁雪白的壁上，把那盆西洋草本的挺大的花朵，很明显的黑影子，在那壁上仿佛在银幕里一样地映了出来，倒是含有些诗情并画意。狄秋航对此花影呆呆地出了一会子神，在他脑海里无意中不觉想起了那个咖啡店里的美丽姑娘，娇小的身材、花样的脸庞、倾人的笑窝儿、神情的活泼可爱，真令人有些陶醉。但是会辱埋在咖啡店中做一个茶花，那终究是一件可惜的事。狄秋航心中这样想了一会儿，眼睛望着那壁上的花影子也渐渐地淡去而终至于消失了。

　　窗外的晨曦已整个地透露到室中，狄秋航想着黎明即起的一句话，于是便披衣起来下床，只听外面一间房内已有母亲咳嗽之声，显然母亲是比我还要早起来了。移着轻微的步子，走到了母亲房中，轻轻叫声母亲你早。狄老太正在点那火油炉子烧着水，闻了叫声，便回过头来道：

　　"时候还早，你怎不多睡会儿？回头到行中去打盹，岂不是笑话？"

　　狄秋航笑道：

"我已睡畅了，哪里还会打盹吗？"

早晨这几个钟点里的光阴是过得特别快速，狄老太这样早地烧水给他泡饭，秋航急匆匆地洗脸吃餐完毕，时候早已八点一刻了，于是在衣钩上拿下呢帽，向着母亲摇了摇，便到华东银行里办事去了。狄秋航在华东银行里是出纳科中做办事员，常在空余下来的时候，他总细心地研究着华尔兹的乐曲。今天他坐在案桌上，当然也不能例外，在他作曲的时候，心里立刻又想起了白豆蔻小姐的歌声，那清脆悠扬的、热狂兴奋的、甜蜜沉醉的，种种悦耳的音调，仿佛犹在耳中隐隐地流动。于是他便放下了钢笔，两手抱了拳，微闭着眼睛，默默地静了一会儿，仿佛是在领会皇宫剧院门口仅仅只听到的一些歌声的音韵。同事王少坡在他身旁走过，拍了拍他的肩胛，和他开玩笑道：

"老狄，昨夜在做什么？怎的今天在行里打盹了？"

狄秋航慌忙回过头去，辩解道：

"我哪里在打盹？因为我在想一件事。"

王少坡笑了笑，忽然又说道：

"你想什么事？我告诉你，白豆蔻的戏，你可曾去听过？"

狄秋航笑道：

"正在想去瞧，怎么啦？你也曾去瞧过吗？她做得怎么样？"

王少坡把手指一竖，点头道：

"果然名不虚传，不特歌喉动人，表情之认真，更是入木三分。昨夜我去瞧后，连今天还恍惚置身在皇宫剧院一样。老狄，这的确是值得一看的，你倒不妨去尝试一下，准不会叫你失望而回的。"

狄秋航被他这样一说，心里更加活动起来，便忙又问道：

"你坐的是几元票子？"

王少坡道：

"我这人脾气就如此，不看倒也罢了，看了就不贪便宜，当然坐的五元位置。老实说一句，瞧戏的人总希望仔细看一看主角的脸蛋儿，何况白豆蔻又轰动得这样厉害，昨天我坐的离台三排位置，瞧得再清楚也没有了。"

狄秋航不等他说下去，便追问道：

"人才生得怎么样？"

王少坡笑道：

"可惜我有妻子的人，要不然准会拼命设法地去追求她，生得美极了，至于怎样的美，我可形容不出，今夜你去瞧了后，就知道我不是说谎。不过你这种年轻小伙子去瞧是可以的，切不要因此生起相思病来，那可不是玩的呢。"

王少坡说到这里，又向他扮个鬼脸，便笑着回到自己的座位上去了。狄秋航听他虽然和自己开着玩笑，但白豆蔻的美丽一定是意料中的，这就情不自禁地说了一声今夜我准定去看……但第二个感觉又浮上来，要五元钱一张票子，那太昂贵了，一时又到什么地方去拿呢？他静静地沉思一会儿，于是决定了这个办法。在下午四点多钟的时候，狄秋航便慢步地踱进了出纳主任的室内，只见主任金克明先生正在披他的大衣，嘴里还衔着半截雪茄烟。狄秋航很恭敬地行了一个礼，叫声金先生。金克明回过身子问道：

"什么事情？"

他一开口，那半截雪茄便掉下地来。狄秋航慌忙从地上拾起，交到他的手中，微红了脸，堆了笑容，说道：

"我……"

说了一个"我"字，不觉又停了一停。金克明有些不耐烦似的，微蹙了眉尖，说道：

"怎么样？你说吧，四点半我有事情去接洽呢！"

狄秋航搓了搓手，这才大胆地说道：

"因为我有一笔正经用处，请金先生设法最好把下个月的薪水暂时先借给我十元。"

金克明听说是要借钱用，他的脸顿时紧紧地绷住了，说道：

"薪水发了才不多几天，怎么你就花光了吗？听说你还不曾结婚，那么这些钱都花到什么地方去了呀？"

狄秋航的两颊是红得发烧，小心地答道：

"虽然我还没有结婚，但我有一个老母，家庭的负担依然是有的，我怎么敢做无谓的浪费？"

金克明吸了一口雪茄，两眼瞅着他好一会儿，又说道：

"一个年轻的人最要紧的是勤俭，若把薪水去花到歌榭舞台之中，那简直是自甘堕落。既然你有正经的用处，但也不至于今天立刻要用的，此刻我有事情要走了，你明天到我这儿来取吧。"

狄秋航连连称是，只好随着他一同步出了室内，便自回到案桌上去，心中暗想：钱没有借到，谁知却受了一顿教训。唉，有了钱就可以说话，什么全是他的理由。你只知道浪费是一件不好的事，但试问你嘴里衔着雪茄是否是浪费？身子坐着汽车是否是浪费？那你这种势利鬼简直是浑蛋，谁一定要借钱，我偏另想法子去。狄秋航愤愤地想了一会儿，壁上的钟当当地早已敲五下了，同事们都把文件藏进抽屉里，戴上了呢帽，大家说声明儿见，便各自分手回家去。狄秋航两手插在花呢的春季大衣袋内，拖着懒洋洋的步伐，在人行道上一步挨一步走，心里想着今晚到底去不去瞧白豆蔻的戏。沉思了好一会儿，便下了一个决心，准定去瞧。于是他加快了脚步，弯进了一条小街，走到一个石库门的面前，抬头一望，见一块牌子书着"大同当"三字，他很快地又低下头来，伸手在西服袋内摸出一支自来水钢笔，看了一看，忍不住又轻轻地叹了一口气，于是便向大同当的门口进去。正欲步入门口的时候，立刻又回头向后望了望，在狄秋航从未做过这样事情的人，当然是万分心虚，生恐熟人瞧见了，那是多么难为情呢！但这种小街是没有什么行人的，天下事情哪有这样巧？狄秋航回头见并无什么人，方才很匆促地推门进内，只见朝奉高高地站在柜内，见了自己，便很惊异地伸过手来。狄秋航红着脸，把手中那一支钢笔递了过去。朝奉见是一支钢笔，用了一副尴尬面孔，又向他望了望。狄秋航瞧此情景，几乎羞得抬不起头来，两眼望着自己的皮鞋脚尖愣住了一会子。大约有了三分钟后，那朝奉方才说道：

"喂，四块钱。"

狄秋航硬着头皮抬起脸，伸出一只手，说道：

"能不能押五元钱？"

朝奉摇了摇头，说道：

"这支钢笔新的也不过值二十五六块钱，太旧了。"

狄秋航这时内心的痛苦真非作者一支秃笔所能形容的了，但既已到此，也就顾不得许多了，只好含了央求的口吻，说道：

"对不起，因为我有一笔急用，需要五元钱，反正明后天我总来赎回的，请你行一个方便行不行？"

那朝奉听他说得这样委婉可怜，也许人家真有急用，倒不能太为难了人家，做一些好事，终有一些好报的。这样一想，便点了点头，说道：

"照理，这支钢笔无论如何也押不到五元钱，但你既然这样央求，我就做个好事吧。"

狄秋航听了这几句话，心里仿佛有什么东西猛击了一下，只觉有些隐隐作痛，但表面上却又不能不装出一副苦笑，说了一声谢谢，表示很感激的意思。那朝奉把钢笔拿了进去，不多一会儿，便拿出一张当票，并一张五元钱的钞票。狄秋航接在手中，便一溜烟似的奔出了大同当的大门，心里似乎觉得自己为了白豆蔻，未免牺牲得过分一些，一股子辛酸冲上了鼻端，那眼眶子里贮满了泪水，再也熬不住淌下一滴来。转出了小街，步上了那条阔大的霞飞路，暮色已降临了大地，两旁百货商店里的橱窗内已显映了五颜六色的霓虹灯光，人行道上每对青年男女的脸上，是浮现了热情的春的微笑。狄秋航的心里仿佛自己曾做了一件丢脸的事，瞧着马路上的行人，会深深地感到了惭愧，低了头，匆匆地走了一程，皇宫歌舞剧院的门口，光怪陆离的灯光，高大巍峨的建筑物，早又矗立在眼前了。因为袋内有了五元钱的钞票，这就很大胆地走上石阶去，到了售票的窗旁，把那张五元钱的钞票塞进去。还没开口说话，那女售票员先把她水盈盈秋波瞟了他一眼，说道：

"今夜的票子全卖完了，要买只有买明天的票子了。"

狄秋航想不到真有这样好生意，倒是愕住了一会儿，然后点点头道：

"也好，就给我明天的票子吧。谢谢你，请你给我一个好的位置。"

那女售票员听他这样客气，又见他长着这副漂亮的脸蛋儿，不免也对他嫣然一笑，说道：

"第一二三排的位置也没有了，其实过于近了也不好，第四排那当中的 D 字号最适当。"

一面说着，一面已把那张票子拣出来交给他。狄秋航接过了，含笑向她一点头，方才走出皇宫剧院的大门，回到家里去。狄秋航到了家里，时已上灯，见母亲已煮好了饭，正在等着自己。她见了秋航，便忙站起来道：

"今天怎么这样迟回来？"

秋航为了母亲忧愁起见，不得不含了笑脸，撒了一个谎道：

"母亲，同事今天请客，叫我一同到皇宫大戏院去瞧，不料生意实在太好了，今天票子全没有了，所以同事只好先买了明天的票子。我明天吃了晚饭后，要瞧戏去了，回来也许要晚些，但母亲千万别等着我，反叫我心里感到不安。"

狄老太一面盛着饭，一面很感叹地说道：

"瞧戏要买隔日的票子，这种事情我只有现在听见，谁说市面不好，上海真不穷哩。"

狄秋航没有回答，心儿是别别地跳，两颊有些热辣辣地发烧，坐在桌旁，握着筷子，一口一口地向嘴里划。狄老太瞧着儿子的神情似乎和平日有异，不免向他望了一会儿，轻轻地问道：

"请你瞧戏的那个同事叫什么名字？"

狄秋航听母亲问出这个话来，也许是不惯说谎的缘故，心里倒是猛吃一惊，暗想：自己的态度有些不对，所以使母亲心内有些疑惑我这话是说谎吗？遂竭力镇静了那颗跳跃的心，回眸望了母亲一眼，笑道：

"他叫王少坡，是个挺热心的人，他说皇宫剧院内有个女主角名叫白豆蔻的，不但表情好，唱歌的声音更好哩。"

狄老太道：

"不知买多少钱一张票子？"

狄秋航心想：若说要五元钱，她老人家一定要说贵。遂减少了一半道：

"买二元五角座价。母亲，你喜欢去瞧瞧吗？"

狄老太摇摇头，很惊讶地道：

"要这样贵吗？两个人就是五元钱，五元钱给经济人家有十天可以开销哩，我哪里能瞧得起？"

狄老太这几句话触送到秋航的耳中，他口里的饭再也咽不下去了，椅子的坐垫上仿佛竖着千万枚的针，使他真感到了有些坐立不安，匆匆地吃了一碗饭，便自回房中去了。第二天，秋航到行里，时候还早，听同事们都在说笑道：

"有钱的富翁，到底还不及一个歌女热心爱国哩！"

秋航听了很奇怪，便问王少坡道：

"你们在说的什么事？"

王少坡吸着香烟，指着写字台上的新闻报道：

"你瞧吧，白豆蔻把所有首饰都献给国家了，你想，谁有像她那样的热心呢？"

狄秋航听了这话，便把报纸拿来，坐到写字台旁，翻开报纸，果然见有"女艺人白豆蔻女士节约献金"的一篇报道，遂瞧了一遍，一时暗暗称奇，想不到白豆蔻倒有如此爱国的心理，真也令人敬佩极了。有钱人的富翁，拥着百万家产，住的洋房，坐的汽车，吃的大餐，在灯红酒绿中花那一千八百这是很情愿的，假使叫他救济些难民，捐助些国家，那就要遭他的白眼了。倒是以色艺换饭吃的歌女慷慨捐款，这种精神，岂是常人所能做得到的？狄秋航心中既然这样地想着，自然对于白豆蔻的影像更有一个敬爱的好感。

晚上，狄秋航在家里吃过了夜饭，见时钟还只有八点钟，离开演戏尚有半个时辰。因为已经买好了对号入座的票子，那就不必急急地到戏院里去呆等，所以又和母亲闲谈了一会儿，直到八点二十分的时候，方才披上花呢大衣，再三叮嘱母亲早些休息，遂匆匆去了。到了皇宫歌舞剧院的门口，见有许多西服、中服的男子退出来，口里还说道：

"客满客满，要瞧白豆蔻的戏倒是不容易呢！"

狄秋航听了，暗自庆幸自己买好了隔日票子，否则今天就是给你买到了票子，恐怕也不是好的座位了。心里想着，两脚已经跨上了石阶，到了里面，今天收票的已换了一个人，便很和气地陪秋航进内，在离台第四排的正中 D 字号位置坐下，同时又分一张说明书给狄秋航，便自管匆匆地走了。狄秋航回眸四顾，只见左右上下无不人头济济，果然已经卖了满座，只有自己隔壁那只 E 字号座位兀是空着，想来早有人定了去，不过人还没有到来罢了。因为还有十分钟的时间，在平常只不过一刹那就过去了，在戏院里等幕开，仿佛时间是特别慢些，为了要消磨这十分的时光，秋航便在袋内摸出一包烟卷，抽出一支来吸着，同时又把说明书展开瞧了一遍，觉得故事是十分哀感顽艳。情节是这样的：歌女鲁蕾娜乃一代艺人，有少年军官陶云生与彼热恋殊甚，经过许多的波折，方才结成一对美满的姻缘。一年后，蕾娜产一子，弥月之日，军官府邸大摆酒筵，热闹非常，不料次日忽接上峰谕令，命

36

即日出发。蕾娜得讯，虽芳心欲碎，然依旧强作笑容，以慰其夫。战事扩大，遍地烽火。蕾娜手携云生之母，怀抱云生之子，随众奔波风尘，流落为难民矣。一夜，月明星稀，蕾娜既遭饥寒之苦，又念夫君存亡未卜之痛，寂寂荒野，对此皓月，不禁百感交集，泪湿衣襟，遂悲悲切切地唱起歌来，以一吐胸中之哀怨。不料陶云生其时已升少将之职，驻军于该村附近，是夜携带随从二人视察阵地，忽闻夜风中送来一阵女子歌声，哀怨若夜半鹃啼，令人不忍卒听。云生陡忆其妻蕾娜，遂循声而往，讵料果然是爱妻蕾娜也，惊喜欲狂，不禁拥而吻之。母子夫妻团圆，破涕为笑。斯时，自由之烽火已燃遍于四方矣！

　　狄秋航瞧完这张说明书，觉得亦哀亦艳，情节果然不错，再加白豆蔻表情之认真，歌喉之清脆，这就无怪要轰动社会了。想着，遂把说明书插在西服袋内，撩起衣袖，望望那只手表，已经到八点半了，于是立刻把吸剩的烟尾掷在地上踏熄了，然后坐正了身子，两眼只管望着那块幕布呆呆地出了一会子神。就在这时，全场灯光渐渐熄了，那幕布也升了上去，舞台上顿时放射出一片银色的光芒来。狄秋航仔细一望，只见第一幕是个伟大的场面，布景富丽堂皇，有五对男女，仿佛从云堆里飘飘舞蹈下来，接着又轻移脚步，法国皇后装束的一个女子，衣裳上全嵌满了亮晶晶的钻石，手里拿着一柄雪白的羽毛扇，身儿一动，腰儿一扭，就觉得她浑身珠光闪烁，耀人眼目。在强烈的水银灯光笼映之下，兼之曾经一度精细的化妆之后，觉得她的脸蛋儿白里透红，真仿佛嫦娥下凡，飘飘欲仙矣。这个女郎就是白豆蔻主演剧中人物的鲁蕾娜，她笑盈盈地美目流盼，一步一步地走下台来。这一种风流妩媚的意态，直把台下一千多个的年轻子弟，个个目不转睛地将视线都集中在她一个脸蛋儿上，差不多连灵魂都飘到她的身上去了。这时，悠悠然的音乐声便奏了起来，接着白豆蔻轻启樱口，那似百啭黄莺那样清脆动听的歌声也继续在整个的戏院中流动了。音乐声一会儿幽抑，一会儿热狂，白豆蔻的歌喉也一会儿低一会儿高，且边唱边舞，那旁边五对男女，也蛱蝶穿花似的翩翩地舞蹈，瞧了这一种欢舞的情景，使每一个观众的心里会感到极度的兴奋。狄秋航见白豆蔻不但边唱边舞，而且脸部上还有一种表情，这表情是甜蜜的，勾人灵魂的，他心里不住地荡漾，在十分羡慕之中引起了十二分的敬爱。这不是狄秋航一个人如此，整个戏院里的青年都有这么样的一个感觉。狄秋航今天能够瞧到白豆蔻的芳容，聆到白豆蔻的歌舞，是受了多少的委屈和痛苦，在一个钟点之前，他还感到自己实在不应该为了瞧一个歌女的戏，竟把一支心爱的钢笔去押了，但此刻的心里，他什么委屈和痛苦全都忘记了，脑海里只有白豆蔻的一个娇小的影子，一颗心也是充满了甜蜜和兴奋。他仿佛得到了一种很深的安慰，觉得这一些的牺牲，收获的代价的确有相当的值得。所以狄秋航两眼望着白豆蔻的娇容，脸上自然地会浮现了一丝笑意。

就在这时，忽然间有阵浓郁的幽香触送到鼻中，同时，又感觉得到有一个黑影子在自己隔壁的空位上坐下来。因为狄秋航的全副精神都注意在舞台上的白豆蔻身上，对于旁边坐下来的究竟是个怎么样的人当然不会理会到，不特不去理会，而且连坐下的到底是个男子抑是少女，他也没有去辨认，那么至于脸蛋儿生得怎么样，自然更不必谈起了。狄秋航眼瞧着她风流的姿态，耳听着她清脆的歌舞，不住地点着头，直待白豆蔻甜蜜的歌喉剩了尾声，他兀是如醉如痴地摇晃着脑袋。这时，五对男女和白豆蔻又飘飘地飞舞上去，一会儿连影子也没有了，接着又见舞台上的布景慢慢地翻了转来，立刻换成一个后台化妆室的模样了。只见白豆蔻对镜卸妆，使女在旁侍候，忽然室门开处，推进一个少年军官，就是剧中男主角陶云生，两人相见，亲热异常，携着手，笑语盈盈，这一种缠绵旖旎的情意，真把台下几许青年无不羡煞妒煞。直到两人搂抱一处，将欲接吻的时候，那幕布早又放下，满场的灯光也早大放光明了。秋航觉得这样伟大的布景，在中国歌舞剧院中实在还是创见，可见时代的巨轮不停地前进，一切的设计也进步多了。想到这里，偶然回眸过去，谁知正和刚才坐下的那个黑影子瞧了一个正着，秋航暗想：倒是个挺好的模样儿的姑娘。不料还未想完，那姑娘忽然对秋航盈盈一笑，先是"咦咦"地响起来。

第四回

借题发挥声泪俱下
现身说法形容毕真

狄秋航做梦也想不到那姑娘会向自己盈盈一笑，同时又会"咦咦"地招呼起来。一时好生奇怪，慌忙仔细地向她脸蛋儿瞧了瞧，这才猛可记得了，原来这位姑娘就是那夜咖啡店里的咖啡西施。天下的事情竟有这样凑巧，狄秋航的心里意外地又感到了一种兴奋，情不自禁地笑道：

"哦，原来是你……"

说了这一句话，顿时又觉得这一种招呼的口吻未免有些不敬，遂很快地又接着道：

"巧极了，想不到女士今夜也会到这儿来瞧戏。"

她也似乎感到意料之外的，忍不住扑哧地一笑，一撩眼皮，乌圆眸珠在细长的睫毛梢里滴溜地转了转，笑道：

"可不是？而且定的座位却又在隔壁的，那似乎更巧了。"

她说到"更巧"两个字的时候，不知怎的，两颊微微地红了一红，若有羞涩之意。狄秋航见她扬着眉，掀起了笑窝儿，这意态显然是十分得意，心中暗想：大概她遇见了我，也和我同样地感到兴奋吧。俗语说得好，佛要金装，人要衣装，她今天这么一化妆后，那使我几乎有些不认识了。秋航既然这样想着，不免对她细细打量了一会儿，只见她身穿一件玫瑰红的薄花呢旗袍，袖子是短短的，露着那条白胖胖似嫩藕般的玉臂，仿佛榨得出水来，怀中放着的那件花青夹大衣，明显地还是簇新的。今天她的头发是上理发店里去烫洗过了，式样做得非常美丽，覆着那个讨人喜欢的脸蛋儿，更显得柳眉杏眼、樱唇皓齿，觉得没一处不合乎美的条件。她经狄秋航这一阵子呆瞧，倒有些不好意思起来，微微一笑，说道：

"怎么老望着我？我想你一定已不认识我了吧？"

狄秋航被她这样一问，脸不免也微红起来，笑道：

"不，我认识你，我记得那夜曾和朋友到你店里来喝过三杯咖啡茶，是不是？"

她听秋航这样回答，心里感到了有趣，频频点了点头，抿着嘴儿又笑了。狄秋航觉得这位姑娘似乎并不讨厌自己，在这孤单的人生旅程中，能够结识这么美丽的一个姑娘做朋友，也未始不是一件快乐的事。这个机会，岂可失却？于是他低声问道：

"认识是早在前几天认识了，但还不曾请教过女士贵姓芳名？"

她把那方小手帕抿了一下嘴，装出很正经的神气，说道：

"我姓陆，名叫丁香，不知您先生姓什么？"

狄秋航听了，心想：好一个漂亮的名儿。遂点了点头道：

"我姓狄，原来这位是陆小姐，今晚怎么倒有空出来瞧戏呀？"

陆丁香知道他所以这样问，因为自己是个做女侍者的人，遂瞟他一眼，说道：

"事情说来原很巧的，昨天来了一个初中里的女同学，这还是十五岁那年分手的，整整隔了三年，想不到她会来望我，当初我问她做些什么，是否继续求学，她说现在皇宫歌舞剧院里做卖票员，并说白豆蔻小姐的色艺双绝，确实值得一看，说今夜给我定好一个座位，一定要请我瞧戏。我因情意难却，同时在报上也久闻白豆蔻小姐的大名，反正又不叫我花钱，所以便来瞧了。否则倒也没有空抽身，齐巧昨天店里添了两个助手，你想，这不是很巧吗？"

狄秋航见她絮絮地说了这么一大套，觉得在这语气之中，这位丁香姑娘实在还脱不了天真孩气的成分，因为在她无意之中已经告诉出她的年龄是只有十八岁。秋航别的倒没有注意，听她初中里有同学，显然陆小姐也是学校中人，想不到她还是一个知识分子，遂用了猜疑的目光向她红晕的颊上逗了那么一瞥，问道：

"陆小姐是初中毕业生吗？"

陆丁香的脸更红晕了，摇了摇头，似乎有些感触般的，说道：

"没有毕业，不过曾经过一年的初中生活。"

说到这里，轻轻地叹了一口气，仿佛勾引起她悲哀的思绪，粉颊笼罩了一层愁容。狄秋航瞧她这样的哀怨神情，知道她一定是个可怜的身世，意欲问一问她在这家咖啡店里做伙计，还是这家咖啡店是她爸爸开设的，但是很奇怪，这一句话哽住在喉咙口，却是始终没有问出来。陆丁香虽然也很想多知道一些关于狄先生的身世，但瞧着他呆呆地对着幕布出神的意态，使她有许多问题都没勇气开口相问。就在这个当儿，那全场灯光又熄了，幕布展开，舞台上早又换了布景，剧中的鲁蕾娜终于和陶云生结了婚，迨后在大设汤饼之筵的一幕，又是一个伟大的场面。狄秋航和陆丁香都瞧得满心甜蜜，但当闭幕的时候，就是传来战事爆发消息，热闹兴奋欢笑的宴会中，顿时凄寂悲凉起来，这使观众们狂欢的心里，给予一些小刺激。狄秋航回眸向她望了一眼，只见她定住了乌圆的眸珠，粉脸有些紧张的神气，遂微笑道：

"这临闭幕的突来警报，导演是成功的，就是警告我们观众切勿整个地沉醉在欢笑中，这仿佛是一个当头棒喝，叫我们清醒清醒。你瞧他们虽在狂欢痛饮之间，一得此讯，便即停止娱乐，各自回家，母替子整理行装，妻替夫整理行装，都预备出发哩。我觉得在这个环境中，实在是够刺激人心了。陆小姐，你以为对吗？"

陆丁香听他这样说，回过头来，秋波脉脉含情地瞟他一眼，含笑说道：

"不错，欢乐的时候应该欢乐，出力的时候也应该出力，其实同赴国难，原是每个人民应尽的天职。"

秋航在她这几句话中寻味，方才感到陆丁香姑娘绝不是咖啡店里一个平庸的茶花，不免凝望她一会儿，心中开始对她存了一份敬意。陆丁香见他听了自己这一句话，却呆望着自己出神，心里倒是一怔，暗想：难道我这话是说错了吗？这就呆望着他出了一会子神。两人相对这样地一望，彼此倒又笑起来了。丁香的心里，似乎有很多的话要跟狄先生谈谈，但愈是要想谈，一时里却愈找不出一句话来。这时，舞台上早又展现一幕分别的布景，这是一个月缺的夜里，在院子的门口，植着垂柳数株，陶云生全身武装，和鲁蕾娜同站在柳树的下面，两人呆呆地相对望了一会儿，云生在月光笼映之下，发现爱妻的颊上沾了几点晶莹莹的泪珠，遂温和地安慰道：

"蕾娜，你别伤心了，我在外面，虽然奔走在炮火之中，但你放心，一定不会有什么危险的。你在家里好好抚育孩子，对于我的母亲更要孝顺，那么我身虽在外，心中非常安慰。若能如此，那我岂非忠孝两全了吗？"

鲁蕾娜听丈夫这样说，她把手抬到颊上，来回揉擦了两下，粉脸浮现了娇媚的笑容，说道：

"云，这是你为国出力的时候到了，我心里是只感到极度的兴奋和快乐，怎么会伤心呢？你放心，孩子是我养的，当然我要尽做母亲的责任。至于你的母亲，也就是我的母亲，你想，我待孩子既然要尽做母亲的责任，那么对待母亲，难道就不要尽做儿女的责任了吗？所以这个你倒不用担忧的，将来你凯歌回来的一日，总不至于会使你失望。只是你在外面，我既不能跟在你的身旁，一切冷热，千万要自己当心，免得我在家记挂……"

陶云生听爱妻这样说，心里真有说不出的欣慰，同时更有说不出的眷恋。鲁蕾娜见丈夫凄然的情景，便把两手按住他的肩胛，微昂了粉颊，凝望着陶云生，很激昂地说道：

"云，莫恋恋不舍吧，咱们的河山已被敌人踏破了，我们的同胞已被敌人残杀了，咱们若不起来抵抗，难道咱们等死吗？云，你是一个勇气的军人，我希望你杀尽敌人，夺回河山，那么你的蕾娜定在凯旋门外欢迎你呢！"

台下一千多个观众听到这里，掌声如雷，噼啪不绝。就在这时，台后面一阵集合的军号吹个不停。陶云生立刻弃了鲁蕾娜，回身便走，也许是被情感冲动得太厉害了，鲁蕾娜却又追了上去，喊了一声云。陶云生到此，又便回身过来，两人对了面却无话可说了。鲁蕾娜不知有了怎么一个感觉，又挥了挥手，大声地道：

"云，你去吧！杀敌人不要怕手酸，遇炮弹不要把身退。我有许多的话，藏着，藏着，且待你胜利回来的一天，我再向你倾吐吧……"

随着话声，台下的掌声又震天价响地拍起来。这时，屋子里又摸索出一个老妇，手抱了还只弥月的孙子，送着出来，见儿子已远去了，蕾娜那一条玉臂犹高举空中，舞台上是寂寂无声，只有台后一阵一阵集合的军号中，隐隐地还杂着许多健儿走过后发出很调匀的步声。听了这步声，在每个观众们的眼前会想象出一大队一大队的勇士踏着齐整的步伐前进！前进！狄秋航见白豆蔻这时候在她丈夫面前的那一股子勇气已经消失了，两行辛酸的别泪早已纷纷地掉下了两颊。狄秋航瞧到这里，也不禁为之黯然魂销。就是这个当儿，那幕布早又放了下来。

满场灯光又亮了，狄秋航回眸见陆丁香拿手帕在擦眼皮，仿佛在代为伤神的样子，便笑道：

"陆小姐心肠好软，怎么哭起来了？"

丁香听他这样说，便红了脸，放下手帕，回眸瞟了他一眼，嫣然地笑道：

"我没有哭，白豆蔻的表情真不错，她在丈夫面前竭力忍住了伤心，装出妩媚的娇笑，说着这样壮烈的话，对于这一点固然她是一个爱国的女儿，足以令人敬佩，但若没有她最后的滚滚落泪，这似乎·还不能显出她的多情。现在她居然把内心最不容易的表情也表现出来，这实在太感动人了，鲁蕾娜实不愧是个又爱国又多情的好妻子。狄先生，你说是不是?"

陆丁香问到这里，不知怎的，连耳根也微红了，秋波瞟他一眼，忍不住微微地一笑。狄秋航想不到她还有这一番见解和评论，显然这位姑娘也是个多情的人，遂连连地点头，望着她玫瑰花儿那样的脸颊，心里未免荡漾了一下，笑道：

"你这见解很对，鲁蕾娜在她丈夫面前这样地心肠硬，这并不是她的无情，也不是她的不爱丈夫。正因为她的多情，具有普及的博爱，所以她才如此的，她这个爱是伟大的，是值得令人敬爱的。我想陆小姐对于这样的姑娘，一定也十分地佩服吧?"

丁香听他这样问，可有些不好意思答应一个是的，因为他问得直爽些，就是说我将来对待丈夫，一定也有这样的深情。因此笑了一笑，却并不加以是否。

狄秋航特地把钢笔押了来瞧戏，其目的完全是为了白豆蔻小姐，要想和白豆蔻认识一下，以便发展自己音乐的天才，但是万万也料想不到会碰到了那位陆丁香小姐坐在一块儿并排瞧戏。丁香的容貌，在前天咖啡店中遇见时候，秋航就赞美她的秀丽，但是一个咖啡店里的茶花，外表固然是秀丽，内心未必似外表那样锦绣，一个女侍者，其品可知。所以在秋航心里，丁香虽对他格外热情，他也只当走马看花、过眼烟云罢了。不料今晚互谈之下，知道她是个曾进初中的学生，同时意外地发觉她的谈吐绝不是个寻常的女子可比，这使秋航的心里不免有些惊异。本来是十分精神完全注意在白豆蔻的身上，如今身旁有了这么一个美艳的姑娘伴着闲谈，而且所谈的话颇为情意投合，因此有五分的精神就分到陆丁香的身上来了。他觉得白豆蔻固然是个可爱的姑娘，同时也觉得陆丁香也有和白豆蔻一样的可爱。

秋航见她听了自己的问话并不表示什么，只是微微地娇憨地笑着，这种妩媚意态，是只有处女固有的特点。秋航愈瞧愈美丽，愈瞧愈可爱，觉得今晚这意外的艳遇，实在较之约好情人一同来瞧戏的更要兴奋着万分呢。

这时，幕布又展开了，舞台上布景的是一个荒僻的乡村，有一间茅屋，几株枯树。这是一个碧天如洗的夜里，月亮是光圆的，在那清辉的月光照映下，远远地还隐现着几个军营的篷帐，台后做出风刮过的声音，呼呼作响。那几株枯树上的黄叶儿，真会一张一张地飞下来。秋航和丁香瞧此布景，真会感到满目荒凉。就在这当儿，台后走出两个人来，一个白发老妇，弯了背脊，不住地咳嗽；一个少妇，她一手扶着那老妪，一手又抱着一个孩子，一拐一拐地走出来。衣衫褴褛，形容枯槁，简直和叫花子一样可怜。陆丁香低低地说道：

"这就是当年一代艺人的鲁蕾娜吗？真叫人有些不相信。"

狄秋航见她从黑暗中回过头来说，只觉有阵芬芳的口脂飘了过来，心里不禁又荡漾了一下，遂也轻声儿答道：

"可见舞台上的化妆术实在是非常神秘的，年轻的人都可以变成风烛残年哩。"

说着，便又回头向舞台上望去，只见两人走到茅屋的面前，那老妪便停住了步，吁着气说道：

"蕾娜，我再也走不动了……腹中既饿，嘴里又渴，身上又冷……唉！反正在这活地狱里受苦，倒不如死了干净哩……天哪！你为什么要纵容敌人如此作恶，弄得我们家破人亡，流离失所？逃亡，逃亡，逃到哪儿是我们的归宿地啊？"

她说到这里，瑟瑟地抖了两抖，身子已经跌到地上去了。蕾娜蹲下身子，满颊是泪地哭叫道：

"妈！妈！你怎么啦？你……怎么啦？"

陶老太靠在竹篱笆上，浑身抖着，颤声地道：

"蕾娜，你别惊慌，妈还不会立刻就死哩，死了也许不会像现在

46

活着那样痛苦吧。"

孩子被母亲哭声吵醒了，他也哇哇地哭起来。蕾娜怀抱着孩子，泪人儿样地仰着天，悲切地道：

"天哪！这样荒僻的乡村里，到哪儿去讨一碗薄粥给妈吃好呢？敌人！敌人！你害得我们太苦了呀！"

陶老太忽然很壮烈地大喊道：

"蕾娜！我们是只有死了，死要什么紧，一个人总有那么的日子。云生！云生！我的孩子，你在哪儿呀？听娘的话吧！你的母亲、你的爱妻、你的儿子都将为敌人而堕到死亡的道路了，你沸腾你的热血吧，快快为你的家、为你的国向敌人报仇吧！"

蕾娜听婆婆提起丈夫，想及存亡未卜，更是悲伤辛酸，一面哄着孩子别哭，一面也慢慢地坐到泥土地上了。抬头见碧天如洗，一轮皓月当空而照，蕾娜百感交集，不觉悲悲切切地歌唱起来。这时，和她歌声相衬的只有那支幽抑的梵婀玲声音，因此更显得白豆蔻的歌声辛酸得动人。狄秋航细细静聆，只听她唱道：

> 难民苦，苦难言，饥无食，寒无衣，问家山何处，颠沛流离。最可怜，家人父子，兄弟夫妻，劳燕分飞。
>
> 难民苦，苦不堪，月作灯，雨作伞，泣风尘奔波，骨肉离散。只为那，"衣食"二字，千辛万苦，万苦千难。
>
> 难民苦，苦莫诉，朝同行，暮成孤，听母哭其儿，妻号其夫。似这般，生离死别，死不如生，生比死苦。
>
> 难民苦，泪盈眸，生何恩？杀何仇？叹炮火连天，血满江流。更有谁，为国奔走，为民分忧，扫尽群丑。
>
> 拨青天，见白日，驱虎狼，歼仇敌，欣还我河山，光我日月。到那时，胜利凯歌，灭此朝食，大地乐业。

白豆蔻把这五段歌词唱得哀感动人，余音袅袅，令人触鼻辛酸。

观众们凡是女太太的，无不涕泗横流，各人的手里都握一方帕儿，拭泪不已。狄秋航不但听白豆蔻唱得缠绵悱恻，又见她表情更是深刻动人，一时如醉如痴，还以为舞台上这三个难民真的已经饿得将要死的了，恻隐之心，人皆有之。白豆蔻喊饿叫冷的可怜伤心的悲惨情景，激起了秋航心头的同情，于是情不自禁地把早晨母亲给他做车钱的两角子分头钱从袋内抓出来，直向舞台上掷了过去。观众们一瞧秋航这个举动，心中都觉得认为不错，因此有的摸角子，有的摸钞票，纷纷地直向舞台上掷去，顿时间，满舞台上钞票仿佛雪花那样地纷纷乱飞。白豆蔻瞧此情景，因此愈加表现得认真毕肖。

就在这时，陶云生带着两个随从，已从老远地踱了过来，见了蕾娜，惊问何人。这一幕母子夫妻团圆的情景，真是又悲又喜，台下一千多个的观众，有几位心肠软的太太、小姐，正在抽噎而泣的，到此也不免破涕为笑矣。这时，台后忽有炮声隆隆，台上四周顿时火光烛天，只听台后隐隐有无数的人在呐喊道：

"杀呀！冲呀！努力奋斗上前呀！我们的国家万岁！万岁！万万岁！"

陶云生指着四周，手携鲁蕾娜之手，大声地道：

"蕾娜，不要心灰，不要胆怯，起来！起来！瞧吧！四周的自由烽火已燃遍了四方了啊！"

说完了这两句话，那幕又徐徐地放下，同时满场的掌声仿佛又雷轰一般地拍得震天价响了。

秋航这才如梦初醒，觉得自己未免有些痴得可怜，怎么对于舞台上的剧情竟发狂似的当起认真来了呢？回过头去向陆丁香望望，只见她的两眼也是红红的，手里那条帕儿已有一半湿透了，粉脸上似乎还沾着丝丝泪痕，呆呆地兀是很伤心的样子。狄秋航这才知道痴的人并非我一个，其实那白豆蔻的表情和歌声真的太感动人了，于是站起身子，望着陆丁香笑道：

"陆小姐，你哭过了吧？"

这回她并不否认，一面也站起身来，一面把手帕又去擦她颊上的泪渍，明眸含了无限的情意，向狄秋航凝望一眼，说道：

"这情景太逼真了，怎不叫人伤心泪落？我们住在上海实在太幸福了，恐怕在内地，遍地哀鸿，比比皆是吧？"

说着，眼皮儿微微一红，似又欲淌下泪来。狄秋航瞧她这个样子，心里也叹息一会儿。陆丁香遂把手中的大衣披到身上去，不料这时候忽然啪的一声，狄秋航的脚面上只觉得有件什么东西压下来，低头一瞧，原来是一只黑漆的手提皮匣。丁香"哟"了一声，笑道：

"狄先生，你可有给我累痛吗？"

丁香的皮匣是放在大衣的里面，为了剧情太动人，所以忘记了大衣内尚裹着一只皮匣，因此大衣披到身上去的时候，那皮匣也就掉到地下去了。狄秋航一面连说不要紧，一面便蹲下身来给她拾起来，不料皮匣的纽机是已经跌开了，狄秋航没有理会到，因此皮匣拿起的时候，把里面放着的唇膏、胭脂，以及香粉盒儿，都一齐落了下来。秋航"呀"了一声，连说"糟了糟了"，陆丁香连忙望去，这就忍不住扑哧的一声笑出来。你道为什么？原来香粉盖儿开了，把里面的香粉倒了狄秋航一皮鞋脚，本来他是穿着一只咖啡色的麂皮鞋，此刻香粉给他染成雪白的了。陆丁香这回自己很快地蹲下去，把唇膏和胭脂拾起，两人的脸齐巧望了一个正着。秋航很感抱歉似的把皮匣递还给她，说道：

"这可好了，把陆小姐的香粉都糟蹋了，那可怎么办？"

陆丁香把水盈盈的秋波瞟他一眼，掀着笑窝儿笑道：

"狄先生，你别说这样的话，把你的皮鞋倒是弄脏了。"

狄秋航把脚在地上顿了两顿，偏他因为是麂皮的，所以不容易把香粉拍脱。丁香把手中的胭脂和唇膏藏进皮匣内，拿着手帕，望着他说道：

"狄先生，你把脚翘起来，我给你用手帕拭揩吧。"

狄秋航见她这样说，这就觉得有些不敢当，便不依她，身子已让出位置，又把脚在厚厚的地毯上顿了两顿，笑道：

"让它去是了，今天这只皮鞋也不知交了什么红运，挺贵的香粉，全涂在它黑炭似的脸上去了。"

陆丁香也走出座位，听他说得这样滑稽，瞅他一眼，抿了嘴儿，不禁又娇媚地笑了。瞧了他那只雪白的皮鞋脚，觉得走到马路上去被人瞧见了很不好看，遂又说道：

"狄先生，正经的，我给你揩拭一下吧，那给人瞧见了像什么？"

狄秋航被她这样一提醒，他想着了，这被母亲发觉，心中也许要引起误会，遂忙把自己的手帕取出，翘起脚来，拂了几拂。抬起头来的时候，突然发觉整个的戏院观众已经走完了，只剩了自己和陆丁香两个人，这就笑道：

"咦！人家全走完了，我们还在这儿干什么？"

于是两人便并肩地向外面走去，等走到戏院门口的时候，忽然耳中听到一阵洒洒的声音，狄秋航心里有些焦急，暗想：糟了，不要天在下大雨了吗？急急步到门口一瞧，果然外面风雨交加，因为这一段马路地势低，所以马路上的水已浸到皇宫剧院的第一格石阶。门口站着许多观众，大家望着那条似小河样的马路，都在呆呆地发怔。

第五回

含羞促膝实获我心
呼叔投怀迥非彼愿

在戏院里是不会知道外面落着这样大的雨，此刻瞧马路上已变成了一条小河，陆丁香忽然跳了两跳脚，笑着道：

"那倒是好的，老天留我们要在皇宫剧院里站一夜了。"

狄秋航听她还说笑话，便回眸望她一眼，笑道：

"陆小姐，你倒高兴吗？"

丁香绕过无限媚意的俏眼，瞟了他一下，扑哧地笑道：

"不高兴又怎么办？难道对天哭吗？我们总得想法子，这儿有电话，我们喊一辆汽车好了。狄先生，你别急，我送你到府上好不好？"

这句话照理本来是狄秋航说的，如今却被陆丁香先说去了，秋航的两颊这就红起来，忙道：

"这是哪儿话？理应我送陆小姐回去，怎么你倒送我呢？"

丁香听他这样说，便显出娇嗔的意态，明眸脉脉地瞅着他，反问道：

"狄先生，你这话就奇怪，为什么理应你送我？难道我就不应送你吗？这是什么原因，你倒给我说出一个理由来。"

狄秋航想不到这位姑娘倒是挺会说话的，因为这个理由是无从说起，这就怔住了一会子，笑道：

"陆小姐，你很会说话，我被你问住了。不过，彼此客气，觉得还是我送你比较妥当。"

陆丁香听他说"妥当"两字，忍不住抿着嘴儿哧哧地笑起来。狄秋航遂回身到账房间，见打电话喊汽车的观众有许多，等候了十分多钟，方才给秋航拿到了听筒，拨了号码，喊开到皇宫剧场来。当秋航跨步走出电话间的时候，心里就想到了一件事，那两颊顿时会热辣辣起来，暗想：说起来也惶恐，身边已经是分文全无了，怎么倒坐汽车了呢？这车钱若让她付去，这断断没有这一回事，若我抢着付吧，一定要回家向母亲去拿，母亲嘴里虽不会说我，心里一定会怨我太浪费了吧。狄秋航这样地想着，一时又懊悔不该和她遇见，否则任天落得怎样大的雨，我也脱去皮鞋，撩起裤脚管，跑回家里去了。就在这时，陆丁香便笑盈盈迎上来问道：

"狄先生，喊了没有？"

秋航这才又从愁苦中勉强转过笑脸来，点了点头，说道：

"喊了，一会儿就来，我们快去等着，否则就会给人家捷足先登的。"

于是两人又到戏院门口来，只见这时的雨倒小了不少，就是马路上的水也退去了许多，观众们散了大半。陆丁香心里很喜欢，回眸望着他，掀起了酒窝儿，说道：

"天倒也识趣，雨竟停止了。"

狄秋航表面上虽然点着头，但心里实在有些怨恨，那老天真也太恶作剧了，要停就该早些停了，偏偏在喊过汽车后停起来，那这个汽车钱不是无谓的花费吗？这时候，狄秋航的心里是只感到十分的难受，真觉得有些哭笑不得了。照理，狄秋航是应该多么欢喜，因为在戏院里无意中遇到了这么一个美的姑娘，而且这个姑娘对待自己又那么热情，在瞧完戏剧之后，正要忧愁着一刹那间便要分别了，如今居然老天大帮其忙，落着这样的大雨，成全两人有汽车回家的机会，这应该如何地要感谢老天才是，怎么秋航反而怨恨老天了呢？难道他不爱这个丁香姑娘吗？这当然是不会的，因为像丁香姑娘这样才貌和性情的女子，若再嫌她不好，那么难道真的还想天上安琪儿下凡来不成？既然秋航心里是很爱着丁香，那么究系为什么不喜欢和她汽车回家的呢？在这里要分析清楚，秋航并非不是喜欢和丁香同车回家，实在他付不起昂贵的汽车钱。从这一点看起来，可见无论什么事情，总非有金钱不可，没有金钱，就是有挺美丽的姑娘和你谈爱情，使你也会感不到一些兴奋，而且更会增加一些受窘的烦恼。这倒不是无稽之谈，看书中的狄秋航心理，实在是个准确的写照。

呜呜的汽车喇叭响了两声，接着一辆银色的汽车在皇宫剧院的门口停下来。陆丁香道：

"狄先生，你喊的是不是银色的汽车？"

狄秋航这才有些清醒过来，点头道：

"是的，是的。"

说着，先走下石阶去，把车厢的门拉开了，让丁香先跳上车厢，自己方才也钻身进内，砰的一声，把车门关上了。陆丁香问道：

"狄先生，你府上在哪里？准定我先送你回家。"

话声未完，忽然汽车开动，丁香身子一斜，竟倾倒狄秋航的怀中去了。秋航急得慌忙把她扶住了，不料两手齐巧按住在她的腰肢上，只觉陆小姐的细腰其软若绵，心里荡漾了一下，笑道：

"你撞痛了没有？"

陆丁香两颊是娇红得艳丽，秋波一转，摇了摇头，却是微微地一笑。秋航见她这样娇羞不胜的意态，不免感觉到她十二分的可爱，暗想：人家是一个姑娘哩，尚且这样豪爽，那我是个堂堂七尺男儿，难道真的要她送自己回去不成？觉得这笔汽车钱无论如何省不掉的，遂向车夫说道：

"你先开到环龙路去吧。"

车夫应了一声，车子便向前直开了。陆丁香见狄秋航对车夫这样说，反而鼓起了小腮子，很不乐意地向他睃了一眼，说道：

"狄先生，就是你不情愿我送你回府，那你难道连府上的地址都不肯告诉我吗？可不是像我这种的女子，够不上资格和你认作一个朋友吗？"

狄秋航再也想不到她会对自己说出这样话来，一时反感到十分的惶恐，暗想：我是怎么样一个身份的人，敢来看轻你吗？遂忙满脸堆笑地说道：

"陆小姐，你这话太客气，倒叫我听着有些不好意思，我觉得要陆小姐送我回家，可有些不敢当。"

陆丁香眼珠一转，把绷住了的脸又掀起笑容来，说道：

"那么你送我回家，难道我就敢当了吗？"

秋航笑道：

"这是我理应如此。"

不料秋航这句话反遭了陆丁香妩媚的一个白眼。秋航觉得她这个娇嗔是更增她脸部美的表情，这就忍不住笑道：

"为什么你用眼睛白我？可是我这句话不中听吗？"

陆丁香没有回答，瞟他一眼，却是垂下粉颊来，但她的两肩是微微地耸着，从这意态瞧来，显然她是在笑。虽然不听到有她的笑声，但也可想她是笑得那一份儿有劲的了。两人静静地坐了一会儿，狄秋航因为她低着头不开口，于是也垂下头来向下望，这就见陆丁香的脚上是穿着一双黑漆的高跟皮鞋，因为那双淡红的丝袜绝薄的缘故，所以看来仿佛是裸着腿一样，具有一种巧俏的美感。心里暗想：一个姑娘的美与不美，在物质上确实有相当的补助，丁香的脸固然不化妆也是美丽的，但是她的足若没有好的丝袜与皮鞋穿着起来，恐怕未必像现在那样的俏丽可爱吧。两人既然这样地沉默着，空气自然是很静寂，只有汽车轮盘从水堆里滚过，飞溅起啪哧啪哧的声音。丁香觉得这宝贵的时间若让它这样悄悄地溜去，那似乎太可惜了一些，于是她回眸过来，微微地一笑，问道：

"狄先生，你真不肯把府上的地址告诉我吗？"

狄秋航听她这样问，方才猛可想到了，忍不住笑起来，说道：

"哟，我这人糊涂，竟把这事情忘记了。我是住在吕班路鸿怡坊十八号，陆小姐假使有空的话，倒欢迎你来谈谈。"

陆丁香听了这话，似乎很高兴，眉毛一扬，掀起笑窝儿，露着玉雪可爱的皓齿，嫣然一笑，转着乌圆的眸珠，很快地问道：

"我能到你府上来玩吗？狄先生家里有什么人？"

狄秋航见她微侧了粉脸，秋波盈盈地注视着自己，那种欢喜的神情倒有些感到意外的，也不禁凝望了她，笑道：

"为什么你不能到我家里来呢？我家里有一个母亲。"

陆丁香听他只说有一个母亲，却不听他再派下去，因又追问一句道：

"除了母亲外，还有什么人？"

狄秋航觉得她问得有趣，遂摇了摇头，但眸珠一转，忽然又"哦"了一声，笑道：

"有是将来总还有一个，不过现在却还没有进来。"

陆丁香听了这话，起初有些不明白，眨了眨眼睛，忽然理会过来了，情不自禁地两颊盖上了一层桃色，睃他一眼，却抿着嘴儿笑起来。狄秋航道：

"陆小姐，你笑什么？"

丁香立刻又收起了笑容，正着脸色，却摇了摇头，她再不问什么了。狄秋航见她颦蹙了蛾眉，仿佛有些嗔意，暗想：她一定有些怪我对她那种浮华的态度了。一时也深悔不该，意欲拿什么话来打岔开去，但愈想找些话来搭讪，却愈说不出一句话来，把手抬到头上，抓了抓头发，忽然想着了一句，说道：

"那么陆小姐府上有些什么人？老伯、老太太想都健全吧？还有弟弟、妹妹……"

陆丁香听他这样地给自己派着，心里感到无限的悲叹，方欲回眸过来说话，不料汽车夫转过头来问道：

"环龙路到了，是几号门牌呀？"

丁香抬头一瞧，见那边树梢蓬中的红绿灯光依然在风雨中闪烁着，遂说道：

"你在可可咖啡店的门前停下好了。"

说时，汽车已到可可咖啡店的门前了。陆丁香在皮匣内很快地取出汽车钱，塞到车夫手里。狄秋航待要抢下，却已来不及了，丁香已开了车门，急急地仿佛逃那样般地跳到人行道上去了。秋航忙说道：

"陆小姐，那你这算什么意思？可不是叫我难为情吗？"

陆丁香避在咖啡店的门框子里，伸着手招了两招，笑道：

"狄先生，别客气，我们再见，有空请你常来玩玩吧。"

说着，身子已推进咖啡店的门里去。狄秋航只好关上车厢，又叫车夫开到吕班路鸿怡坊去，心里想着丁香小姐这样的多情和客气，不料自己真的会叫她用汽车送我回家，那真的感到了有些惭愧。

白豆蔻演完了这一场戏，真的流了许多的眼泪，两眼是哭得红红的，在后台化妆室里卸妆的时候，对镜自照，想想不免亦觉好笑起来。使女阿梅在旁笑道：

"白小姐，演这个剧本很吃力吧？这是李老爷叫我预先泡好的龙井茶，你喝着润润喉咙。"

白豆蔻听了，便回身接过了那把精细的小茶壶，凑在嘴里喝了一口，又放到桌上去，对镜梳了一会儿头发。阿梅递上大衣，白豆蔻披上了，跨步走出化妆室，只见李家瑞在那边和舞台监督蒋大胖子谈话，他们见白豆蔻走出，遂向她招了招手。白豆蔻于是连奔带跳地走过去，笑盈盈地说道：

"蒋伯伯，你和李大叔说些我什么话？怎么老望着我笑？"

蒋子清抬上手去，摸着自己光秃秃的头顶，笑道：

"白小姐，你的表情再认真也没有了，无怪台下观众把钞票角子一齐掷上来，我一算倒有五十三元钱，这笔款子怎么办？我交给白小姐吧，因为他们是都给白小姐的。"

白豆蔻听蒋子清这样说，便皱起了双眉，说道：

"蒋伯伯，你这话不对，他们何尝是给我的，他们是都给难民的啊。我想，这件事还劳驾你，明天送到报馆去，做了难民捐吧。"

李家瑞笑道：

"白小姐是慈悲成性的一个软心肠人，老蒋，你明天就遵她的意思照办吧。"

蒋子清望着白豆蔻的粉颊，不住地点头，说道：

"白小姐这样人才性情就真难得……难得……"

白豆蔻见他这个有趣的神情，忍不住又哧哧地笑起来。一会儿，又把乌圆的眸珠一转，回身要走的模样，说道：

"时候不早哩，你们还不回去吗？我走了。"

李家瑞连忙叫住了，说道：

"白小姐，你慢着走呀，外面的雨可下得大哩，一时里哪有车子叫？我送你回去吧。"

蒋子清笑道：

"有李老板做保镖，什么事情都没有了。"

李家瑞笑着和蒋子清点点头，便抢上几步，和白豆蔻并肩走了下去。白豆蔻道：

"我上戏院来，天上还有圆圆的明月哩，怎么天就会下起雨来了？"

李家瑞笑道：

"这才叫天有不测风云，又岂能预料呢？"

白豆蔻望着他脸，很神秘似的一笑，说道：

"我却不信，你一定骗我。"

李家瑞再也想不到她会说出这一句话来，忍不住打了一个哈哈，笑道：

"白小姐，你这人真十足还带有些孩子气，落雨不落雨，那有事实可以证明，我怎能骗得了你呢？"

说着话，两人已到了皇宫剧院的后门。白豆蔻的耳中只听洒洒的雨声，仿佛万马奔腾似的，这就仰着脸瞧那黑漆漆的天空出了一会子神。李家瑞笑道：

"白小姐，我没有骗你吧，你瞧这雨下得大不大？"

白豆蔻回眸笑道：

"你是我的大叔啦，那我做侄女儿的怎不要孩子气呢？"

李家瑞本来听白豆蔻还喊自己一声李先生，自从那夜给断命的樊宝之认作干女儿后，她就天天喊大叔了。照自己的意思，最最恨的就是做她的长辈，但她偏偏地以侄女儿自居，你想，这事情糟不糟呢？因此脸上现出了不喜悦的神气，说道：

"白小姐，我有一个要求，请你答应我吧！"

白豆蔻忽然听他有什么要求起来，心里倒是一惊，但表面上犹装出毫不在意的神情，瞅着他笑问道：

"李大叔有什么要求，我做侄女儿的总没有不答应叔父的。"

李家瑞听她索性喊出叔父来，那两条眉毛便紧紧地皱起，"唉"了一声，笑道：

"我的好白小姐，你怎么愈喊愈大了？我的要求，就是请你再不要喊我大叔了。"

白豆蔻这就扑哧一声，笑得弯了腰肢直不起来，拿出帕儿，拭着眼皮，又向他"咦"了一声，转着盈盈的秋波，笑道：

"怎么？难道我喊错了吗？我的干爹是樊宝之，干爹和你是好朋友，那我不喊你大叔，喊你什么呢？"

李家瑞听她絮絮地这样说着，心里真是又恨又爱，忍不住笑道：

"你这孩子真淘气啊！"

白豆蔻瞟他一眼，咯咯地笑道：

"这可是你自己摆大叔的架子了。"

停在弄堂里的汽车，福根听到女子说话和笑声，便从玻璃片上望出来，一见果然是老爷和白小姐，遂把车子放过来，拉开车厢，给两人跳上坐下，才又关上开出弄堂去了。李家瑞望着白豆蔻红红的眼皮，笑道：

"白小姐，明天我劝你不用做得太认真，哭得眼睛像胡桃似的，那又何苦来呢？不是自伤身子吗？"

白豆蔻微微地叹了一口气，很悲哀地说道：

"李大叔，你不要以为我是一个不知忧愁的姑娘，要知道饥无食，寒无衣，颠沛流离，那是我曾身历其境的过来之人，今日给我在舞台上居然现身说法地演着戏，怎不要叫我痛到心头，号啕大哭吗？"

李家瑞听她这样说，"嗯嗯"了两声，脸上显出很紧张的神气，望着白豆蔻的脸，问道：

"白小姐，真的，我们虽然已经有一个月的认识了，但对于白小姐的身世却还不曾晓得，我很希望知道白小姐过去生命中一些事迹，不知你肯告诉我吗？"

白豆蔻听了，眼皮有些润湿，叹了一声，说道：

"有什么不可以？那是九年前的事情了。沈阳城外闯进来一班虎狼似的强盗，把我们城里的人民杀的杀、抢的抢、奸的奸，无所不为，无恶不作。我的父亲为了稍事抵抗，终于在强盗的手枪下丧了性命，叔父携着我母亲，又拉了我，在满城炮火中逃了命。不料在半途上，母亲又中流弹而死，叔父眼睛瞧着满城尸体遍地，血满江河，一时顾不得许多，遂抱着我一路奔逃，亡命在南洋过活。我在南洋过了九年的学校生活，叔父把我教养到二十岁，可怜他老人家竟一病而逝了。临终，他对我含泪说道：'苦命的孩子，叔父保护了你九年，如今再也没有能力来管你下去了，丢你孤零零的一个人在异邦，那我心里终感到遗憾。孩子，祖国是可爱的，你别忘了祖国，我死后，你还是快快地回到你祖国的怀抱去吧！'叔父这几句话深铭在我的心版，于是今年的春天，我就带了一个仆妇回祖国来了。"

白豆蔻说到这里，那满眶子里眼泪真的又滚滚地掉了下来。李家瑞这才明白白小姐原来是个孤苦伶仃的身世，心里倒反而暗暗地欢喜，但表面上却又不得不装出十分同情的样子，搓了搓手，很扼腕地叹息道：

"原来白小姐的身世是这样孤苦，那真叫我伤心，那么白小姐在南洋可真上过舞台吗？"

白豆蔻摇了摇头，说道：

"说句老实话，我何曾上过舞台，不过在学校的时候，对于戏剧是很爱研究的。记得那年发起为祖国灾民赈灾，学校里假座舞台演戏，我也担任剧中角色，被外界一致赞许，谓确有演戏天才，其实我也不过性之所近，感到兴趣玩玩罢了。"

李家瑞连连点头道：

"天才，天才，真是天才。白小姐，但是过去的悲哀已经过去了，你就别去再想它。现在你到祖国虽只一个月，但早已闻名上海，差不多没有一个人不知道你的芳名。这样下去，白小姐的前途真不可限量，那你真应该欢喜才是呢。"

说着，见她粉脸上犹含着丝丝泪痕，倍觉楚楚可怜，遂在袖内抽出一方雪白的手帕，意欲亲自给她拭泪。但白豆蔻早已把自己手帕按到脸上去揩擦，向李家瑞点头道了一声谢，淡淡地笑道：

"前途不可限量……唉！李大叔，试看有哪一个名伶有好的下场？老实说一句话，一个女孩儿家，做了名伶，她的本身已经是个命苦，哪里还谈得上'前途'两个字呢？"

说着，又深深地叹了一口气，若有不胜扼腕之意。李家瑞挨近了一些身子，两眼含了无限的柔情蜜意，脉脉地凝望着她的粉颊，说道：

"这也不能一概而论，我瞧白小姐就是一个有福气的人。"

白豆蔻一撩眼皮，笑道：

"真的吗？恐怕未必吧。"

李家瑞道：

"不，你放心，我相信，尽我的能力，总可以把白小姐的环境改变得好一些来。"

白豆蔻听了，微微地一笑，说道：

"但是，我倒也并不希望人家怎样地来改变自己的环境，因为我在学校里的时候，就深深感到依靠人家是可耻的事，环境无论恶劣到如何地步，我总非自己来努力奋斗不可。不过李大叔这样的一片热心，我做下辈的当然也是深深地表示着感激，假使在合乎情理的范围之内的话，我总可以接受李大叔的援助。"

李家瑞听她说得如此强硬，而且在语言之中一味地只把我当作长辈看待，一时心里好生不乐，本来是一团兴奋，到此不免也有些心灰意懒起来。白豆蔻见他沉着脸，似乎有些怏然不乐的神气，为了生机的问题，这就不得不堆了满面的娇笑，纤手扳住了家瑞的肩胛，仰了粉颊望着他，笑道：

"李大叔，我年轻不懂事，说话之中，未免有得罪人的地方，但你要原谅我，只把我当作自己孩子看待是了。"

李家瑞被她这么一来，心里真有说不出的难受，冷冷地说道：

"我哪儿来福气有像你那样的一个女儿？"

白豆蔻把粉颊几乎要偎到他的肩头上了，娇媚地笑道：

"只怕你生了我的气，所以才有这一种气话吧？"

李家瑞回过头来，骤然和白豆蔻的粉脸瞧了一个正着，而且彼此距离只有两寸光景，这就闻到一阵细细的幽香，触送到鼻子里来。李家瑞再也忍不住心里荡漾了一下，把绷住了的脸早又笑起来，说道：

"白小姐，你这话我可不懂，你何尝有得罪过我？我干吗要和你生气？"

白豆蔻把那玉雪可爱的牙齿微咬着那薄薄的殷红嘴唇皮子，秋波盈盈地凝望着他，憨憨地娇笑了一会儿，频频地点着头，说道：

"我知道你一定生着气，你不用赖的，你心里一定恨着我，对不对？"

李家瑞见她忽然又显出如此娇媚天真的意态，一时把那刚才的不乐早又抛到九霄云外去了，笑道：

"我心里只有爱你还来不及，怎么会恨你呢？白小姐，你在舞台上演戏是曾经一度伤心过了，假使你久郁在胸，对于身心恐怕有害，所以我此刻想约你到舞厅里去坐一会儿，以散心中的哀怨。白小姐，你想，我这样地为你关心着，难道还会和你生气吗？"

白豆蔻道：

"本来我很想早一些回家去休息了，但你既然有兴趣，我自当奉陪你去坐一会儿。"

李家瑞听她这时的说话，又觉十分柔顺，心里对于这位姑娘的态度，真感到不容易捉摸，暗自细想道：一个姑娘家谁不想嫁一个有财有貌的丈夫，白豆蔻对于我有钱的一个条件，一定是很满意。她所不乐的是我只几根臭胡须，同时还穿着这蓝袍黑褂的一副老寿头气，我想决定把胡须剃去，换上了西服革履，也许她的一颗芳心慢慢地会真心爱上我的。只要功夫深，铁条也要把它磨成针。我静心耐气地追求着，这就不怕没有成功的一天。李家瑞心里这样暗暗地计划着，便又喜欢起来。车夫福根是个最机灵的人，两人的话是全都听在耳里，所以不待李家瑞吩咐，他早已把汽车开到安乐宫舞厅门口停下来，于是李家瑞开了车厢，和白豆蔻携手进内，由招待伴到座位坐下，泡了两杯柠檬茶。白豆蔻见音乐台上的黑人乐队奏着那狂热的爵士音乐，令人兴奋异常，同时瞧着那霓虹灯光下的对对舞伴，有的勾肩搭背，有的脸贴脸，笑语盈盈，各人脸上浮现了春的热情。这情形会使每个青年的心都迷糊了，灵魂也飘飞了，眼前呈现的是女人的粉脸和肉腿一切是甜蜜的，是醉人的，无怪置身在其中会忘记了亡国的痛苦、颠沛流离的悲惨。白豆蔻忽然想到了刚才舞台上惨痛的一幕，顿时感到椅子的坐垫上仿佛竖着千万枚的钢针一样，使她有些再也坐不下去了，觉得在这个环境之下，那班丧心病狂的醉生梦死者，真所谓商女不知亡国恨，隔江犹唱后庭花了。于是她蹙了眉尖，纤手按着额角，愁苦着脸，向李家瑞说道：

"李大叔，我的头脑突然涨痛得厉害，再也坐不住了，我想回去睡了，改天再和你一块儿来玩好吗？"

李家瑞见她好好儿的忽然说头痛了，一时倒猛吃了一惊，慌忙伸手去摸她的额角，似乎真的有些发烫，这就急道：

"怎么好好儿的会头痛了？一定是你刚才哭得太伤心了一些，出来着了风寒，不要病了，倒不是玩的。"

白豆蔻摇了摇头，说道：

"你别忙，我不会生病，因为一个钟点以前，我在舞台上还是扮的一个流离失所、挨饿受冷的苦痛人，如今突然给我步入了这样灯红酒绿的一个欢乐的环境里，我那颗脆弱的心灵受不住那样深重的刺激。假使我在此再逗留一刻，我相信一定要昏厥到地上去了……"

她说到这里，身子已经是站起来。李家瑞听她这样说，吓得不敢执拗，立刻付去茶账，把大衣亲自给她披上，匆匆地和她走出舞厅。白豆蔻抬头见天空是黑漆漆的，在暗弱的灯光反映下，还落着密密的雨点儿，她仰天深深地透了一口气，觉得大地的一切永远是这样地埋没在黑暗之中，那晶莹莹的泪水不免又在她粉颊上展现了。李家瑞他是不会了解白豆蔻内心的痛苦，坐在汽车里，兀是握着她的手，一会儿问她头现在还痛吗，一会儿又把手按到她额上去试热度。白豆蔻并没回答，兀是摇着头，不知不觉间汽车早已到了静安寺路三友小筑的门口了。李家瑞要送她到屋子里，白豆蔻说："不用了，咱们明儿见吧。"

说着，跳下车厢，冒着密密的雨点儿，直向弄中奔进去了。李家瑞直瞧不见了她的身影，方才关上车厢，坐车回家里去。汽车到了公馆，直达大厅，李家瑞从长廊转入内院子，步进上房。只见夫

63

人朱氏还没有睡去，横在床上吸大烟，丫鬟梅心伴在床旁，给她装烟。李家瑞的爸爸李定观原是钱庄出身，后来给他做投机发财，一帆风顺，居然拥资百万。他既然有了家产，生恐儿子不争气，给他败光，所以在家瑞十七岁的时候就给他结婚，他的妻子便是朱氏，为了要管束管束家瑞在外胡调起见，所以朱氏的年龄要比家瑞还大四年。不料家瑞结婚未到五年，定观两老就相继身亡，剩下百万家产给家瑞独自享受，好在朱氏凶恶异常，家瑞怕老婆是远近闻名的，因此也不敢任意胡调。现在家瑞年已四十，朱氏见他人也老多了，而且他现在社会上是个有身份的人，朋友交际，自然在所难免，想膝下儿孙满堂，终不至于再会在外面瞎胡调了，所以是放松了许多。今夜李家瑞回家，是已经子夜二时多了，他生恐朱氏责骂，所以先满脸含笑地叫道：

"太太，怎么还不休息？倒有兴趣吸烟吗？我来伴你吸两筒吧。"

不料李家瑞话声未完，朱氏猛可从床上坐起，向家瑞身上一头撞来，眼泪鼻涕地先哭骂起来。这出乎意料之外的情形，顿时把李家瑞吓得浑身瑟瑟地颤抖不止。

第六回

白发知非红颜侣
黄金难买美人心

　　樊宝之自从把白豆蔻收作了干女儿后，他那颗六十三岁已经苍老的心，顿时会年轻地活跃起来，心里暗想：我的老妻是四年前死过去了，本来早想娶一个续弦，无奈族中人都说我孙媳妇也可以娶了，若再讨一个晚太婆，那岂不是成为笑话了吗？我一想倒也不错，因此把这件事就冷了下来。过了四年的孤独的生活，这才感到老年丧妻，实在比中年丧偶更要可怜着十分。在我还是个拥资百万的富翁，虽有丫鬟使女早晚服侍，但服侍只不过服侍而已，怎么能够像自己妻子那样地体贴温存呢？人家总说我好福气，儿孙满堂，所谓多福多寿多子，兼而有之，实在可称是人间天上。但按诸实际，儿子、媳妇又有什么用？他们整天地碰雀牌、看电影、上舞场，你假使有一件事喊他们大家来商量，这就连鬼影子都喊不到的，这我虽然有着许多儿媳，还不如等于一个孤老一样的吗？儿孙自有儿孙福，莫替儿孙做牛马。照这样下去，那我真的是在替儿孙做牛马了，这实在是太想不开了。我今年已经是六十三岁的人了，终不至于再会有六十三年可以活着，若不趁这时再享乐几年，风前残烛，一旦熄灭，那剩下这许多家产，我既不能把它带到棺材里一同去，岂不是又给这班儿孙白白地享受吗？樊宝之心里既然这样地愤愤思忖着，他就决定再娶一个妻子，虽然不是堂而皇之娶妻，至少也得讨几个小老婆来，以娱晚景。不过讨小老婆也不是一件容易的事，堂子里固然有美丽的姑娘，但她们这种朝秦暮楚的女子是不会有真的爱情可谈，即使把她讨了来，在她们的意思，不还是为了看在金钱的脸上吗？万一有了野心，说不定还要发生卷逃的丑事。所以在未讨小老婆之前，倒不能不有个郑重的考虑。樊宝之坐在华东银行的经理室内，嘴里衔着雪茄烟，望着室内空气中缥缥缈缈的烟雾，却是呆呆地出了一会子神。忽然在那一圈一圈的烟雾里，樊宝之的凝眸想象中，呈现出一个秀丽的姑娘的脸庞，明眸皓齿，浅笑含颦，这种盈盈欲语的意态，实在可说得一句倾国倾城的了。想到这里，他会情不自禁地叫起来，这是我的干女儿呀！觉得像白豆蔻小姐这样美的人才，不要说做我的姨太太，就是她要堂堂皇皇地正式结婚，对天交拜，我也不管族中人如何笑骂，一定要实行照办了。于是他又想起昨夜酒筵上白豆蔻和自己亲热的情形，这真会叫我神魂渐渐地飘荡起来。当我给她戴钻戒的时候，她是那么柔顺，我握着她白嫩的纤手，软若无骨，实在叫我有些不舍得放松。她的手尚且这样柔软，那么她的身体，柳条似的细腰，富于弹性的乳峰，白胖的大腿，其温柔的滋味可想而知……樊宝之想到这里，身子会慢慢倾斜过去。突然砰的一声，这才把他从乳峰、大腿的幻想中清醒过来，定睛仔细地一瞧，原来放在写字台上那把金边红花的小茶壶被他的手臂挤到地下敲得粉碎了。樊宝之瞧了这个情景，自己也忍不住掩口笑起来，不料这时却惊动了室门外的茶役阿王，推门进来，一见经理一个人在大发脾气，把那只精致的小茶壶却敲得粉碎，这就吓得吃了一惊，目瞪口呆，垂手侍立，似乎在静候吩咐的模样。樊宝之其实又不曾叫过他，现在见他这个样子，心中暗想：我若不借端责骂他几句，他一定会笑我一个人在发神经病。于是便绷住了脸，很恼怒的神气，喝道：

"你在什么地方？我铃撳了多少时候，你的耳朵在哪儿？是不是还叫我用汽车来接你吗？"

阿王侍候经理，凭良心说句话，也算得小心了，不料今天无缘无故地却还要受了这个天大的冤枉，心里虽然有这么一个反感，经理何曾揿过铃？但口里却始终没有勇气问出来，倒退了两步，连声地道了两个是是。在阿王的意思，部经理的责骂总不会错的，就是错了，他也有错的理由，所以他除了接受这个责骂外，就只有连声地答应着走，不料他没有听清楚经理以下说的是什么话。樊宝之听他认为自己是应该用汽车去接他的，这就勃然大怒，把手在桌上一拍，喝骂道：

"什么？我喊你要用汽车来接你吗？"

阿王一听这话，急得两颊绯红，连声地说道：

"不！不！哪有这个话？哪有这个话？老爷有什么吩咐？"

樊宝之道：

"快先把地上的茶水来收拾过去了。"

阿王又连声地说了两声是是，便回身悄悄地退出了经理室的门。樊宝之犹气愤愤地说了一声岂有此理，但话还未完，他忍不住又哑声笑起来，不但骂的人自己会笑，就是被骂的阿王，当他退出门去的时候，摇了两摇头，忍不住也好笑起来。拿了畚箕和拖把，匆匆地把碎瓷片收拾过去，又很小心地向他问道：

"经理还有什么吩咐吗？"

樊宝之道：

"你叫出纳主任金克明上来一次。"

阿王答应一声，便又匆匆到出纳科主任室内，只见金克明披上大衣，似乎正欲出去的样子，便忙叫道：

"金先生，樊经理请你上去一次。"

金克明听了，皱了眉毛，瞪他一眼，说道：

"知道了，回头就上来。"

说着，只好把穿上的大衣又脱了下来去放在沙发上，心中暗想：我四点钟有事情去，偏有这许多麻烦。心里虽然是这样地想，但身子就不得不向经理室内走，推开经理室的门，见樊宝之坐在转椅上，嘴里衔着一支雪茄烟，还不曾燃过火。于是含笑走到他的旁边，摸出打火机，亲自给他燃了火，很小心地问道：

"樊先生，你喊我有什么事情吗？"

樊宝之吸了一口雪茄烟，又喷出一口烟来，说道：

"你给我拿五百元钞票来，回头我要用的。"

金克明点头道：

"还有什么事情？"

樊宝之摇了两摇头，金克明于是走了下去，心里可就想：既然要钞票，就可以和阿王传话了，偏要叫我走两趟，那似乎也太会摆经理的架子了。想时，已回到自己的主任室，把银箱开了，点了五百元钞票，又把银箱关上，亲自送了上去。待金克明下来第二次披大衣的时候，就是狄秋航进来要借十元钱，金克明在经理那里受的一些委屈，这就出到狄秋航的身上去，那倒霉的狄秋航这就无怪要碰主任先生的钉子了。

樊宝之向金克明要五百元钱做什么用呢？原来，他拿了钞票，便坐汽车到惠罗公司，买了两件旗袍料、一双高跟皮鞋、一沓长筒跳舞丝袜，单三样东西就价值三百八十元，再买些香水、香粉等化妆品，五百元钞票就只剩了五元钱，他心里觉得十分满意，便坐车兴冲冲地到三友小筑望他的干女儿去了。汽车到了静安寺路的三友小筑门口停下，樊宝之挟了包裹，向阿三吩咐等在门口，他便走进三友小筑里去。只见三友小筑是西班牙式的小洋房，十分清洁幽雅，找到了十五号门牌，先向铁门的空档里望进去，里面是个小小的院子，一半是泥地，一半是水门汀的走廊。泥地里植有几株绿叶茂盛的矮小齐整的树木，还有几盆粉白色的蔷薇花和不知叫什么名儿的西洋草本，挺大的血红花朵，藏在碧油油的叶瓣里，倒是十分鲜艳动人。走廊的尽头是三步石阶，落地玻璃窗是开着，但外面却罩了一道绿绿的纱窗。樊宝之瞧着这幽静的情景，更想着白豆蔻娇艳的人，于是撩上手去，在电铃上揿了揿。不多一会儿，就见绿纱窗开处，走出一个仆妇来，就是林英，随着林英脚后蹿出来的是只雪白卷曲毛的狮子狗，它见了樊宝之躲在林英的身后，昂着头，先汪汪地叫起来。林英回头叫声乔利，那小狗便不叫了，林英这才步下石阶来，向樊宝之问道：

"请问你到哪一家去呀？"

樊宝之含笑道：

"这儿可不是白豆蔻小姐的府上？我是她的干爹樊宝之来望她了。"

林英一听这老者是我家小姐的干爹，倒是愕住了一会子，暗想：我小姐从南洋到上海也不过两个月光景，怎么就认了一个干爹了？但小姐现在这个职业，是全仗在外界交际，干爹、干爸的事情当然是免不了的，于是立刻堆了笑容，把门开了，说道：

"原来是樊老爷，请里面坐吧。"

说着，把手一摆，意思是请他进内。樊宝之这就步入里面，乔利跟在他的脚后缠个不了。樊宝之怕它咬自己，吓得不敢前进。林英关上了门，又叫了一声乔利，一面又向他说道：

"樊老爷，你别害怕，它不会咬人的。"

樊宝之听她这样说，脸倒是微微地一红，暗想：我这么一个人倒怕一只小狗，那岂不被人笑话？于是口里也哧溜哧溜地叫了两声，一面已跨步走进会客室。林英跟着进来，说道：

"樊老爷，你坐会儿，小姐在楼上，我去告诉她吧。"

樊宝之点了点头，把肋下的包裹放在正中那张圆圆的百灵桌上，自己在西首那张沙发上坐了下来，向室内打量了一会儿。家生一律欧化，壁上悬着德国名家画的裸体美人的油画，一切都含有西洋的风味，从这一点看起来，显然白小姐确实是个久住南洋初回祖国的姑娘。这时，白豆蔻是带着戒指、金表刚才从报纸里回来，忽听林英来说，小姐的干爹来了，一时忘记了昨夜的事情，倒是一怔，眸珠一转，这才理会了，笑道：

"是不是一个姓樊的老头子？你和他说小姐立刻就下来了。"

林英答应，便自下去。白豆蔻先坐到床边，把脚上那双天蓝色的高跟鞋脱下，换了一双薄呢的软底鞋子，站起来向梳妆台的镜子照了照，把纤手拢了拢她后脑拖长的美发，方才移步走到楼下去。刚到会客室的门口，只听室内是悄悄无声，遂探首先偷窥了一眼，只见樊宝之坐在沙发上，茶几上已放着一杯热气腾腾的玫瑰茶，他手里拿着半截雪茄烟，呆呆地望着壁上那两幅油画出神。最有趣的是自己那只乔利，坐在樊宝之的对面，也是呆呆地出神。白豆蔻瞧了这情景，忍不住扑哧的一声笑出来，遂慌忙步进室内，笑盈盈地喊道：

"干爹，对不起，叫你等候多时了，李大叔没一块儿来吗？"

樊宝之突然见了白豆蔻，心里倒是吃了一惊，暗想：怎么她没有脚步声音？低头一瞧，原来她穿的是双软底鞋子。因为白豆蔻提着了李家瑞，心里这就有些不快乐，但心里虽然不快乐，表面上终不好意思显露出来，遂很快地站起来，也满脸含笑地说道：

"没有等怎么久，白小姐倒不曾出去吗？"

白豆蔻把手一摆，乌圆眸珠一转，笑道：

"干爹，站起来干吗？你请坐呀，和自己女儿还用得客气的吗？"

樊宝之被她这么一说，那心中一些不快乐早已消失尽了，很得意地笑了一笑，说道：

"自从昨夜分手后，我心里就很记挂着白小姐，所以今天特地来望望你，顺便买些东西送给你。物微情重，白小姐，还请你不要见笑才好。"

白豆蔻回眸向桌上望去，果然见大包小包地摆了一桌面，这就"哟"了一声，笑道：

"干爹，这你不是太客气了吗？我做女儿的没有什么东西孝敬你老人家，怎么好意思受你老人家这样的厚贶呢？"

樊宝之把手抬上去抓了抓光头，扬着眉，又喷了一口烟，笑道：

"那么你既说和自己女儿不用客气，你和自己的干爹也就别客气吧。白小姐，你透开来瞧瞧，看中不中意？"

白豆蔻听他这样说，自然不好意思不把那纸包透开来，一面转着乌圆的眸珠，掀着笑窝儿，说道：

"干爹亲自给我买来的东西，那有个不好的吗？"

说时，已把纸包透开，见一盒是双银色的高跟皮鞋，一盒是沓各色的真丝袜，还有两块衣料，一块是花呢的，一块是绸的，另外尚有胭脂、香粉，都拿出来瞧了瞧。回眸瞟了樊宝之一眼，笑道：

"干爹，你真想得周到，干女儿差不多可以开百货商店了，这些东西都要花了很贵的钱去买来，其实真可以不必。如今干爹既买来了，干女儿只好厚着脸皮说声谢谢了。"

说完了这两句话，又逗给了他一个很娇媚的甜笑。这时，林英又端出两杯牛奶咖啡茶来，白豆蔻说道：

"林英，这些东西都是干爹送我的，你都给我拿到楼上去吧。"

林英答应，把牛奶咖啡茶放在桌上，她便捧着衣料儿等拿到楼上去。白豆蔻回身亲自把那杯牛奶咖啡茶端给了他，笑着说道：

"干爹，你请坐呀。"

樊宝之一面接过，一面道了一声谢，就在沙发上又坐了下来，把咖啡茶放在玻璃茶几上，心里可就想：白小姐真是一个又大方又洒脱的姑娘，她见了这许多的物件，却一些没有显出惊喜的模样，大概这些衣料和化妆品她是日常见惯的，所以并不稀罕，我觉得已经是很名贵的了，也许她还嫌这东西不好吧。樊宝之这样地想着，倒反觉得自己的眼孔小，未免有些不见世面了。想到这里，樊宝之那张已经苍老的脸皮也会微微红了起来。白豆蔻站在旁边，见他这样局促不安的神情，心里倒有些奇怪，遂拿了一杯咖啡茶，也在对面沙发上坐下来，把银匙在杯中搅了搅，秋波盈盈地瞟他一眼，又说道：

"干爹，这几天行里忙不忙？"

樊宝之觉得自己这样出神的意态，也许要引起她的误会，遂也装出很自然的神气，点头说道：

"这几天行里比较忙一些，不过我的事情全托给了秘书长，所以也等于和平日一样。"

白豆蔻喝了一口咖啡，放在旁边的茶几上，微微地一笑，说道：

"照理，像干爹那样的年纪，正应该坐在家里享福才是，如今依然天天上写字间去办公，这样的精神，真比年轻的人更要好得多哩！"

樊宝之最喜欢的就是有人说他精神好，尤其这一句话出在一个美丽的姑娘口中，显然自己是还没有十分的衰老，这就乐得眉飞色舞，耸了两耸肩膀，打了一个哈哈，笑道：

"白小姐，你这话可真的吗？不过，我自己也觉得精神还好……"

说到这里，不知怎的，也许是太兴奋了的缘故，未免有些乐而忘形，竟连连咳嗽起来。白豆蔻见他咳嗽不止，心里忍不住好笑，遂忙说道：

"干爹，你快喝口茶吧。"

樊宝之回头把咖啡杯拿来，喝了一口，微红了两颊，向她瞟了一眼，笑道：

"究竟是老了，连说话说得急一些都要咳嗽了。"

白豆蔻憨憨地笑了一下，也不知她是真话呢，抑是有心和他开玩笑，明眸脉脉地凝望了他良久，笑道：

"听听干爹的年龄似乎老一些，但瞧瞧干爹的人，至多也不过四十左右好看，真是生得很嫩面呢。"

樊宝之听了这几句话，他的身子顿时会软了半截，嘻嘻地笑道：

"真的吗？怕不见得，白小姐一定和我在开玩笑。"

白豆蔻一撩眼皮，哧地笑道：

"我怎么敢和干爹开玩笑……"

说到这里，地上坐着的那只乔利忽然摇着尾巴依偎到白豆蔻的脚下来，好像很亲热的样子。白豆蔻伸手便把乔利抱在怀里，纤手柔顺地抚着它卷曲的毛。樊宝之见那只乔利躺在豆蔻软绵绵的怀中，正像孩子那样柔顺，白豆蔻低着粉颊，还去依偎乔利的狗头。这情形瞧到樊宝之的眼里，心里就觉得万分感触，想不到一只小狗倒有这样的艳福，真所谓我不如它了。正在羡慕之间，林英又端着一盘点心上来，白豆蔻遂站起身子，向他笑道：

"干爹，别客气，这儿叫不出什么好的点心，马虎用一些吧。"

樊宝之把雪茄烟尾丢在痰盂内，搓了两搓手，笑道：

"白小姐，你这样地客气，倒叫我下次不好意思再来了。"

豆蔻把乔利放到地上，将百灵桌边的座椅拖开些，笑道：

"用些便点心，那也算不了客气，干爹，快来吧，别冷了就不好吃。你怕难为情，我就陪着你吃一些可好？"

樊宝之对于她这几句体贴多情的话倒是出乎意料的，这就觉得今天虽然是花了五百元的代价，实在也是很值得的了，于是坐到圆桌的旁边，握起银制的筷子，和白豆蔻一同吃了。这时，樊宝之的心里是充满了无限的甜蜜，想不到自己会和白豆蔻面对着吃点心，这到底是一件困难的事情。白小姐对待我这样地热情，当然她对我是没有什么恶感，也许她还有些爱上我的意思吧？因为她曾称赞我的精神比青年人还要好，照这样下去，我也许可以达到成功的目的。想到这里，他就向她偷瞧了一眼，只见白小姐今天穿着一件紫酱红的条子呢旗袍，因为是衣裳红的缘故，所以更衬她的脸蛋儿白嫩得可爱。樊宝之愈瞧愈美，愈瞧愈爱，嘴里虽然是吃着点心，但简直有些食而不知其味的了。白豆蔻起初倒还没有觉得，后来见他这种涎水欲滴的丑态，心里倒有些不好意思，遂放下筷子，说道：

"干爹，你就多吃一些吧。"

樊宝之似乎也觉得自己这态度有些不雅，于是也放下筷子，说道：

"我已吃饱了，白小姐，你自己再用一些吧。"

白豆蔻也不再劝他，只叫林英拧上手巾。樊宝之在袋内取出一支雪茄，白豆蔻忙拿火柴来亲自给他燃了，笑道：

"你瞧，干爹到我家里来，却吸自己带来的烟呢。"

樊宝之笑道：

"白小姐不吸烟，家里当然不备烟的，况且我吸的还是雪茄烟呢。"

白豆蔻笑了一笑，慢慢地又退回到对面沙发上去。樊宝之一面吸着雪茄烟，一面便问长问短地问了一会儿，方知白小姐是个父母双亡的姑娘，一时愈加地怜惜，好好地又劝慰了一会儿。这时，暮色已进袭了大地，樊宝之一瞧手表，已经是五点三十五分，觉得再坐下去，势必要吃晚饭了，虽然自己和白小姐已认作了父女关系，但到底还只有二次见面的认识，已经是吵扰了半天，假使再吃饭，那究竟是有些不好意思，于是站了起来，望了一望院子外面的天空，说道：

"白小姐，我走了。"

白豆蔻也站起来，笑盈盈地说道：

"已经是晚饭的时候了，我也不叫什么菜，就吃了饭去怎么样？"

樊宝之听她这样说，心里倒又一动，但不知怎的，有了一个感觉，他便决计走了，说道：

"不，我还有些事没干，改天来吃饭吧。已经吵扰了大半天，可对不起得很。"

白豆蔻已是跟着送到门外，站在石阶上，见林英已开好了门，于是便不送下来了，说道：

"干爹，你说这话太客气，只怕请你不到，那么改天你和李大叔一块儿来吃饭吧，我不送出来了。"

樊宝之已经是走出了大门，听白豆蔻这样说，又回过头来向她挥了挥手，方才匆匆地走出三友小筑去了。白豆蔻抬头望着已暮霭的天空，那来去被风吹动的浮云，心里似乎有些感触，忍不住叹了一口气。林英关上大门回身过来的时候，瞧着小姐这意态，似乎有些了解小姐的心理，鼓着嘴儿说道：

"真是老背了，赖屁股的会坐这么多的时候。"

白豆蔻听了，轻轻地又叹了一声，也不说什么，便匆匆地奔到楼上去了。

这晚，樊宝之睡在床上，想着白天在豆蔻家里的情形，心里真是得意非常，不过在得意之中，又觉得有些妒忌。因为白豆蔻的口里总是带着"李大叔"三个字，可见李家瑞和她的交谊比我实在还要深一层，有李家瑞在中间，那我一定是失败的成分多，因为李家瑞比我年纪轻，和她接近的机会也多，而且他的钱也未必比我少，这样看来，一定是他胜利的了。不过在这里我有两个计划，也许可以转败为胜。第一，李家瑞虽然和我一样有钱，但在白小姐的身上，我至少要比他多花上几倍，女子总是具有虚荣心的多，她见我的钱倍于李家瑞，一颗芳心自然慢慢地会爱上我了。第二，我到李家瑞家里去，只要和他的夫人说几句话，那李家瑞是个有名的怕老婆，河东狮吼，他还敢和白小姐亲热吗？樊宝之想到这里，觉得预定的计划是好极了，于是含了满面胜利的笑容，很欣慰地拥着被儿沉沉地熟睡了。次日起来，时已九点敲过，洗漱完毕，用过早点，已经十时光景，方才坐车到行里，翻开报纸，也瞧见了"女艺人白豆蔻女士节约献金"一篇报道，心里感到有趣十分，于是摇一个电话到大中银行给李家瑞，原意是和他谈谈白豆蔻小姐的古怪脾气，不料行里回答说总裁有病，在家里休息着没出来。樊宝之暗想：好好儿的怎么病起来了？于是在吃过晚饭的时候，他便坐汽车到李公馆去望家瑞的病了。

到了李公馆，不料李家瑞却没有在家，樊宝之心里好生奇怪。李太太朱氏因樊宝之是家瑞多年好友，且有时亦到家里来玩雀牌，所以亲自接待。樊宝之问道：

"家瑞兄不是有着病吗？我特地来望望他，怎么他倒出去了呢？"

李太太笑道：

"他原没有什么病，只不过身子懒懒的，所以昨天、今天在家里住了两日，刚才吃过夜饭，说到朋友家里去谈谈，还只刚走出十分钟哩。"

樊宝之笑道：

"我倒吓了一跳，想怎么好好儿会病了。"

李太太道：

"真对不起你，叫你关心着。"

樊宝之忙道：

"这是哪儿话，大嫂不太客气了吗？听说家瑞兄创办的那个皇宫剧院，新近聘了一个红角，名叫白豆蔻的，生得真是非常美丽，轰动得整个上海的人全知道了呢！"

李家瑞的太太听了，说道：

"可不是？我虽然不瞧报纸，亦听麒俊常常地在说呢。"

麒俊是家瑞的儿子，今年二十一岁，娶了一个妻子叫方雪琴，虽然已生了两个儿女，但夫妇感情却并不十分好。樊宝之乘机又说道：

"皇宫剧院这一月来生意好得了不得，家瑞兄心里快乐得什么似的，天天和白豆蔻在一块儿吃饭跳舞，我想戏院里生意好这全是白小姐的魔力，家瑞兄请请她倒也是应该的。"

李太太听樊宝之的话中有骨子，心里一动，忙说道：

"樊先生，家瑞这一个月来常要深夜回来，难道是天天和白小姐在一块儿玩吗？"

樊宝之见她问话时脸色是已很不好看，一时暗暗地欣喜，故意迟疑了一会儿，很神秘地笑了一笑，把手又去抓他的光头，说道：

"这个我倒没有详细，大概家瑞兄外面的交际是比较多一些。"

李太太见他这个样子，心里愈加疑惑，说道：

"樊先生，凭你知道的，只管告诉我，假使你不说出来，万一家瑞将来出了什么事情，那我要向你问话的。你是多年的老朋友了，我也把你当作自己大伯一样看待，当然应该照应照应我啊！"

樊宝之听她的话说得好厉害，心里倒是一惊，忙说道：

"家瑞兄近来和我也不常在一块儿，他的事情我也不详细，所知道的也不过听人传说罢了。"

李太太知道这话他是在卸脱自己的干系，遂很温和地说道：

"无风不起浪，樊先生，外界怎样传说呢？你告诉我不要紧，我总不会怪到你的头上。"

樊宝之吸了一口雪茄烟，沉吟了一会儿，故意又说道：

"那是我多事，其实也没有什么事情，大嫂你最好不要误会。"

樊宝之愈是这样吞吞吐吐的样子，李太太愈是疑云层层，堆了勉强的笑容，说道：

"樊先生，不是那样说，你要如瞒着我，我会怪你在一块儿胡闹。假使你告诉了我，我心里当然非常感激你的盛情。"

樊宝之故意又向四面望了一眼，见并没一个人，遂咳嗽了一声，说道：

"不过，大嫂千万别向家瑞兄吵闹，也千万不要说我来告诉，他和白小姐别的也没有什么事情，只不过近来很亲热罢了。大嫂随时可以好言劝劝他，也就是了。"

李太太心里暗想：怪不得这一个月来，他天天有应酬，夜夜非一二点钟回来不可，原来他是被这个白豆蔻迷住了，真是个老不成材的东西，今夜回来我非和他拼命不可。李太太心中虽然这样想，但表面上犹装出和颜悦色的神情，说道：

"你只管放心，我总不会说你告诉的，不过你是个老伯伯了，和家瑞原像兄弟一样，遇见家瑞的时候，请你也得好好地劝劝才是。"

樊宝之觉得李太太的话是相当厉害，遂点头连连说道：

"这个当然，这个当然。"

因生恐家瑞回来，便告别走了。李太太心里有气，也不相留，自管回房。梅心见太太一脸怒容，不知何事，遂小心说道：

"太太，你可要抽烟？我给你装筒好吗？"

李太太点头，于是横倒在床，看看时钟已经子夜一时多了，还不见家瑞回来，这时，李太太心中的怒火真有三丈多高。你想，见了家瑞这个人，怎不要一头撞了过去和他拼命了呢？

第七回

久堕乾网河东狮吼
家传秘诀儿媳效颦

李家瑞再也想不到他的夫人会恶狠狠地向自己一头撞来，一时吓得浑身乱抖，躲避又不是，不躲避又不是，因此只好扶住了夫人的身子，正欲问她什么原因，不料李太太伸手在他颊上就是一把抓，这一下痛得李家瑞喔哟大喊起来。李太太仔细一瞧，他的颊上竟已给自己手指甲抓伤了几处，显出几点血痕来，虽然心里也有些肉疼，但一不做二不休，索性扯住了他的衣襟，大哭大闹起来。李家瑞到此还是弄得莫名其妙，眼瞧着夫人眼泪鼻涕的样子，一面既痛自己的颊上伤痕，一面引起了同情的伤心，也不禁淌泪问道：

"太太，你到底为了什么缘故？好歹也给我说出一个原因来。这样没头没脑地向我大闹大打，就是给你打死了，也不是做了一个不明不白的鬼吗？"

梅心站在旁边，瞧了这个情景，心里也是吓得别别乱跳，暗想：这到底是怎么一回事啦？遂走上前去拉李太太的身子，说道：

"太太，你自己身子要紧哩，快不要这样吧！"

李太太哪里肯放？口里愈加大骂道：

"你不要假痴假呆地装着死人，你外面做的好事，还瞒得过我吗？"

李家瑞听了这话，心里原是虚的，两颊早又涨得绯红，但犹辩着道：

"我何尝做过什么事情……"

他话还未完，李太太更气得怒火穿顶，狠命地把他衣襟一扯，只听哧的一声，那件大花缎子的马褂竟被撕破了一块。但转念一想，自己一味地逞凶，倒也不对，于是索性在地上一滚，哭得更是哀哀欲绝。这一哭不打紧，把儿子麒俊、媳妇方雪琴、女儿茜珠都惊醒奔来了，各人把手兀是揉着眼皮，茜珠连旗袍纽襻还没有扣上，她一见母亲披头散发地在地上打滚，急得奔上前去，把母亲抱住，连声叫道：

"母亲，母亲，你快不要如此呀！父亲怎样地欺侮你？还有我们做儿女的哩！"

李太太一见女儿、儿子、媳妇都来了，因此愈加哭得伤心。麒俊和方雪琴也走上前来，帮同茜珠将李太太扶起，坐在那张沙发上。梅心和红桃慌忙打脸水拧手巾，茜珠拿了一把梳给母亲理撞乱的头发。方雪琴俯着身子，纤手在她胸口来回地揉擦。麒俊取过一支茄力克，给母亲吸烟，一面劝着母亲别气，一面又连问到底为了什么事情。李家瑞站在旁边，眼瞧着儿子、媳妇这个情形，心里真是悲伤十分，觉得做父亲真不是人做的。麒俊回眸向父亲望了一眼，见他颊上竟有血丝，心里明知是被母亲抓伤的，觉得冷待了父亲，有些过意不去，遂在梅心手里拿过手巾，也给家瑞拭脸，拉他到窗旁的沙发上坐下，悄悄地说道：

"父亲，你别气吧，母亲的脾气难道你还不知道吗？吃亏也只好吃亏了。"

李家瑞叹了一口气，说道：

"我一走进来，她就和我这样大吵，我何尝说过一句话？"

李太太听了，便啐他一口，说道：

"你做的好事，你还有脸开口说话吗？"

说着，见奶妈抱着孙子连雄、孙女月眉也在房中，遂又滔滔地说道：

"如今儿子、媳妇、女儿都在，连孙子、孙女儿也在，我说出来给你们听听，亏他这老不死的东西，还会在外面带了女人跑跳舞场，看你羞也不羞！"

麒俊等众人这才明白，母亲和爸是在喝着那一罐子的酸醋。李家瑞在下辈的面前，被太太这么一说，怎不要羞得两颊绯红，急忙辩道：

"这话打哪儿说起的呢？"

李太太哼了一声，又恶狠狠地说道：

"你打量我是木人吗？这一个月来天天晚上非到十二时以后回家，你在做什么？你说，你说，可不是一定要我给你说出来吗？什么白豆蔻、黑豆蔻，你这老不死是被人家狐狸精迷住了！"

麒俊听了"白豆蔻"三字，也不禁"哦"了一声。李家瑞两颊更加红了，支吾了一会儿，说道：

"这个你不要冤枉了好人，人家白豆蔻是我们皇宫剧院里的台柱，每夜演戏要到十二时才完，你想，哪里来闲工夫和我在玩吗？"

茜珠倚着母亲的身旁，噘着那张嘴儿，说道：

"父亲，不是女儿派你的不是，天天要十二时后回家，这总是你老人家的错，就是外面朋友间应酬，也没有天天这个样子的呀！母亲是为你的好所以和你吵的，现在是什么年头儿，万一遇到了绑匪、强盗，金钱倒不成问题，假使身子受了一些亏，这如何是好呢？"

李家瑞想不到自己活了四十岁的人，倒给十八岁的女儿教训了一顿，一时心里正感到十二分的难为情，也只好默不作声了。李太太这就又絮絮地骂道：

"你听些吧！女儿这话是金玉良言，亏你活了这一把年纪，真都是活在狗身上一样的呢！"

茜珠听母亲这话，摆着丫鬟仆妇的面前，那似乎太失了父亲的面子，遂也向母亲劝道：

"母亲，你也别气了，父亲究竟不是三岁两岁的孩子，他自己总也知道一些吧。时候也不早了，你们站着都做什么？快快都去睡吧！"

茜珠抬起头来，又向众仆妇们喝着，于是一个个地退了出去。方雪琴也道：

"婆婆，别气了，气坏了自己的身子，那又何苦？真的，已经三点相近了，婆婆还是早些休息了吧。"

说着，便和茜珠丢了一个眼色，于是和麒俊三个人向他们道了一声晚安，也都悄悄地各自回房去。这里梅心和红桃把烟盘收拾过去，又铺好了被，将绿纱帷幔轻轻地掩拢，在橱里取出家瑞的睡衣，又给他摆好了睡鞋，两人方才悄悄退出，各扮了一个鬼脸，扪着嘴儿回房去了。家瑞站起来，把破马褂连同长袍一起脱下，披上睡衣，换了睡鞋，对镜望望自己的颊，有两处伤痕，摸了摸，尚有些隐隐作痛，不禁摇了摇头，轻轻叹口气，从镜中偷眼望着夫人，见她犹满脸怒容，呆坐在沙发上出神。为了省事起见，回过身来，不得不向她弯了腰肢，低声下气地说道：

"姊姊，你别生气了，一切的事情总是我的错，现在我向你赔不是，那你总可以气平了。"

李太太不理睬他，忽然站起身子，把家瑞的身子恨恨地一推，便自管奔到床边，将旗袍丢过一旁，钻身到被里去了。李家瑞呆了一会儿，觉得万全之计，总是自己吃些亏比较合算，于是又走到床边，亲自给她脱下的旗袍折好，放在五斗橱上，然后掀开被，和她并头躺下。只见她背着自己，两肩一耸一耸，还有隐隐啜泣之声。李家瑞心想：女子总是脱不了这一套。只好又低低地唤道：

"姊姊，你怎么还伤心着？我知道你是为我的好，如今我给你骂也骂过了，打也打过了，依你还要怎么样呢？好姊姊，快别哭了，再哭我的心也被你哭碎了。"

李太太见他一面说，一面把自己身子扳了转去，遂恨恨地啐他一口，嗔道：

"谁要你涎脸？我肯哭死了，你倒欢喜哩！不是又可以讨人了吗？"

李家瑞见她转身过来的时候，那两颊兀是带着泪水，夫妻在床上瞧起来，也会感到她的楚楚可怜起来，遂涎皮嬉脸地笑道：

"哪有这个话？我只希望与你白头偕老，生则同生，死则同死，其实我们已经是二十多年的老夫妻了，根本用不到喝这一罐子醋的，你也下得了这个毒手，我到此刻还觉疼痛，明天到行里去叫我怎见得了人？"

李太太听他这样说，细细地向他脸望了一会儿，果然有两处血痕，一时也不禁为之嫣然失笑。李太太虽然是个四十二岁的中年妇人，但一方面因物质上的享受，一方面因育儿只有两个，所以徐娘虽然半老，而风韵犹存。李家瑞见她这时带泪一笑，倒也觉得十分妩媚，心里不免荡漾了一下，凑过头去，笑道：

"姊姊，你刚才的凶恶，和现在仿佛是两个人，我真是又爱又怕啊！"

李太太啐他一口，伸手在他腿上拧了一把，嗔骂道：

"谁要你爱？假使你是一个人的话，总该明白我对你的一番心。"

李家瑞道：

"姊姊，女子好妒便是德，我也知道你是为了爱我，但是你不该抓伤了我呀。"

李太太秋波白了他一眼，撇了撇嘴，说道：

"谁爱你？我真为了恨你所以才抓伤你呀！但是你也得明白，我为什么要恨你？"

李家瑞笑道：

"我知道，我知道，但是你完全误会了，我也活了这么大的年纪了，怎的会去爱上一个唱歌的女人呢？况且人家是个年轻的姑娘啦，即使我爱她，她也未必会爱上我的呀。"

李太太哼了一声，说道：

"你把这样下贱的歌女瞧得人格这么高吗？这种女人，只要你有钱给她，她会不跟你跑，我也不相信。"

李家瑞听了，意欲说句这也不能一概而论，但猛可理会了，若说了这一句话，那真是不打自招了，于是把这句话又咽了下去，说道：

"你不知听了谁的话，竟这样地相信起来，要知道，我是你最忠实的丈夫。"

李太太呸了一声，说道：

"没有谁告诉我，是我自己亲眼瞧见的。"

李家瑞暗想：这事情除了福根知道最详细外，别人是不晓得的，那么当然是福根走漏消息了。这奴才该死，我关照他千万别给太太知道，怎么他就全告诉了呢？李太太见面他出神的样子，便眸珠一转，偎过身去，显出无限柔媚的意态，说道：

"你到底有没有这一回事？"

李家瑞慌忙摇了摇头，也偎过身子，笑道：

"好姊姊，你放心吧，绝没有这一回事的。"

李太太把她雪白的胳臂微勾了他的脖子，很娇媚地一笑，又柔和地劝道：

"我是好意，外面的女人都是爱的钱，哪有爱你的人？花些钱是不成问题，伤身子又何苦呢？"

李太太这手段是一擒后又一纵的御夫术，李家瑞在这一刹那间，良心有些感动，于是也就把颊上抓伤的痛苦忘了，这回李太太却给予他一些甜蜜。不说李家瑞两老倒和好如初，不料麒俊和雪琴回到房中却又多起口舌来，麒俊虽然已经娶了妻子，同时还生育了两个孩子，但他本身还在大学里读书，不过这读书是挂了一个名义的，其实夹了书包，天天还不是到跳舞场去上课吗？为了麒俊不肯上进，有时候晚上也要十二时后方可回家，因此时常吵嘴，小夫妻间也就不和睦了。这时，两人回到了自己房中，方雪琴一面脱旗袍，一面把纤手按在嘴上打呵欠，瞅了麒俊一眼，故意借题发挥道：

"一个男子都是生成的蜡烛脾气，若好好儿地劝告，他会忠言逆耳，只是当作耳边风的，真要像婆婆那样把他抓出了血，他才知道厉害，贼样地响也不敢响了。"

麒俊听她这样说，便瞪她一眼，说道：

"你嘴里说的什么话？敢骂我父亲贼吗？"

方雪琴带了轻视的目光向他回望了一眼，便自躺到床上去，冷笑了一声儿，说道：

"我不是说你父亲，我说世界上的男子都如此，真是个孝子，现在是有二十五孝了。"

麒俊被她这样冷讥热嘲地说着，一时恼羞成怒，两颊涨得绯红，猛可把桌上的那只玻璃杯拿来，狠狠地向地上掷去，无奈地板上面铺着一寸厚的地毯，却是声响也没有。他恨极了，把皮鞋脚踏上去，只才听得哗啦的一声，那只玻璃杯踏得粉碎了，大声地骂道：

"放你的臭屁！你这不要脸的东西，你给我滚好了！"

方雪琴听了这话，猛可又从床上跳起来，气得柳眉倒竖、杏眼圆睁，说道：

"我做了什么丑事就不要脸了？你想得明白一些。哼！滚出去，哪有这样容易？要知道我不是童养媳，你们公婆用大红轿子把我接来的呀！你倒是在放屁！我和你去到公婆那儿评一评，抓到了我什么丑事，可以叫我滚出去……"

说到这里，忍不住已呜呜咽咽哭了起来。麒俊赶上一步，恶狠狠地望着她脸，说道：

"你做媳妇的可以骂爷爷贼脾气吗？你的规矩在哪儿？你说你说，你当着我面前敢说这话，那你明明侮辱我呀！"

方雪琴见他赶过来的神气，哪肯示弱，便也从床上又跳下来，一面呜咽，一面说道：

"你想打我吗？我不是你家的丫鬟，我和你结婚了四年，有什么地方得着你一些好处？"

麒俊见她站起来，少年人火气就更旺了，也奔上一步，骂道：

"好处？给你吃，给你穿，给你住，那不是好处吗？"

方雪琴呸了一声，娇喝道：

"嫁丈夫为了什么事？没有吃穿住，你还讨什么妻子？喔哟！你还不曾赚半分钱呢，就摆出做丈夫的架子了，好个不怕羞的！"

麒俊听了这话，真比刀割心那样的痛，把脚一顿，骂道：

"你这死坏，我不赚钱要你管吗？父母也不管我呢！你当初为什么不想想明白，要嫁给我这个不会赚钱的丈夫？你现在不情愿，你只管走好了，我没稀罕你，当你活宝贝！"

方雪琴听到了这里，心里真有说不出的怨恨，倒在床上又呜咽起来。麒俊冷笑一声，在梳妆台上的烟罐子里抽出一根烟卷，摸出打火机燃着了，吸了一口，说道：

"半夜三更，真不知像什么样儿！"

方雪琴听了，立刻又停止了呜咽，从床上坐起，也冷笑一声，说道：

"像你母亲，和我一样地嫁不到一个好丈夫！"

麒俊想不到她会说出这一句话来，一时气得脸一阵红一阵青，猛可把烟卷丢到痰盂里，奔上去就要打她。忽然听得有人笃笃地敲着房门，喊道：

"哥哥，你做什么啦？好好儿的岂不被人笑话吗？"

麒俊听出是妹妹茜珠的口音，遂把奔上去打雪琴的意思消灭了，回头答道：

"妹妹，没有什么事儿，你自管去睡吧。"

方雪琴却早已站起，把门抢着开了，拉了茜珠的手，哭道：

"珠姑，你来评一评理，无缘无故地他要打我叫我滚出去，我到底做了什么丢脸的事儿呢？"

说着，抽抽噎噎地哭个不停。茜珠颦蹙了眉尖，向麒俊望了一眼，身子已走到房中来，说道：

　　"本来我是不会敲门进来的，因为我实在听不过了，所以来问一问，到底为什么要吵闹呢？"

　　原来，茜珠的卧房是和他们对过的，所以两人的吵闹声音她是都听见的。麒俊听妹妹这样说，遂怒气冲冲地说道：

　　"你问她去呀！她这样地天天对我吵闹，可不是不要做李家的人了？"

　　雪琴泪眼模糊地向茜珠望着，泣道：

　　"珠姑，你听吧，这可是全是他的话。"

　　茜珠叹了一声，说道：

　　"哥哥，你这句话是错了，我们是何等样的人家？岂可有这种事情的发生？况且你们已经有了两个孩子，假使感情真不好的话，何苦又生育这两个孩子出来呢？"

　　茜珠这几句话说得虽然近乎滑稽一点儿，但仔细想来，倒的确是实情实理。麒俊把绷住了的脸到此也会笑了起来。雪琴见他会笑，心里更是悲伤，那眼泪愈加像泉水一般滚下来。茜珠又说道：

　　"不是妹子老气横秋，小夫妻吵嘴是有的，也没有像你们这样三天两日用吵的，家里仆妇们这许多，响人耳目，那是多么的不好意思。你们在吵嘴的时候，应该要想想亲热的时候，那么还有什么争吵吗？"

　　麒俊道：

　　"我原不要吵嘴，无奈她引逗我吵，那叫我有什么办法呢？譬如拿今晚来说，妹妹，你想她这么引逗我，她说男子都是蜡烛脾气，好好的忠告都不要听，喜欢像妈那样地把爸抓出血来，便贼样地不敢响了。妹妹，你想，这几句话是应该她说吗？"

　　茜珠听了这话，心里真有无限感触，所谓上梁不正下梁歪了，遂鼓起了小腮子，瞅他一眼，说道：

"嫂嫂这两句话她是说给你听的呀！假使你平日肯听她话，她还会说这两句话吗？"

麒俊在烟罐子中又抽出一支烟，衔在口里，用火柴燃了，吸了一口，说道：

"她又不是我的妈，凭什么我要听她的话？"

茜珠摇了两摇头，秋波一转，说道：

"哥哥，你这两句话更是大错特错了。只要说得有理由，不要说是夫妻平辈的，就是下辈说的，也应该听从呀。假使嫂嫂对你说，现在你是求学时代，不愁吃，不愁用，家庭又不要你负担，这样好的环境，应该要用功读书，切不可天天丢了书本，上跳舞场、玩戏院子。固然逢场作戏，那是年轻人所难免的，但光在灯红酒绿中沉醉着，岂不是丢了自己的前途吗？若这般金玉良言，你实在是应该听从的。"

麒俊听了，顿了一顿，说道：

"不过，我又何尝荒唐过？"

茜珠点头说道：

"不荒唐自然是好，不过我常听嫂嫂对我叹息着，说你忠言逆耳，只知道跳舞，并不知道有'书本'两字。我想爸爸虽然有钱，这是有限止的，自身的才学和技能，那是无限止的。况且一个年轻人要养成自立奋斗的精神，这样前途才有光明灿烂的希望，否则，爸爸虽有百万家产传下来，那也不是只一刹那间就花光了吗？我想这种自甘堕落的行为是智者所不为的。哥哥素来聪敏过人，当不以妹言为晓晓多舌吧？"

麒俊听妹妹这样说，方知雪琴在茜珠的面前是时常在说我的丑话，表面上虽然点头称是，心里也就愈恨雪琴了，便说道：

"妹妹这话很是，我从此以后就听你的话是了。"

茜珠瞅他一眼，说道：

"我是不想你听我的话，只要嫂嫂的话多听几句是了。"

雪琴听茜珠这一番说话，心里当然是非常感激，脉脉地瞟她一眼，说道：

"珠姑，为了我的事，总叫你操心，时候也不早了，明天你还得上学校去，还是快去睡吧。"

茜珠点了点头，一面又向麒俊道：

"妹子希望你们再不要吵闹了，不要欺侮嫂子娘家没有人，人家嫁给你，可也给你养下两个孩子哩！"

说着，身子已向后转，雪琴送着出来，茜珠回身又拉了她的手，低低地说道：

"嫂嫂，你也得耐心一些，哥哥脾气是这样的，别和他执拗，要软语劝说才是。"

雪琴点了点头，说道：

"我从前何尝不是软语劝慰他？无奈他只当耳边风，那不是谁也会怨恨起来的吗？"

茜珠道：

"但既结成夫妇，怨恨又有什么用呢？我劝你总得忍耐些。"

雪琴一面点头，一面便和茜珠分手，回身关上房门，走到麒俊的面前，说道：

"珠姑的话你听见了没有？我是为你的好，想不到我和你做了这么些日子的夫妻，倒不如珠姑了解我的心哩。唉，吵过完了，你睡吧，就这样冻着，病起来又叫我愁煞人。"

雪琴经过茜珠的劝告，于是她忍了一肚子的怨恨，不得不低声下气地去拉麒俊的手。麒俊想不到她会屈服了，于是气也平了一些，遂和她又一同睡到床上去，说道：

"本来我的事情你不用强管，我也是人呢，难道会不晓得吗？若样样要你管着我，那我还做什么人呢？"

雪琴听他兀是理由十足，暗自叹了一口气，说道：

"当然一个人是要自己做的，要人家管那就不会好了。我也不是叫你不要去玩，不过天天玩固然有伤身子，就是玩也没有什么兴趣吧。总而言之，我极不情愿管你，只是希望你能够和珠姑那么地用功，那我就很喜欢了。"

麒俊听她絮絮地说着，似乎有些不耐烦的神气，说道：

"好啦好啦！你只要我用功，我知道了。睡吧，明天还得上学校里去呢！"

雪琴虽然听他这样说，但觉得语气是非常愤激，显然他心中还是不明白，一时非常伤心，忍不住又暗暗地淌了一夜眼泪。

次日，麒俊和茜珠匆匆地各自上学校里去。雪琴到上房里去请安，见公公和婆婆都已起来，两人有说有笑，颇形亲热，一时心中暗想：婆婆不知用的什么方法，打了爷爷，爷爷又会和她这样地好，人家说父子总有些相像，偏我那口子是个说不听的人。想到这里，不禁又暗暗叹了一口气。这时，李家瑞又换了一件簇新的马褂，别了李太太，到大中银行里去了。坐在汽车里的时候，便向福根喝问白豆蔻这一件事情，怎么告诉给太太知道了，真岂有此理！福根听了，急得慌忙辩道：

"老爷，你别怨错了人，我要告诉太太，我马上烂脱了嘴。"

李家瑞听了，奇怪道：

"那么你既没告诉，太太怎的会知道呢？"

福根道：

"这个我如何晓得？总之，我是绝不会告诉的。"

李家瑞听他这样说，也就无话可说了。在大中银行里办了半天的公，下午便坐车到华东银行里去拜访樊宝之。樊宝之见他颊上有两处伤痕，仿佛是指甲抓破的模样，猛可想着昨晚自己对他太太说的一篇话，一时倒大吃了一惊，以为李太太一定已经告诉出自己说的话了，所以李家瑞今天来和我办交涉了，遂连忙站起相迎，装出毫不介意的神气，笑道：

"今天怎么倒有空来这儿玩呀？"

说着，已递过一支雪茄烟，和他在沙发上坐下，一面已给他燃了火。李家瑞凑过头去，说声劳驾，说道：

"心里闷得很，所以来找你谈谈，预备到哪里去玩一会儿。"

樊宝之听他这个语气，不像和自己来办交涉，不过从他心里闷得很这一句话猜想，显然两口子是吵闹过的了，遂望着他脸笑道：

"怎的一脸不高兴模样？莫非和你太太闹过了吗？"

李家瑞微红了两颊，摇了摇头，说道：

"没有闹过。"

樊宝之笑道：

"不见得，而且闹得很厉害，因为你的脸上有商标。"

李家瑞的脸更红了，忙摇头道：

"这是我家一只玉狸奴，在我睡觉中的时候抓开的。"

樊宝之听他这样撇清着，虽然不再一定说他是和太太吵闹过的，却是哈哈地大笑起来。正在这时，忽见金克明推门进来，向樊宝之报告，说要开除出纳员狄秋航。不知为了什么缘故，在下回里再说给诸君知道吧。

第八回

失意徒顿遭失意事
多情女重遇多情人

金克明今天坐在主任室内，一面吸着雪茄烟，一面呆呆地想了一会儿心事，忽然想着前天狄秋航来问我借十元钱，说有要紧的事情用处，当时我曾嘱他过一天来取，不料昨天他却不来取，今天已经是下午了，他还不来取，这倒奇怪了，既然是等着要用，为什么隔了两天还不来拿？莫非因我教训他一顿，所以他心里有些害怕吗？想到这里，觉得那孩子倒尚有可教，我不妨去看看他此刻在做些什么，顺便问一问他是不是在别处已借到了钱。金克明既这样地一想，他的身子便离了主任室，慢慢地踱到行员的办公室里，只见二十几个行员都握了钢笔，埋首工作。金克明抬头见西首那张写字台旁的狄秋航低了头，只管写字，心里这就觉得秋航办事的精神实在较之众人要好上一倍，不禁暗暗赞许，同时两脚也慢慢地踱到狄秋航的身旁来了。狄秋航那时候全副精神完全注意在他的工作上，对于主任先生已经站在他的身后，当然不会顾虑到，依然瑟瑟地干他的工作。金克明本来满脸是含着笑容，及至仔细一瞧，他的笑脸顿时收了起来。原来，狄秋航并不是在工作行中的事情，却低头在作他华尔兹的乐曲。金克明心中这一愤怒，顿时板起了面孔，故意咳嗽了一声，这一声咳嗽把狄秋航惊得回过头去，一见主任圆睁了环眼，恶狠狠地站在身旁，心中这一吃惊真是非同小可，急得两颊绯红，慌忙放下钢笔，把行中的文件在作好的乐曲上盖了盖，微欠了身子，很恭敬地叫声金先生。金克明仿佛已经捉到了一个偷儿那么地认真，喝声："好，你在写什么东西？"狄秋航到此，不禁连耳根子也都红了起来，堆了不自然的笑容，嗫嚅了一会儿，方才说道：

"我……已经办舒齐了公事，才写……这个乐曲的。"

金克明眼睛一瞪，挺起胸部，两指夹着雪茄烟，提在胸前，皱了眉毛，身子还微微地摇摆，这意态是一副十足的主任架子，说道：

"拿出来给我瞧。"

狄秋航不敢违拗，遂把已作成大半的乐谱交到他的手里。金克明接在手里，冷笑了一声，用了很轻视的目光向他瞧了一眼，说道：

"倒是一个音乐家，哈哈！我只当你是个勤俭有用的青年，谁知却是个自甘堕落的败类！真岂有此理！"

说完了这两句话，便把那张乐谱捏在手里，搓成一团，向字纸篓里掷了过去，便神气活现地回进主任室中去了。那时，行员们都回过头来向狄秋航望，隔壁案桌上的王少坡带了同情的目光向狄秋航凝望着说道：

"我原想通知你，无奈等我发觉这个恶鬼，他已走到我们的面前，所以来不及了。其实只要不误公事，那又有什么要紧？"

狄秋航蹙了眉尖，叹了一口气，且不答话，先在字纸篓里掏出那团被丢的乐谱，展开来兀是细瞧。众行员见他已经是犯了行规，还一心地对在那张乐谱的上面，大家这就忍不住笑起来，这笑当然是含有讥讽的作用，就是你的饭碗将在一刹那间敲得粉碎了。

金克明回到主任室，心里暗自细想：原来这狄秋航是在跑跳舞场，不然，他何以这样喜欢音乐呢？在公办的时间，他竟干此闲野的工作，那么我们行里雇了这个行员做什么用？不是叫他吃饭拿工钱吗？这似乎太便宜他了。况且这种青年，既然在跑这种浪费金钱的地方，所入的薪水如何够他的花用？如此下去，势必要挪用公款，以及卷逃等事情发生。趁现在还未发生这种事情之前，何不先把他

93

开除了，岂非省却许多麻烦？想定主意，便匆匆到经理室中向樊宝之来请示。樊宝之当时正预备和李家瑞到跳舞场玩去，一听金克明的报告，便说道：

"出纳科里我既然全托付了你，对于职员的支配，自然你可以任意主裁，何必再来向我问呢？这种害群之马，我们行中不需要他，可以立刻开除，但我不亏待人，送他两个月薪水吧。"

金克明听了，遂诺诺连声地退了出来，心中不免有些怨恨，自己原为报功而来，不料碰了经理一个钉子，这不是要气煞人吗？因此他一肚子怨气又想出到狄秋航的头上来。回到主任室内，在转椅上坐下，吩咐茶役把狄先生喊进来。待狄秋航走进主任室内，金克明已预备好一百六十元钱放在桌上，本来要向他大骂一顿，但转念一想，既然已经开除了，何苦再结这个怨呢？所以倒反而和颜悦色地非常客气地说道：

"狄先生，你请坐。"

秋航被喊进主任室来的时候，他的一颗心是别别地在跳跃，脸上是急得红红的，以为主任那副凶恶的神气必定又在眼前显现无疑了，但出乎意料之外的，金克明反叫自己请坐，这到底是怎么一回事？狄秋航呆呆地却是愕住了一会子。金克明仰着脸，满面含了阴险的微笑，吸了一口雪茄烟，说道：

"狄先生对音乐确实有相当的天才，若照狄先生这样用心地研究下去，将来真不愧是个大名鼎鼎的音乐家，实在是可喜可贺。我为你的前途曾经再三地考虑，觉得像狄先生这样富于音乐天才的人，若埋没在这儿做一个小职员，那实在太可惜了。所以我特地送你两个月的生活费，还是到家里去坐着好好儿地研究吧，免得跑来跑去，倒是很辛苦的。"

金克明说到这里，又微微地一笑，同时把一百六十元钞票拿过来，放在写字台的台角上。这一大篇冷嘲热讽的讽刺话触送到狄秋航的耳中，猛可仿佛有支尖锐的利箭向他心中射来，只觉得疼痛万

94

分，两颊由红变青、由青变白，炯炯有神的两眼里几乎要冒出火星来，握了拳头，说了一声多谢，便拿了台角上的一百六十元钞票，头也不回地奔出主任室去了。狄秋航奔出主任室，当二十多个同事的目光向他身上射过来的时候，他刚才那股子勇气又消失了，抬上手去抓着他蓬松的头发，他那绯红的脸蛋儿顿时也显现苍白得可怜了。王少坡怔住了脸，慢慢地站起身子，凑过头去问道：

"狄，怎么样了？"

秋航没有回答，摇了摇头，伸手在衣挂上取下大衣，披在身上，戴了呢帽，和王少坡握了握手，低低地说声再见，便回身拖着沉重的步伐，懒洋洋地走出了办公室。当秋航灰暗的身影在王少坡眼帘下消逝后，同情在他心头激起了无限的悲哀。

天空已经呈现了灰暗的颜色，显然黄昏已降临了宇宙。狄秋航从华东银行高大的大厦内急匆匆地奔出，心头是充满了愤怒与悲哀，他恨这个世界是太野蛮不讲理了，有钱有势就可以压倒了一切。金克明这一篇冷嘲热讽的话在他的脑海里印有了一个不可磨灭的影像。你不用看轻我，不久的将来，也许我真会有这样的一天。狄秋航一面走，一面这样地想，觉得一个青年在人生的旅程中进行着，环境倒也不能过分太好，还是恶劣一些比较有些成就。一领青衫未老，雄心可作；四面环境虽恶，壮志勿衰。我应该从万艰千难的磨折中努力奋斗，这样我的前途才有光明的希望。失业不足以引起我心头的悲哀，我所悲哀的是年老母亲又将为她儿子失业而感到忧愁和伤心，我瞧到了母亲憔悴的脸容，我心头会感到隐隐地作痛。"唉，母亲实在是太苦了。"狄秋航暗暗地自语了这一句话，眼皮有些润湿，几乎要淌下泪来，低着头只管想心事，两眼就不会去注意到旁的，因了并不注意，他竟和人家撞了一下，只听来人"哟"了一声，是个女子喉音娇喝道：

"你这人走路可是生着翅膀不成？我让你东边走，你干吗也向东边走呀？"

狄秋航慌忙抬起头来，见是一个年轻的姑娘，穿着一件枣红呢的大衣，满脸含了娇嗔，好像很愤怒的样子，这就把两颊涨得绯红，弯了腰肢，连连地说道：

"对不起，对不起，我委实没有瞧清楚。"

那姑娘见他这样局促不安的神气，并不像是有意调笑，因为人家已经在说抱歉的话，遂把愤怒的神情又平静下来，把她盈盈秋波向他瞟了一眼，却和秋航瞧了一个正着。因了这一瞧，两人的脑海里同时便发生了一个感觉：这人好生面熟。各人在满腹寻思中，猛可有些记得。那姑娘盈盈一笑，"咦"了一声，说道：

"这位先生莫不是狄秋航吗？"

秋航听她呼出自己的姓名，眼前不觉映出一个小巧娇憨的姑娘，同时又向她脸儿打量了一会儿，似乎有些酷肖，忽然在她嘴角上面发现了一颗小小的黑痣，那就肯定是她了，便忙说道：

"我正是狄秋航，你……莫非是李茜珠小姐吗？"

这时，茜珠的意态完全转变了，本来是薄怒含嗔，如今早又满脸娇笑，一撩眼皮，乌圆眸珠在长睫毛里一转，频频地点了一下头，笑道：

"你倒还认识我吗？我以为你是压根儿把我忘了。"

狄秋航想不到她一见面就说出这一种气话，倒也不禁为之愕然，笑道：

"光阴真快，一转眼间，竟有三年不见了。李小姐人可长得不少，假使你不叫出我姓名，我没发觉你嘴角上那特殊的记号，也许我真会不认识你了，你一向好吗？"

李茜珠听他这样说，便抿着嘴儿哧哧地一笑，但立刻又微绷住了两颊，撇了撇小嘴儿，似乎很不乐意的神气，说道：

"你这人真是一些信用也没有的，不来我家倒也罢了，偏搬得影儿也不见。怎么啦？难道怕我敲诈你吗？"

狄秋航忙笑道：

"哪有这种话？对于这一点，不过我是相当担着抱歉，还请你原谅才是。"

李茜珠这才又笑起来，瞅他一眼，说道：

"现在你府上住哪儿？母亲好吗？你可曾进大学？还是在什么地方办事了？我的家是一直没有搬过，当分别的时候，彼此原说走动走动的，后来你竟一次也没有来。我是曾经到你府上去拜望过，但你又乔迁了。秋航，我觉得你对待一个同学真不应该这样的。今天也不知是什么好日子，竟又遇见了，我觉得有许多的话要跟你谈谈，找个地方坐会儿好吗？"

她说到这里，顿了一顿，粉脸微微一红，似乎也感到语气是太显亲热了一些。狄秋航想不到三年后的茜珠，还会跟三年前对待自己一样地真挚和亲热，真是感到意外的兴奋。但在兴奋之中，未免也感到有些惭愧，遂也点了点头，说道：

"很好，那么我们就到对过美华酒家去坐一会儿吧。"

李茜珠笑着答应，两人便穿过马路向美华酒家的门口踱了进去。

秋航被开除出来，心头本来是充满了无限的悲愤，但做梦也想不到会遇见一个三年不见的女同学。这女同学在三年前十足还是一个小孩子，不料三年后的现在，竟长得这份儿美丽了，而且对待自己依然这样地亲热，当然秋航在悲愤之余，又感到了十分的喜欢，于是在他脑海里，不免又想起五年前的一幕。

在青海中学里读书的时候，我还只有十七岁，李茜珠是才初中一年级的学生，十三岁的她正还一团的孩子气，生得娇小玲珑，天真烂漫，十分可爱。记得一个夏的季节里，校园里的运动场上是全被活跃的孩子们占据了，我是高中一的学生了，自然不会和他们挤在一处玩耍，拿了一本书，慢慢地在树荫下踱着步。那时秋千架下有许多十二三岁的女孩子在游玩，她们都抢着荡秋千，只见有一个女学生荡得非常快乐，仿佛人儿在半空中飘飞似的。谁知一个不小心，手一松，那身子便从半空跌了下来。我正瞧得出神，陡然见此情景，立刻奋勇上前把她抱住了，总算免了这场惨剧。那个女学生便是李茜珠，和茜珠的认识，也就是从那一天开始。见义勇为原是我生成的天性，谁料天真无知的她却从此和我亲热起来，在我把她完全当作小孩子看待，她缠着我玩，我就依着她，原因是为了我并没兄弟姊妹的缘故。这样地相聚了两年，我要转学到音专去了，她得知了这个消息，是那样地表示不乐，我还记得她曾淌过几次眼泪的。临别的时候，她含着泪拉了我手，再三嘱我到她家里常常去玩。我在这两年中已经知道茜珠是个富家的女儿，因为有几次我曾见她坐黑牌子汽车到学校里来，也许生成了这副傲骨，同时又因为她是个十足的小孩子，所以我嘴里虽然答应着，往后却始终没有实行。不料三年后的她，心里却依旧有着我这一个人，听了她刚才的语气，显然她那一颗心里是十二分地怨恨我。

经过了这一阵的回忆，两人已是跨进了美华的大门。侍者招待入座，泡上两壶香茗，问吃些什么。李茜珠说道：

"时候尚早，过一会儿来问吧。"

侍者点头，便自走开。狄秋航拿了茶壶，在她杯内筛了一杯。李茜珠略欠了身子，说了一声劳驾。狄秋航自己也斟了一杯，微微地喝了一口，说道：

"李小姐，我原想来拜望你，但为了种种的事情，总不能有空，后来日子一久，我虽然要来望你，也就愈觉得不好意思了。"

李茜珠露着雪白的牙齿，薄薄的嘴唇凑着茶杯的口子，正在慢慢地呷着。听他这样说，觉得后面两句话固然是实在的情形，而前面两句未免是推托之词，遂放下茶杯，瞅他一眼，笑道：

"我知道你是把我当作小孩子看待，所以在离开之后，你就把我完全地忘了。"

一个年轻貌美的姑娘，会向自己说这两句话，那是一件令人感到惊喜的事。秋航觉得茜珠对待自己太真挚了，一时心里倒是感动得了不得，慌忙说道：

"不，那倒并不是……"

李茜珠不等他说完，又瞟他一眼，笑道：

"你说不是，我说也许是的，我猜想着，大概不会冤枉着你。"

狄秋航被她这么一说，两颊又红了起来，扑哧地一笑，摇了摇头，说道：

"李小姐在什么学校继续求学？这两本是什么书？"

狄秋航说着话，已伸过手去，把她放在桌上的两本厚厚的精装书拿过来，见一本是几何，一本是英文。李茜珠道：

"我没有转过学，今年暑期里才可以毕业。你呢？怎么不告诉我呀？"

狄秋航见她从前的脾气还没有改脱，遂笑道：

"你别性急，我告诉你是了。我家现住吕班路鸿怡坊十八号，母亲倒很好，但上了年纪的人，未免衰弱了一些。现在我还只有音乐专科学校毕业出来，却没有做过事。"

在一个久未见面的女同学面前，当然不好意思从实告诉自己是才被行里开除出来的，所以他是不得不撒了一个谎。李茜珠凝眸含矉地望着他，很奇怪地问道：

"你怎么会到音乐学校去毕业呢？"

狄秋航把那本英文书翻了一会儿，又把它合上了，依然放到桌上去，说道：

"可不是？也许是性之所近，我对于音乐竟感到十分的兴趣。"

李茜珠把胳臂撑在玻璃桌面上，纤手托着香腮，说道：

"那么你毕业后，可曾在哪一家戏院里演奏过吗？"

狄秋航摇了摇头，说道：

"还没有哩。但我已在进行组织一个音乐队，很想在一个大规模的戏院里演奏，可惜没有人介绍。"

李茜珠听了，放下托在腮上的纤手，芳心倒是一动，雪白的牙齿微咬着她红红的嘴唇，沉吟了一会儿，说道：

"假使像皇宫剧院那么的规模，可合你的意思吗？"

狄秋航听她这样说，真乐得眉飞色舞，笑道：

"像皇宫剧院那么规模，当然是再好没有了，李小姐里面可有熟人认识吗？"

李茜珠一撩眼皮，眸珠一转，点头说道：

"熟人倒有几个，有机会我一定可以给你介绍介绍。"

狄秋航这就站起来向她抱了拳，深深一揖，笑道：

"假使能够成功的话，那叫我心里真感激不尽了。"

李茜珠见他身穿西服，连连作揖，忍不住抿着嘴儿扑哧一声笑起来，瞅他一眼，带了嗔意的口吻，说道：

"事情可还没有成功啦，你就来这么一套干什么？再说同学们互助的地方正多着哩，这些小事，就用得了谢吗？"

说着，鼓起了红红的脸腮，好像十分不快乐的神气。狄秋航觉得她这不高兴，至少是含有些神秘的意思，坐下身子，倒反而望着她哧哧地笑起来，说道：

"不客气是一件容易的事，你何苦生气了？"

李茜珠索性装出孩子的神情，撒娇似的忸怩了一下身子，说道：

"我问你，假使你和一个同学说定，分别后应该时相过从，现在那同学不但不走动，连信也没一封。信没有也不要说了，而且还偷偷地搬了家，害得你要找也没处找，那时候你心里会不会生气？"

狄秋航听他还在恨自己不和她走动，心里觉得这位姑娘不但有些痴心，而且和自己真也够亲热了，遂满脸地含笑说道：

"当然，那个同学是大错特错，不过在彼此遇见之后，那同学既已连赔不是，我也就原谅他了。"

李茜珠这就把绷紧的脸又浮现出笑容来，但立刻又觉得自己这个态度对待一个异性的朋友，那到底有些难为情，因此垂下脸，把她两眼只管去望杯子里那绿茵茵的茶水，呆呆地出神。在出神的时候，她的心里忽然又有一个感觉，秋航在三年之中并不到我家来一次，而且信也一封没有，他是一个年轻漂亮的男子，会没有女人跟他谈恋爱吗？显而易见，秋航至少已有了爱人，也许已经结了婚，假使真已结了婚，那我三年来的希望也就成泡影了。李茜珠这样一想，意欲问一问秋航可曾结过婚，但这种羞人答答的事情，在一个久未见面的男同学面前，如何好意思问得出口呢？也不知怎的，李茜珠想到这里，她的两颊顿时会热辣辣地红起来。狄秋航当然不知道她心中想的是什么事情，但她这种意态，显然是仍生着气。倘仔细地一想，她有何生气之必要？我既不记得你了，你恨我彼此从此分手当作不相识也就是了，何苦招呼一定要招呼，生气又一定要生气。这样看来，明白地说一句，就是她已爱上了我，她所生气的，就是我为什么不爱她。其实我也未始不爱她，因为在三年前她十足还是个小孩子，若和小孩子去谈恋爱，那不但是傻，而且有伤于道德，这在我一个理智健全的青年是断断不敢做，何况她是个坐自备汽车的小姐，与我的阶级似乎也相差得远了。现在隔了三年的时间，她仍会和三年前一样地对待我，这一点确实是她的优美地方，当然不能不使我感动。狄秋航想到这里，觉得两人这样地相对呆坐，那成什么样儿，遂又开口笑道：

"李小姐，我肯原谅那个同学，难道你就不肯原谅我吗？"

这两句话显然是屈服了，听进李茜珠的耳里，当然感到十二分的欢喜，情不自禁地抬起头来，对他盈盈一笑。但既笑了出来，立刻又觉得非常不好意思，一个女孩儿家在自己认为情人的男子面前，一会儿生气，一会儿撒娇，一会儿又喜欢，这到底有些失了姑娘的身份。因此又显出洒脱的态度，很认真地笑道：

"不，我也没生气，我也没有什么可以原谅你。狄先生，时候已经六点了，我们点菜吃饭了好吗？"

狄秋航见她忽然又一本正经起来，自然不好意思再说什么，遂点了点头，说道：

"很好，我们就吃饭吧。"

说着，回眸伸手向侍者一招，喊了一声伙计。侍者便笑着走过来，放下一张白纸，递过一支铅笔。李茜珠接过，也不和秋航客气，就自管翻着菜单，在白纸上写起来。写好了，笑盈盈地递给秋航，说道：

　　"你瞧这几只菜怎么样？可还要添几只？"

　　狄秋航拿来一看，见点的是什锦拼盘、生炒牛肉、红烧童子鸡、奶油菜心、百珍凤爪汤。这五只菜点得很好，狄秋航笑道：

　　"不用再添什么，李小姐点得很好，但你要不要喝酒？"

　　茜珠"哦"了一声，乌圆眸珠一转，抿嘴儿笑道：

　　"对了，不会喝酒的人就往往会把酒这样东西忘记的。我想喝强身露，这东西有些像葡萄酒，甜味的大概不会醉人，你喝什么呢？"

　　狄秋航笑道：

　　"其实我也不会喝酒，既然你喝强身露，那么就拿一瓶，我想两个人喝也差不多了。"

　　李茜珠见他颇从自己的意思，心里当然很得意，扬着眉毛，扑地一笑，于是把白纸交给侍者，并吩咐拿一瓶强身露来。侍者答应，便退了下去，大约有了五分钟之后，强身露和那拼盘先上来了。狄秋航见那只拼盘实在很道地，里面有十样小菜，什么白鸡、肫肝、火腿、肉松、鲫鱼、烧虾……正够两个人的吃。这时，侍者把一瓶强身露早已在两人杯中倒下，齐巧两玻璃杯。狄秋航把杯一举，李茜珠还递过来碰了一碰，经过当的一声，各人方才喝了一口，于是握起筷子，随意吃菜了。接着生炒牛肉、奶油菜心、童子鸡都搬上来。茜珠吩咐把那只凤爪汤慢一些拿上，待吃饭时候再拿，侍者遂又点头退下。强身露虽然是很和善的酒汁，但给不会喝酒的人喝，实在也很凶的了，所以两人喝了这杯强身露后，脸颊都红晕得鲜丽。李茜珠水汪汪的秋波脉脉含情地瞟他一眼，嫣然笑道：

　　"我们虽然是老同学，但一块儿聚餐，还只有今天第一次，所以你会不会喝酒，我也不知道。如今瞧了你这个脸蛋儿，方知你和我一样不会喝酒，你瞧瞧我的脸孔，不是也绯红的了吗?"

狄秋航觉得她喝过酒后的脸容真仿佛雨后海棠、出水芙蓉那么艳丽，再加之她这妩媚一笑，更是美得难以形容。今听她要自己瞧她面孔，这是一件求之不得的事情，遂凝眸把她瞧了一个爽快。李茜珠见他只呆瞧，并不表示意见，那就感到有些难为情，愈难为情，那两颊也愈红得好看了，忍不住瞅他一眼，笑道:

"可不是?"

狄秋航经她这样一问，方才有些醒觉过来，连连点头道:

"真的，李小姐的两颊也红得厉害呢!"

李茜珠见他说时，已经笑起来，一时心里也有个感觉，不禁也笑了。这一餐饭吃得很满意，因为狄秋航袋内有着一百六十元钞票，所以虽然吃得很费，他也并不感到局促。但是付账的时候，却被茜珠抢着付去了。狄秋航道:

"那可不行，李小姐这样客气，倒反叫我难为情。"

茜珠一转眸珠，鼓着小嘴儿，说道:

"可不是今天吃一次饭就完了，往后的日子多着，你再请我是了。"

狄秋航这就无话再可以说下去了，于是两人披上大衣，茜珠挟了书本，步出美华酒家去。两人并肩在人行道上又走谈了一会儿，因时已九点，这才分手回家。狄秋航在归家的途上，想着这次吃饭是李茜珠会的账，不免又想起昨天坐汽车的钱又是陆丁香的账，这样似乎太便宜了我。想到这里，心头是感到无限的兴奋，虽然今天是最失意的日子，但遇见了那位三年不见的女同学后，把失业的悲哀全都抛到九霄云外去了。兴冲冲地回到家中，在跨进房门的时候，先听有个女子的声音和母亲在谈话，心里已是感到奇怪，及至走进一看，这就把他惊喜得呆了起来了。

第九回

春色殢人落花有意
相思谁属流水无情

　　"老天惯会欺侮人的，早不落雨，晚不落雨，偏偏我去瞧了一场戏，它就下得倾盆那样大的雨了。"陆丁香别了狄秋航，推进可可咖啡店的大门，只见里面食客都已散去，两个新来的女侍者正在打扫地方，于是她便轻轻地自语了这两句话。一个年轻的名叫窦琳娜的，她抬头见丁香回来，便盈盈地笑道：

　　"丁香姊，你可淋着了雨没有？这雨还是十点光景落起来的，我心里就给你担着愁，戏院里散戏后那你可不是糟糕了吗？"

　　陆丁香拿帕儿在脸颊上拭着几点被溅的雨水，两脚在地毯上踏了踏，说道：

　　"我是赶紧着坐车子来的，所以倒不曾淋着。今晚这么大的雨，想不会再有食客来了，还是早些打烊了。"

　　窦琳娜和那个姓赵名莲蓉的，都应了一声，陆丁香便咭咭咯咯地走进里面去了。

　　陆丁香在六岁的那年就死了爸妈，姑妈怜彼孤苦伶仃，遂领归抚养，因为姑妈膝下并没儿女，所以对待丁香仿佛和自己亲生的一样疼爱。姑爸关天池，原是钱庄里一个跑街，在丁香八岁那年，天池的进益颇有可观，生活也很富裕，所以立刻送丁香入学读书，丁香因为并没受到丝毫的苦楚，所以也不知无父母之痛了。在小学里毕了业，初中读了一年的时候，忽然天池那家钱庄关歇了，因此便失了业。天池既失业了，那是会影响到丁香的身上，于是丁香便也停学了。后来，天池在绸缎公司又去做了半年职员，在实业厂里也去做了一年，都因意见不合，辞职出来，心里恨着吃人家饭的难处，所以他便想出开办可可咖啡店的念头来。起初范围是极小的，什么都自己动手，丁香知道患难与共，所以自愿担任侍者之职。这样过了一年，因为环龙路一段学校林立，所以营业也好了起来。天池在里面雇了一个厨师，在外面添了两个女侍者，这么一来，天池和丁香的身子就比较空闲得多了。

丁香到了楼上，当跨进姑妈房中的时候，只听和姑爸在谈话道：

"这两年来丁香那孩子也够她辛苦了，今天还是同学请客叫她去瞧一次戏，不料天偏又落起雨来，那也真气人哩。"

关天池道：

"可不是？但丁香这孩子是生成的很爽气，她不会省钱，一定是坐车回来的。我想这孩子也有十八岁了，论年龄也该给她找个配偶了，不过这孩子就讨人喜欢，假使一旦出了嫁，倒又叫人舍不得。"

丁香听俩老人在谈自己的婚姻问题，一时芳心倒是一惊，立刻停住了步，暗暗地偷听下去。陆氏听丈夫这样说，正合着自己的意思，便说道：

"你这个话，我在心中也时时地盘算着，我们俩是都五十相近的人了，膝下又没有一男半女，丁香跟我十二年，好像我亲生女儿一样。有时我心里烦闷，瞧了她那种活泼娇憨的神情，我心里烦闷就会立刻消灭了，所以这孩子实在是我一个伴侣。不过孩子年纪一年一年大了，终不好老藏在家里的，给她嫁了人，我又舍不得，不给她嫁人，这话又打哪儿说起？为了这样，我想了许久，意欲给她找个品貌好的少年，来我家入赘，这样我俩把她既可当女儿看待，又可作媳妇看待，岂不是十分热闹了吗？"

关天池吸了一口烟卷，微微地点了一下头，笑道：

105

"你这办法真可说是两全其美的了，那么我想最好先找个品貌兼优的少年作为螟蛉子，然后把丁香再嫁给他，那不是又成为一家人了吗？"

陆丁香站在房门口，偷听到这里，一颗芳心是别别地跳得厉害，两颊热辣辣地也会红得发烧，意欲跨步进内，又觉得十分不好意思，眸珠一转，这就有了主意，便慢慢地退到扶梯口，故意又放重了脚步，高声地喊上来道：

"姑妈，真不幸啦！天会下这样大的雨呢！"

说时，已跨进了房门。关天池和陆氏这就停止了谈话，回眸望去，见丁香已亭亭玉立地站在房中了，于是便不约而同地问道：

"你淋湿了身子没有？"

陆丁香把皮匣放在桌上，脱了身上的大衣，掀着酒窝儿，笑道：

"没有淋湿，我坐车子来的。"

关天池望了陆氏一眼，把手中的烟尾掷到痰盂里去，说道：

"可不是？我就知道丁香的心。"

陆氏微笑了一笑，一面又问丁香说道：

"今夜这戏做得怎么样？还可以瞧瞧吗？"

陆丁香眉一扬，笑道：

"做得真不错，姑妈，白豆蔻扮难民的一幕，表情再认真也没有了。害得台下一班观众都淌泪不止，而且还有人把角子钞票都掷到舞台上去呢！"

陆氏不懂是什么意思，便怔住了脸孔，问道：

"这为什么啦？"

陆丁香道：

"难民在炮火之中流连失所，妻离子散，这情景实在是太惨痛了。台下一班观众究竟都是人类呢，岂能无动于衷吗？"

关天池道：

"那么这剧情倒是很含有意思的，明天有空我倒也想去瞧一瞧。"

106

陆丁香笑道：

"真的很值得一看，姑爸你真可以去观赏观赏哩。"

三人闲谈了一会儿，因时已子夜一时多了，于是丁香道了晚安，拿着皮匣和大衣，匆匆回到自己的卧房里去了。

丁香的卧房是在姑妈后面的一间，虽然并不十分宽大，因为丁香是个爱洁的姑娘，所以在四壁全糊了花纸，室中家生虽甚简单，但收拾得清洁的缘故，所以也觉得十分美丽。她走进房中，扭亮了电灯，把大衣挂到了一具单门的衣橱里，回身又把皮匣放进到梳妆台的抽屉里，站在镜子的面前，呆呆地照了一会儿，只见自己的两颊是红得鲜艳，自己伸手去摸了摸，一时也怜惜起来。想着姑爸、姑妈谈的自己婚姻问题，她的脑海里不免又映现出狄先生的脸容，暗想：我这人也太糊涂了，连他的名字都没问一声，在我猜想过去，那人一定是个学生子，不过家境也许不十分富裕吧。这也奇怪，我自从第一次瞧见了他，心里就会对他表示一种好感，觉得这个少年的一举一动都令人感到了可爱。最神秘的就是今天夜里瞧戏，会和他遇在一块儿，那真比约好了还要凑巧，这难道我们俩是有姻缘之分吗？陆丁香想到这里，全身一阵热燥，这就再也想不下去，对镜望着自己红晕的两颊，啐了一口，忍不住又掩口笑了，暗想：一个女孩儿家为这一种事操心，那究竟有些不好意思吧。于是退到床边，懒洋洋地在枕旁躺了下来，抱着那条粉红色绸被的一角，她的心里不由自主地又想起了狄先生。这个少年至多也不过二十左右吧，经过了一番谈话之后，我就更觉得他是那份儿可爱。当时我曾问他家里有什么人，他只派出一个母亲来，后来我又问他除了母亲外，还有什么人，他回答的真有趣，显然他还是一个没有结过婚的男子。但此刻想起来，我一个女孩儿家在一个年轻的男子面前会追问他这一句话，那真叫人好难为情呀。陆丁香这样地沉思着，她那一颗小小的心灵是忐忑得厉害，那跳跃的速度会比平常快三分之二了。这时候丁香心里开始又有了一个感觉，我既然这样地倾心他，但他的心里是否有和我同样的情形呢？这当然是一个问题。古来痴心的女子是多得很，负心郎也不少呀。想到这里，又觉得这话不对，我和他也不过仅仅两次见面的认识，如何用得着"负心郎"三个字呢？这不是太笑话了吗？房内虽然是只有丁香自己一个人，到此她也怕起难为情来。于是她又从床上坐起，把那双高跟皮鞋脱去了，解了旗袍的纽扣，脱下旗袍，放过一旁，很快地钻进被内，把被蒙住了脸颊，仿佛这样子想心事可以避免难为情了。于是她又想道：狄先生大概也不会不爱我吧，因为他曾叫我常到他家里去玩玩，既然愿意我去玩，当然他也感到我的可亲。我想明儿抽空，不妨真的去望望他，看他家里到底有些什么人，假使没有年轻的女人，那么他对我说的话也就不虚了。但愿他的母亲是个慈祥的妇人，十分和善，不过做下辈的只要不向老年人执拗，那么做长辈的心里自然是很欢喜的了。一会儿，丁香忽然又想起今夜姑爸和姑妈的谈话，他们为了爱我，不舍得我离开，所以要找个品貌优美的少年来做入赘女婿，但是狄先生既然是个独生儿子，对于入赘一事，他当然不允许，即使他本身允许了，但他的母亲又如何肯答应呢？陆丁香本来是一肚子的高兴，心头只觉得甜蜜无比，但此刻想到这个问题上，一时又不免忧愁起来，意欲想个两全其美的办法，但想了良久，却是想不出有什么法子。假使我不听从姑爹、姑妈的话，一定要嫁他远去，这姑妈和姑爹当然也不能强阻，不过姑爹、姑妈他两老人家养了我十二年，是费了几许的心血，今长齐了羽毛，便要自管飞去，假使是一个人的话，那自己也是不忍心吧。但是顺从了他们两老人家的意思，我和狄先生这一头婚姻势必要打得粉碎，这……这……如何是好呢？想到这里，觉左右为难极了。人到无聊已极，是只好诉诸于眼泪，因此丁香的眼皮微微地红起来，那雪白府绸的枕衣上就湿了一大堆。默默地淌了一会儿泪，但不知怎的，自己忽然又好笑起来，觉得为了这些渺茫的事而伤心，那简直自寻烦恼，的确是太不值得了。耳听着梳妆台上那架小巧玲珑的座钟已打了子夜两时，这才把手背在脸颊上来回揉擦了一下，静静地睡去了。

早晨八点半的时候，可可咖啡店的生意是最好了，一班高中生和一班大学生，个个西装革履，进进出出，十分热闹。其所以营业好的原因，倒并不是可可咖啡店里的咖啡是特别便宜些，或者是特别甜一些，其最要紧的因素，是为了可可咖啡店中有着三朵鲜花那样的年轻的姑娘。李麒俊在学校里听同学们在说，可可咖啡店里有个咖啡西施，她的美丽实在可以胜过一代歌后的白豆蔻小姐，只可惜她的态度很冷酷，不容易勾搭罢了。李麒俊本是个花丛中的蝴蝶，他一听有这样的名花儿，心里便无论如何要去欣赏欣赏，所以他和妹子茜珠分手后，就急急先到可可咖啡店里来。只见里面是挤满了三三两两的学生，嘻嘻哈哈地望着三个茶花，有的评头，有的评脚，仿佛心里是感到十二分的兴奋。于是他也在一个空位上坐下来，凝眸向三个茶花望来，觉得其中一个真是非常美丽，而且有些酷肖白豆蔻小姐，这就暗暗地喝了一声彩，果然名不虚传。就在这时，赵莲蓉含笑过来，问他吃什么，可要先喝杯咖啡。麒俊摇了摇头，并不答话，他的两眼却只管盯在陆丁香的身上。赵莲蓉瞧他这种涎水欲滴的神气，心里真是又好气又好笑，知道他是要丁香来招待，于是便走到丁香的身旁，悄悄地拉了拉她的衣袖，努了努嘴，笑道：

"你上去招待吧。"

陆丁香为了营业上着想，自然不能得罪主顾，于是走了上去，很正经地问道：

"你吃些什么？"

李麒俊这才笑眯眯地说道：

"拿一客咖啡，一客红肠三明治，再拿一客桃条糕。"

陆丁香便自管下去，不多一会儿，便用盘子都盛了上来，先放在桌上，然后把咖啡茶等都搬到桌子上。就在这时候，陆丁香的脸就给李麒俊瞧了一个够，觉得皮肤的细腻，所谓"冰肌玉骨"四字实可当之无愧，这就含了满面的笑容，搭讪道：

"这儿的生意倒很不错吧？"

陆丁香意欲不回答他，但又怕主顾，遂点了点头，"嗯"了一声，说道：

"不错，这儿都是做学生子的生意。"

说了这句话，便拿了盘子头也不回地走了。李麒俊要向她再说话，已经来不及了，望着她美妙的后影，却是愕住了一会子，拿了铜匙，掏着碎糖屑，放进咖啡里，和了一小罐子牛奶，一口一口地喝着。心里可就想：小小的咖啡店里，想不到竟有如此美丽的一朵鲜花，那我还用得到天天去跑跳舞场吗？李麒俊这样地想着，他的灵魂是直飘到陆丁香身上去了，把昨夜和妻子方雪琴的吵闹、妹妹茜珠的忠告，什么全都忘记了。他喝完了牛奶咖啡，并吃了三明治等点心，遂又向丁香招了招手。丁香便移步走过来，问还要吃什么，李麒俊把手臂一伸，瞧瞧手腕上那只摩凡陀的金表，笑道：

"已经八点五十五分了，我们要上课去了，还来得及再吃什么吗？"

说着，又在西服袋内摸出两元钱钞票，交给丁香，丁香拿去，找来八角五分钱，李麒俊已是站起身子，和丁香含笑点了点头，说声再见，便匆匆走出去了。陆丁香待他走出了大门，望着他已逝去了的后影，倒是呆住了一会儿，心中暗想：像这种吃客我倒是还只有初次碰见，吃一元一角五分的钱，小账给八角五分，那倒不要说他，最最有趣的是临走的时候，还要对我说声再见。照理，这声再见是我说的，现在相反地却给他说了去，那明明地在说，他明天还要来吃吗？当然他的心中也许是另有作用，不过我的心里是只有狄先生的一个影子，对于他这种的用情，也只好说一句落花有意、流水无情了。在五点左右的时候，可可咖啡店里的营业最是清淡，陆丁香和窦琳娜、赵莲蓉两人坐在一块儿正在闲谈，忽见从外面推进一个西服少年来，手里还拿了两本厚厚的精装书。三人定睛仔细一瞧，就是早晨这个少年。赵莲蓉扯了扯陆丁香的衣袖，悄声儿笑道：

"又来了，又来了！"

窦琳娜方欲上前招待，却被莲蓉拉住了，又向她挤挤眼。窦琳娜这才理会了，于是停步不前。陆丁香见两人都不上前，当然只好自己走过去，不料李麒俊却先向她微微一笑，点点头，似乎已经很熟悉了的样子。丁香见人家既然在和自己招呼，那倒不好意思不回答人家，于是赧赧然也报之以浅笑。谁知李麒俊被她这一笑，他的神魂就被丁香颊上两个笑窝儿陶醉了，竟是呆若木鸡般地怔住了。陆丁香被他这一阵呆瞧，两颊不免盖上了一层红晕，遂开口说道：

"你吃些什么？"

李麒俊这才从两个笑窝儿里清醒过来，慌忙笑了笑，说道：

"这儿大餐共分几种？"

陆丁香道：

"普通的一元五角，好的三元、四元、五元一客，再好的这儿不备。"

李麒俊道：

"那么就拿五元一客的好了，请问这儿有什么酒？"

陆丁香凝眸含颦地沉思了一会儿，说道：

"有口力沙、有为司克、有葡萄汁、有强身露，你爱喝什么？"

李麒俊听她派了一大套，觉得她说话的意态是令人感到了可爱，遂点头又道：

"我是个不会喝酒的人，但我心里高兴，想喝一些酒，最好请你给我拣一种比较不容易醉的酒好吗？"

陆丁香听他这样说，暗想：怎的有这许多麻烦？他这个话不知是故意地装阿木林呢，抑是真的不晓得呢？不过人家既然这样问，我当然不能不回答，遂也说道：

"为司克凶些，口力沙和善的，你既不会喝酒，就喝口力沙好了。"

李麒俊明眸脉脉含情地凝望她一眼，微笑着点了点头，说道：

"多谢你，就请你拿杯口力沙吧。"

陆丁香觉得他这种的意态，真令人感到了好笑，抿着嘴儿，便转身退了下去，心里暗想：看他人儿倒生得很漂亮，怎么会有些土头土脑呢？其实李麒俊何尝有土头土脑？他所以缠七缠八地问着，无非想和陆丁香多说几句话罢了。第一道菜送上的是只花旗拼盘，陆丁香见他两眼只管望着自己，嘴儿一掀一掀地又仿佛欲语还停的神气，心里这就感到那少年真有些痴得可怜。李麒俊见她一放下菜，身子就退了下去，意欲喊住她问一问她的芳名，但又觉得不好意思，暗想：反正菜多着哩，等他她上第二道菜的时候再问她也不迟呢。但是理想与事实偏偏相反，待第二道菜送上来，李麒俊见送菜的人却已经换了一个，一时还以为眼花了，慌忙把手揉擦了一下眼皮，仔细向她一瞧，果真已不是丁香了，心里未免有些奇怪，意欲问她还有一个姑娘呢，不料那赵莲蓉却先向他盈盈一笑，说道：

"这位先生，可还要拿杯口力沙？"

李麒俊低头见杯中原来已没有了酒，于是点了点头，说道：

"好的，你再拿一杯来吧。"

赵莲蓉遂含笑又送上一杯，她却不像丁香那样地立刻退下去，站在麒俊的身旁侍候着。李麒俊喝下了两杯口力沙，脸觉得有些发烧，全身的血液似乎流动得很快速，抬起头来，醉眼模糊地向赵莲蓉望了一眼，觉得她虽然没有像第一个姑娘那样美丽，但却也有一种妩媚的风韵，那眉目间含了无限风流的神情，动荡的俏眼具有一种勾人的魔力。这就望着她笑了笑，问道：

"请问你姓什么，芳名叫什么？能不能告诉我吗？"

赵莲蓉听他这样问，心里倒是荡漾了一下，便挨近了一些身子，含笑说道：

"我姓赵名叫莲蓉，您这位先生贵姓？是在哪个学校里读书呀？"

李麒俊见她不比第一个那样呆板，心里自然很喜欢，笑道：

"原来你是赵小姐，我叫李麒俊，是在这儿新华大学里读书。"

赵莲蓉听他呼自己小姐，同时又听他是个大学生，一时心里便有个希望，扬着眉毛，眸珠一转，掀起了娇媚的笑容，很亲热地叫声李先生。在李麒俊的心里，所以和赵莲蓉搭讪，是为了借此可以得些关于陆丁香的消息。不料赵莲蓉误会了，还以为他有爱自己的意思，所以芳心是非常地得意。李麒俊乘机又笑问道：

　　"赵小姐，刚才你那个同伴姓什么叫什么呀？"

　　赵莲蓉道：

　　"她叫陆丁香，是这儿店主的侄女。"

　　李麒俊听了，暗想：倒是个怪动人的名儿，原来她和店主有着一层亲戚关系，怪不得她的态度是很严肃的了。遂又问道：

　　"赵小姐的年纪和陆小姐是哪个轻呀？"

　　莲蓉绕过媚意的俏眼，瞟了他一下，笑道：

　　"陆小姐她比我小两年，今年还只有十八岁哩。"

　　李麒俊暗想：和我妹妹倒是同庚，这样美艳的姑娘，我假使能够和她真个地销魂，那我就是死了也乐意呢！这时，窦琳娜向莲蓉招手，莲蓉回眸望去，知道第三道菜也烧好了，于是忙去搬来，放到李麒俊的面前去。这样一直到送上牛奶咖啡和水果的时候，还没见丁香走出来。麒俊一时心里再也熬不住了，便回头向莲蓉望着，含笑问道：

　　"赵小姐，陆小姐她到哪儿去了呀？怎的不出来了呢？"

　　莲蓉见他这样记挂丁香，心中似乎有些不乐意，淡淡地说道：

　　"陆小姐有事情出去了，你还想她回来招待你吗？"

　　李麒俊见她似有醋意，遂忙赔了笑脸，说道：

　　"不，有着赵小姐招待我，我已经是很满足了。"

　　赵莲蓉听他这样说，似乎有些不相信，鼓着小腮子，噘了噘嘴，但对他却又嫣然笑起来。李麒俊见她这一笑，倒是非常娇媚，乘着酒兴，和她瞎七搭八地说了一会儿，方才叫她开上账单，见是九元九角。李麒俊遂在袋内摸出一张十元的钞票，又一张一元的钞票，说不用找了，余下的赏了你们。说着，便挟了书本，匆匆地奔出去了。赵莲蓉还送到门外，道了一声谢谢。

陆丁香忽然间怎么会出去了呢？原来她见李麒俊早晨既然来过，此刻晚上又来了，他的意思，明明是向自己来认识认识，说句好听话，他是爱上了自己，但换句话说，他也就是来勾搭自己。虽然他的容貌也是相当俊美，环境也许比狄先生要好上十倍吧，不过他那种举动，总不及狄先生的温文可爱。狄先生的态度是多么大方，人格是多么清高，若和他相较，实在是相差得远了。虽然这种见解，一半未免有些心理作用，但一半也的确是事实证明，他假使瞎七搭八地向我搭讪，我自然不能不回答他，但这种勉强的应酬，太使人感到痛苦了，倒不如此刻我去拜望狄先生去好吗？陆丁香想定这个主意，便和赵莲蓉说道：

"我此刻要到外面去买些东西，这个主顾你去招待他吧。"

赵莲蓉今年是个二十四岁的女子了，她是曾经嫁过丈夫的，后来丈夫死了，她便成了寡妇。好在她原有几分姿色，心里想来物色一个如意郎君，所以她美目流盼，招待的功夫当然与众不同。今见丁香把这个顾客给自己去招待，心里自然十分喜欢，连声点头答应，于是陆丁香匆匆到楼上，换了一身衣服，便到狄秋航家里去了。到了吕班路鸿怡坊十八号，敲门进去，问这儿可有姓狄的人家。开门的回答道：

"在楼上东厢房里，你自上去吧。"

陆丁香道了一声谢，便匆匆地走到楼上，当跨进东厢房的时候，那颗芳心是跳跃得厉害，暗想：一个女孩儿家，在晚上八点多的时候，忽然去瞧一个异性的朋友，这似乎太难为情了一些。丁香心中既然有了这么一个感觉，她不免又停住了步，顿了顿。谁知狄老太因为秋航这样晚还没回来，心里已经是十分焦急，一听皮鞋脚步的声音，便嚷出来道：

"秋航，你今晚怎的这样晚回来呀？"

不料话声未完，就和陆丁香打了一个照面。在那盏二十五支光的电灯下，很显明是个挺美丽的姑娘，狄老太这就愕住了一会子，怔怔地问道：

　　"这位小姐，你是找哪家去呀?"

第十回

冒同学骤来不速客
瞒失业暂充音乐师

    陆丁香是个聪敏的姑娘，她听狄老太口喊秋航出来，乌圆眸珠一转，这就有了八分把握，便很恭敬地行了一个四十五度的鞠躬礼，笑盈盈地柔声儿说道：

"这位想是狄伯母了。"

爱美是人之天性，狄老太见这样一个美丽的姑娘向自己鞠躬，而且还口喊伯母，心里自然是十分地喜欢。不过在喜欢之中，同时也感到有些惊奇，用了猜疑的目光向她全身打量了一下，也满脸堆笑地答道：

"不敢，请问您这位小姐贵姓？怎么认识我的呀？"

狄老太这一句话，倒把陆丁香问住了，暗想：我该怎样回答比较妥当呢？遂一撩眼皮，掀着酒窝儿，笑道：

"哦，敝姓陆，前天我在路上曾遇见狄先生，因为我们是在中学里同学，有几年没走动了，今天路过府上，所以进来向伯母请个安。"

狄老太这才明白她是秋航的同学，因为听她说话颇有分寸，在脑海里就觉得有一个很好的印象，遂把手一摆，含笑叫道：

"原来是陆小姐，快请里面坐吧。"

随了这一句话，陆丁香跨步已进了房中，只见壁上悬着一张二十四寸放大的相片，里面是个五十左右的老者，还留着一小撮的胡须，和秋航颇肖，显然他是秋航的爸了。就在这时，狄老太已倒了一杯玫瑰茶放在桌上，笑道：

"陆小姐，你请坐，秋航不知怎的，今晚行里还没有回来呢。"

在狄老太这几句话中，丁香就多知道了关于狄先生的两件事。第一，狄先生的名字一定叫秋航；第二，他没有读书，显然已在办事了。遂退步到桌旁坐下，露着雪白的牙齿，微笑道：

"也许狄先生行里公务很繁忙吧。"

狄老太也在她对面坐了，望她一眼，说道：

"在平日他五月点半就可以回来了，今天是特别迟些，我想行里不会有什么事，一定给同事拖着玩去了。陆小姐，你会不会抽烟？"

狄老太说着，又欲站起身子来去拿烟卷。陆丁香慌忙摇了摇手，说道：

"伯母，你别客气，我是不会吸烟的。"

狄老太于是也不和她客气了，遂又坐了下来。丁香握着玻璃杯，凑在红润润的嘴唇上喝了一口，因为狄老太不说话，自己也就不便开口。两人这样地静坐着，室中空气当然是显得很沉寂，只有梳妆台上那架意大利石的座钟嘀嗒嘀嗒地含着很调匀的节拍响着。狄老太想不到今夜骤然会降临了这样一个贵客，在她不惯应酬陌生客人的心里，当然是感到了相当局促，不过自己是主人，主人家若这样地局促，那叫客人不是更要感到没趣了吗？狄老太这样想着，于是她含了微笑，说道：

"陆小姐，你把大衣宽脱了，没有事就坐会儿，反正秋航大概总就要回来的。"

丁香这就站起来，把大衣脱下，放在沙发的背上，又在椅上坐下，回眸望了狄老太一眼，搭讪着笑道：

"白天里狄先生出去办事，家里只剩伯母一人，倒是怪冷清的。"

狄老太说道：

"可不是？在上海我们亲戚朋友又少，所以更觉冷清，我一个人有时候做些活针，但做厌了也觉没味，陆小姐有空的话，倒可以常来玩玩。"

陆丁香说这一句话，原含有深刻的意思，就是探听探听狄秋航家里除了母亲一人，是否真的没有什么人了。今听狄老太的回答，知道狄秋航是真的没有结过婚，心里已经是感到十分的欢喜，再加之狄老太嘱她常来玩玩，心里便更觉快乐，扬着眉，乌圆眸珠在长睫毛里一转，笑道：

"将来走熟了，我就会常常来玩，只要伯母不讨厌我是了。"

狄老太听她很会说话，而且说话的意态又这样可爱，因此心里自然而然地也会觉得她的可亲，笑道：

"陆小姐，你这是什么话？我正需要一个像你这样的姑娘来和我做伴，那我还会来讨厌你吗？恐怕欢迎还来不及呢！"

狄老太说这两句话原属无心，不料陆丁香听的倒是有意，一时一颗小心灵上，是只觉得甜蜜无比，不过在甜蜜之中，也觉得有些难为情，因此她的两颊也就像喝过酒一样地红晕了。狄老太忽然见她这样娇羞的意态，起初倒是不解，及至仔细地一想，方才理会自己这句做伴的话有些说得神秘，忍不住抿着嘴儿笑起来，同时心里也起了一个感想，觉得像陆小姐这样的美丽人才，假使真能做自己媳妇的话，倒也未始不是一件美满的事。狄老太心中既有这么一个感想，自然希望知道一些关于陆小姐的身世，于是含笑又问道：

"陆小姐是哪儿人？家里爸妈都很好吧？"

丁香这才又抬起头来，竭力镇静了态度，答道：

"我是南京人，爸妈在我六岁那年就死了……"

说到这里，粉脸上又罩了一层愁容，似有不胜感伤之意。狄老太听了，"哦"了一声，忙又问道：

"那么陆小姐现在是跟谁过活啦？"

丁香微蹙了眉尖，微微地叹了一口气，说道：

"幸亏我的姑妈很好，从小就跟着她，一转眼间，不知不觉竟有十二个年头了。狄伯母，你想我这人不是很命苦吗？"

狄老太在她这几句话中，已经知道她是个十八岁的姑娘了，比我秋航小四年，论年龄倒是很相称的一对儿，遂也皱了脸皮，表示很同情的神气，说道：

"陆小姐的身世真也可怜了，不过往后也许很有福吧。"

丁香觉得这两句话又说到自己的心坎儿上去，不免又娇媚地笑了，说道：

"真有那么的一日，我得向伯母叩头……"

说到这里，忽然觉得这话不对，我向她叩头，那除非我和秋航结婚了，这样一想，那两颊就愈加红了起来，以下的话便再也说不下去。狄老太听她要向自己叩头，因此也笑了起来。照理，在一个初次见面的姑娘跟前，应该客气着说句不敢当，但是狄老太却没有说，仿佛已接受她这个叩头了，开始又问道：

"那么陆小姐的姑爸是在什么地方办事的？你现在可仍在学校里读书吗？"

陆丁香含笑说道：

"我姑爸从前在钱庄里做事，后来又到公司厂家都去做过，为了吃不起气，所以他现在自己开了一爿咖啡店。我在中学里读了一年书后，如今也闲在家里了。"

狄老太点了点头，心里暗想：记得秋航在青海中学里的时候，他也有一个女同学，名叫李茜珠的，和秋航十分要好，时常跟着秋航到家来玩，那时她还梳着小辫子，年纪不过十三岁，后来便一直没有来过。于是又问道：

"我记得中学校里还有一个李茜珠小姐，不知陆小姐也认识吗？"

丁香冒充同学，原是不得已的措辞，今被狄老太这样一问，那两颊又红了起来，凝眸含鞏地沉思了一会儿，说道：

"这个我却不认识，也许不是和我同级的吧。"

丁香口里虽然是这样回答，但心里仿佛有了一块石头镇压着似的，暗想：原来秋航他已有了一个李茜珠女同学，不知他们的交谊怎样，但狄老太心里既然有她这个人，当然也常来的了。遂问道：

"这个李茜珠小姐现在可常常来吗？"

狄老太做个沉思的样子，答道：

"在学校里的时候常常来，如今算着，差不多有三年没来了。"

陆丁香听了这话，方才把那块压在心上的石头又落下了，粉脸又现出笑容来，说道：

"同学们一走出校门，就会疏散起来，我和狄先生不是也有多年没见了吗？那天在路上遇见的时候，几乎要不认识了呢。"

狄老太笑道：

"所以时常要走动走动，陆小姐现在府上住哪儿？"

丁香把纤手理了一下云发，说道：

"离这儿倒不远，就在环龙路口，下面就是开的可可咖啡店，楼上我们作住家。"

狄老太道：

"那边现在学校很多，生意大概不错吧？"

陆丁香道：

"也不过如此。"

正在这时，一阵皮鞋脚的声音响进来，狄老太知道这回准是秋航回来了，果然见秋航满脸绯红地已走进房中。陆丁香慌忙笑盈盈地站起来，狄秋航再也想不到丁香会等在自己的家里，一时惊喜十分，不免望着她呆住了一会子。只见丁香今天换了一件淡灰色的哔叽旗袍，因为是素净的缘故，所以更显得清秀脱俗。陆丁香被他这样呆望，便先开口笑道：

"狄先生在哪儿喝酒啊？"

秋航这才堆了满面笑容，一面脱去大衣，一面说道：

"朋友请我吃夜饭，陆小姐什么时候来的？可曾吃过饭？"

狄老太听秋航这样说，忙也笑道：

"哟！我这人糊涂，真的，陆小姐吃过晚饭了吗？我见你六点半还没回来，所以先吃过了，陆小姐大概七点三刻来的吧。"

丁香道：

"我也吃过来的，假使没吃过的话，现在已九点多了，你想我饿得住吗？"

说着，大家忍不住都笑了。秋航把大衣挂在衣钩上，回身过来，见她兀是站着，便又笑道：

"陆小姐，你坐呀，站着干吗？今天我原想来拜望你，不料被朋友拖着喝酒去了，倒叫你等候了好多时候。"

丁香一面又在椅上坐下，一面在他脸上逗了一瞥柔情蜜意的目光，笑道：

"我和伯母谈着，却也不多一会儿。狄先生，你喝了多少酒？怎么两颊红得厉害呢？"

秋航把手摸着自己热辣辣的脸孔，眼珠一转，笑道：

"真吗？说起来叫人笑话，我只不过喝了一杯强身露，其实我原喝不来酒。"

狄老太已斟上一杯浓浓的红茶来，交给秋航，带了埋怨的口吻说道：

"不会喝酒，你喝它做什么？这种事也好学的吗？"

秋航连忙接了茶杯，笑着道：

"他们高兴，一定要我喝，我只好应酬了一杯，其实我也不爱喝。"

陆丁香见秋航被妈教训，显出很顽皮的神情，一时脉脉地瞟他一眼，又逗给了他一个妖媚的娇笑。秋航知道她这笑的意思，一定是笑我挨母亲的骂，不禁也微红了脸，望着她笑了。

今天本来是秋航最失意的日子，不料在马路上无意中遇见了一个三年没见的女同学，很热情地请他吃一顿饭。当他回家踏进屋子的时候，失业的不幸又勾起了他内心的悲愁。不料在家里偏偏等着一个如花如玉的陆小姐，因此把他内心的失意的事情始终镇压了下去。陆丁香会到家里来望我，这更是梦想不到的事情，因为凭着两次见面的认识，彼此连身世都不曾详细，不料她竟很熟悉地来望我了，那当然是意外地感到兴奋，不过在母亲的面前，叫我和她说些什么话好呢？因为她在一个钟点之前，是和母亲曾先有一度谈话，谈些什么我当然不晓得，假使我说的话和她对母亲的话是不相符合的，那岂不是叫母亲心里感到奇怪吗？不但如此，而且叫陆小姐又如何好意思呢？为了小心起见，还是不说话。但人家特地拜望自己，我若一句不和人家说话，那不是叫人家疑心我在讨厌她吗？这似乎冷淡了人家。狄秋航这样一想，倒有些左右为难，因此握着杯子，望着丁香的脸只是笑。狄老太觉得这样空坐着殊为无聊，于是她取了两角钱，悄悄地下楼买西瓜子去。秋航见母亲下去了，方才低声儿笑道：

"陆小姐，我今天想不到你会来。"

陆丁香听他这样说，不知他是什么意思，便瞟他一眼，说道：

"你想不到吧，可不是你觉得我有些来得冒昧吗？"

狄秋航听了，慌忙摇头说道：

"不，哪有这个话？我昨天不是跟你说，很欢迎你来玩玩吗？不过我没想到你今天就会来，所以我感到有些意外的惊喜。"

陆丁香听他这样说，知道自己是误会了他的意思，顿时乐得眉飞色舞，掀起酒窝儿，明眸含情脉脉地瞟他一眼，得意地笑道：

"你这话是真心的，还是含着敷衍的性质？"

狄秋航听她问出这个话来，倒是为之愕然。陆丁香瞧他这样情景，自己也感觉到不好意思起来了，两颊更加娇红得可爱，垂了粉颊，却不作声了。秋航见她如此娇羞万状的意态，心里未免荡漾了一下，悄声儿笑道：

"我说的话句句从心坎儿里爬出来，怎肯敷衍着你？"

丁香听他说"爬出来"三字，便抿着嘴儿扑的一声笑了。秋航见她笑的意态是相当美，一时望着她也只管得意地笑。过了一会儿，秋航又问道：

"陆小姐，你来了不是好一会儿了吗？不知母亲和你谈些什么？"

丁香抬起头来，一撩眼皮，说道：

"伯母吗？她问我爸妈可好，我说爸妈是从小就没有了。"

狄秋航听了，暗想：我也全不知道呢。遂急急地问道：

"陆小姐的爸妈全过世了吗？那么你现在跟谁过活呢？陆小姐，我很想知道关于你一些身世，请你告诉我好吗？"

丁香频频地点了一下头，方欲告诉，不料狄老太已跨步进来，装了一盘西瓜子，放在桌上，笑道：

"陆小姐，还是嗑着瓜子解会儿闷吧。"

丁香略欠了身子，"哟"了一声，说道：

"伯母，你这样客气，那倒反叫我感到不安了。"

狄老太笑道：

"好说，嗑几颗瓜子算得了什么？"

秋航伸手先抓了一把，放在桌子上，然后拿了一颗放在嘴来嗑着，笑道：

"陆小姐，别客气，我以为还是随便一些比较好。"

丁香点头笑了笑，纤手伸上去也摸那西瓜子，但她的秋波脉脉地似乎含了无限的情意，向秋航瞟了一眼。秋航因为不听她告诉下去，心里也就理会她在母亲的面前一定说我们是认识很久的了，遂也不便再问，只谈了一些别的事。陆丁香见时已十点多了，于是便站起身子，笑道：

"时候真快，一会儿就十点多了，吵扰了大半天，真对不起。伯母，我走了，改天再来拜望你老人家吧。"

狄老太忙道：

"上海地方，真早哩，陆小姐再坐会儿吧。"

秋航见她已经站起身子，知道留她也没有事，于是抢步先到沙发旁拿过她的大衣，提着衣领，那意思当然是要给她穿上。陆丁香觉得在狄老太的面前，不敢过分地放肆，于是含笑接过了，说声谢，遂自行穿上了，笑盈盈地走到狄老太跟前，行了一个鞠躬礼，说道：

　　"伯母，再见。"

　　狄老太对于她这份儿的小心，心里似乎有些过意不去，遂送了出来，说道：

　　"陆小姐，你有空的话只管来玩，明天有没有空？来吃中饭好不好？"

　　秋航对于母亲这句话倒是感觉有些奇怪，想不到母亲只一次的见面，就和她这样熟悉起来。从这一点看，可见丁香这姑娘是太惹人欢喜了。陆丁香听狄老太这样说，她欢喜得脸上的笑窝儿这就始终没有平复过了，心里虽然很想答应下来，但总觉有些不好意思，遂回身挡住了狄老太的肩胛，笑道：

　　"伯母，你留步，明天我说不定来，至于吃饭，那往后的日子可多着啦，我应该先请你老人家才是哩！"

　　狄老太于是停止了步，向秋航望着道：

　　"那么秋航给陆小姐讨车去。"

　　陆丁香口里说不用，身子已走下楼去了。当她跨出大门的时候，只见秋航跟着出来，笑道：

　　"陆小姐，你慢些走，我给你讨车。"

　　丁香回过身子，等着秋航走上来，两人并肩向弄口踱出去。秋航要喊人力车，丁香拦阻下来，回眸瞟他一眼，盈盈笑道：

　　"我不爱坐车，你假使没有事，我愿意你陪我走一截路。"

　　碧天像洗过了那么清洁，浮云一朵也没有在飘飞，那轮皓魄柔软地照映着大地。秋航在月光之下，瞧得出丁香虽然是这样说着，那两颊是更娇艳得好看了。这种带有甜味儿的话出在一个年轻貌美的姑娘口中，秋航心里是不住地荡漾，笑着点头道：

"假使你心里愿意，我就送你到府上。"

陆丁香绕过无限媚意的俏眼，带了娇嗔的神情，白了他一眼，却是哧哧地笑了，但她忽然心中有了一个感觉，便立刻停止了步，说道：

"不，我倒忘了，伯母还等着你，她见你这许多时候不进去，心里会焦急的。"

秋航被她这么一说，心里也想着了，母亲见我讨了这许多时候的车，一定要笑我，遂说道：

"那么我给你讨车回去？"

说时，向对过马路上的人力车一招手，于是人力车就飞拉过来。丁香明眸脉脉地望他一会儿，笑道：

"那么你什么时候来我这儿玩？"

秋航沉吟了一会儿，说道：

"后天我准定来拜望你，说不定明天就会来的。"

丁香扑地一笑，回身跳上人力车，秋航摸出角子钞票，给她付车钱。丁香在车上干急道：

"你别拿，你别拿！"

车夫却笑着拿了，说道：

"客气什么？付了也一样。"

两人听车夫这样说，又笑了起来。这时，人力车已向前拉了，丁香扬着手，连连招了两招手，还说声明天准定来。秋航点头答应，同时也摇了一下手，直瞧不见了人力车的影子，方才走回家里去。一脚跨进房门，狄老太问道：

"走了吗？给她讨了车子没有？"

秋航点头道：

"给她讨了，看她上车的。"

说着话，便在沙发上一屁股坐了下来，手托着下颏，却是沉思了一会儿。狄老太说道：

125

"陆小姐她是你青海中学里的同学吗？怎么从前一向却没有听你说起？"

狄秋航听妈这样说，立刻抬起头来，含了惊奇的目光向她满显皱纹的颊上逗了一瞥，意欲问她这话打哪儿说起，但忽然理会了，这当然是丁香在冒充同学了，遂也说道：

"不错，从前她和李茜珠一样年轻，所以我并不和她交谈的。"

狄秋航因为白天里是遇见了李茜珠，所以在无意中就拿李茜珠和陆丁香来作比方。狄老太听他提起了李茜珠，因为茜珠在自己的脑海里似乎还有一个影像，遂笑起来道：

"说起了'李茜珠'三字，我倒又想着了她娇小的身材了。这孩子有三年没见了，想现在一定也和陆小姐长得一样美丽了吧？这几年来，你可碰见她过没有？"

狄秋航笑了一笑，抬手到头上抓了抓头发，说道：

"母亲，这事说来真巧，今天我在路上就是碰见了茜珠，夜饭还是她请的客呢。"

狄老太惊奇地说道：

"真的吗？你们有三年没见了，倒还认识吗？"

秋航笑道：

"人长得不少，可是那副脾气却依旧没有改去。"

狄老太在热水瓶里又倒了两杯茶，一杯递给秋航，一杯自己喝着，笑道：

"在学校里的时候，李小姐和陆小姐两个人，哪一个和你感情融合？"

秋航抬头望了母亲一眼，只见母亲脸上是满含了笑容，一时觉得母亲这一句话问得至少是含有些意思的，便笑道：

"感情都很好，因为她们是同庚，那时她们只不过十三四岁的孩子，我是把她们只当小妹妹看待的。"

狄老太听了，心里有一个有趣的感觉，这就忍不住又咻地笑了。

秋航被母亲一笑，这就感到有些难为情，两颊本来已经是喝醉了酒，这时就更红晕了。狄老太又问道：

"陆小姐的名儿叫什么？她说六岁就死了爸妈，从小就跟她姑妈过活的，这样说来，她的身世真是比李小姐要可怜得万分呢。你从前不是说李小姐家里有自备汽车吗？"

秋航对于丁香的身世其实根本还是没有头绪，在母亲这几句话中方知丁香是个依靠姑母生活的孤苦女子，但表面上却不得不装出已经很熟悉了的样子，似乎很感叹地说道：

"可不是？所以她的环境的确是相当恶劣。"

狄老太道：

"但幸亏姑妈待她不错，她的姑爹是开着一爿咖啡店呢。"

秋航听了这话，心里这才恍然大悟，暗想：原来可可咖啡店是她姑爹开办的，怪不得那天她说的话我就感到她不像做人家伙计的口吻，想不到在一个钟点之前，她和母亲却说了这许多话。心里想着，又直觉得好笑，但立刻又镇静了态度，毫不介意地说道：

"她的名儿叫丁香，母亲和她还说些什么话？"

狄老太把茶杯放到桌上去，很随便地说道：

"我问了她一回身世，别的也没有说什么，对于李茜珠这个人，我倒也问过她，她说并不认识，也许不是同级的。"

秋航知道丁香说的全是一篇谎话，但她既然冒充是我的同学，那当然也怪不了她，不但是怪不了她，而且更要感她的痴情才是。秋航心中既然这样思忖，心里自然而然地对于丁香这位姑娘便有了一个深刻的印象。这晚，秋航睡在床上，一会儿想着李茜珠对待自己的热情，完全是已步入了情人的阶段。她是一个富家的女儿，在这三年之中，会不忘情一个幼年时的同学，这的确是一件难得的事。一会儿又想着了陆丁香，她虽然是一个咖啡店里的茶花，但她绝不是和普通的庸俗脂粉可比，在瞧戏的时候，听了她一番言论和评判，很显明地丁香姑娘也是一个知识圈里的女子。她的一举一动、一颦一笑，不但是讨人喜欢，单说她那适中的身材、倾人的脸庞就够使人陶醉了。今天她居然会到我家来望我，那显然她也是爱上了我，一个年轻貌美的姑娘，她肯这样专心地来爱我，这岂又是一件容易的事吗？狄秋航这样一想，觉得自己是太幸福了，但是太幸福也不是一件快乐的事，因为有这么两个美丽的姑娘给自己选择，在自己的意思，两个是都欢喜的，不过事实上又断断不允许你两个兼纳。但到底纳哪个好呢？这恐怕叫我一时间无论如何也委决不下吧。在这人生的旅程中，我既有了这么两个美丽的姑娘做朋友，即使叫我终身不娶，我也很快乐的了。秋航想到这里，把那失业的悲哀完全忘记了，很兴奋地沉沉地去寻他的好梦了。

次日早晨，秋航因为不用上办公室里去办事，所以无牵无挂地只是酣然甜睡。狄老太起初还不敢喊他，生恐他乏力后应该要多休息些，后来见时已九点敲过，他还没有醒来，一时倒急了起来，遂走到他的床边把他喊醒了，说道：

"秋航，你怎么贪睡到这时候还不起身？难道不想上行里办事去吗？"

秋航揉着眼皮，听母亲这样说，猛可想着自己失业的消息是还没有告诉给妈知道过，这就无怪母亲心中要焦急起来，一时想说穿了，但瞧着母亲一头稀疏的白发、满额皱纹的脸容，心里顿时感到了一阵疼痛，立刻把已说到喉咙口里的"我已失业了"这五个字又很快地咽了下去。两眼是贮满了辛酸的热泪，但脸上兀是装出一副不自然的笑容，掀开被跳下床来，说道：

"我这人竟糊涂到如此地步，怎么把上办公室里的时间都忘记了？唉，我这样糊涂，那今天还只有第一天。"

狄老太见他说着话，一面弯了腰穿皮鞋，便低声地说道：

"无论什么事情，其成功的要素，第一要紧的就是有精神，尤其是年轻的青年时代，更不应该把精神颓唐起来。精神是每个青年成功事业的代表，所以我希望你精神要振作，能够努力奋斗。在这恶环境里渡过了难关，那么前途才有光明展现呢！"

秋航弯了腰正在系皮鞋带子，听了母亲这几句话，便很快地直起身子，说道：

"母亲这话说得是，今后我非把精神更振奋一下不可。"

狄老太方才点了点头，便移步到外面给他端脸水去。秋航瞧着母亲后影在门框子里消失后，这才把他熬住了许久时候的两眶子热泪，让它痛痛快快地淌了下来。

秋航匆匆地漱洗完毕，带了一颗隐痛的良心，奔出了鸿怡坊的弄门。在十字街头踯躅了一会儿，觉得自己太对不住母亲了，我怎么可以欺骗着母亲呢？但是母亲是衰弱的身子，她如何再可以得知这种不幸的消息呢？秋航低了头，正在徘徊，突然间背后有人一拍，急忙回头望去，原来是大胖子卢虎。好朋友多天不见，立刻握着手摇撼了一阵。卢虎还没说话，先打了一个哈哈，笑道：

"老狄，你站在这儿做什么？我正想到华东银行里来找你说话哩。"

秋航蹙了眉尖，急急问道：

"你找我有什么事情啦？我在华东银行里已不做了呀。"

卢虎眯了眼睛，把手一拍，笑道：

"你辞职了吗？那再好没有了。"

狄秋航瞪他一眼，说道：

"这个年头儿我会辞职吗？我失业了，心里正忧愁着哩，怎么你倒反替我高兴？"

卢虎拉了他手，向西就跑，说道：

"失业要什么紧？我请你做音乐导师去，今天下午，就要到维纳斯咖啡馆里去演奏，假使能够一鸣惊人的话，我们这一班同学就可以扬眉吐气了呢！"

狄秋航听不懂他说的是什么话，遂停住了步，又问他说道：

"你说得明白一些，到底是怎么一回事？"

卢虎笑道：

"我就告诉你吧。牛小狮和我那夜同你分手后，回到家里，觉得这样下去终究不是个道理，所以第二天就召集了八个同学，就是毕公毅、关全、朱惠民等一班人，你也都认识的，大家开了一个会，决定组织一个狄秋航大乐队，公推你为音乐导师。由牛小狮到维纳斯咖啡馆主人那里去接洽，那主人是个澳大利亚人，他听了当即答应我们今天下午二时去演奏，假使营业大盛的话，便定薪水，雇为维纳斯咖啡馆内的基本乐队。我想这个机会不可错过，所以就急急到华东银行来找你，不料在半路上就遇到了你，而且你正被他辞歇了，这不是再巧也没有了吗？"

秋航听了这话，方才转忧为喜，于是跟他一同到他们的寓所里。只见众人都等着秋航，一见秋航到来，便各奏音乐器具，奏出一支凯歌来，表示欢迎。狄秋航到此，音乐的兴趣油然而生，拿过那根导师的指挥棒，十分兴奋地演奏起来。这一上午的时间，他们都已把各支流行的歌曲练习得成熟，到下午一点半的时候，方才坐了一辆搬场汽车到维纳斯。维纳斯是上海最大的咖啡馆，里面装饰得富丽堂皇，地板光滑锃亮，四面围着圆桌，食客在兴奋之余，可以和同来的伴侣在中间婆娑欢舞。当时维纳斯主人考拉其把狄秋航等迎接进内，狄秋航用英语和他交谈了几句，众人纷纷把乐器搬上音乐台。秋航把指挥棒一挥，于是卢虎吹着大喇叭，牛小狮敲着皮鼓，其余各人都把乐器奏起，果然非常动听。由两点到四点，演奏了两个时辰，不料下面食客却是寥寥无几。考拉其瞧此情景，心里甚为懊恼，以为狄秋航等音乐技艺不高，所以生意清淡，遂满脸怒容地走上音乐台来，瞪了眼睛，喝道：

"你们这种乐队可以到社会上来演奏，那乐队不是还要多了吗？"

狄秋航、卢虎、牛小狮等听他这样说，遂回眸向下面一望，只见十张桌子倒有九张是空着，同时为了地方广大的缘故，所以更显得全馆中是冷清清的。瞧了这种冷冷清清的模样，狄秋航等自己亦觉十分难为情，红了脸，向考拉其说道：

"请你不要发怒，我们音乐实在演奏得很兴奋费力的，奈生意清淡，这和我们真没相干，不过在你着想，当然怪我们是没有吸引食客的魔力。好在我们是试奏性质，你既然以为我们音乐技艺不精，那么我们就告退吧。"

说着，便叫众人收拾音乐器具，预备回去。众人一肚皮兴奋的希望，到此竟成了泡影，于是个个垂头丧气，正欲收拾音乐器具，忽然见维纳斯大门外走进三个艳装的摩登女郎来，笑语莺莺，意态是十分快乐，这把狄秋航等十一个人的目光，全都集中到她们三个人的身上去了。

第十一回

避面出游欣逢师旷
倾心奏曲巧遇知音

春天的阳光，是暖烘烘地照临着整个的宇宙，吮吻在每个人们的身上，会感到了一种无限适意和轻松。白豆蔻站在自己卧房里的窗旁，凭栏望着蔚蓝的天空中飘浮着一朵朵的白云，白云受了阳光的照映，在它的周身还发射出一阵强烈的电光，和风是微微地吹动，那白云也慢慢地驶行。白豆蔻触景生情，觉得那来回飘飞的浮云正象征着我的生命，幼年的时候，由北国漂流到海外，在海外漂泊了九年，去的时候是还有一个亲爱的叔父，回祖国来的时候，却只剩下我一个孤零零的可怜人了。人海茫茫，谁是我的知己？李家瑞、樊宝之……他们难道真的是我心灵上唯一的安慰人吗？唉！含了辛酸的隐痛，去装那媚人的笑容，敷衍着这一班的野心者，那真令我感到悲痛极了。但是包围在我四周的人们，除了这班手拿钞票、脸含狞笑的野心者外，更有谁是我的同情人呢？想到这里，觉得女子除牺牲色相，难道再没有第二条出路了吗？虽然用艺术的目光来说，女演员的确是个发挥艺术天才的人，但按诸实际，又何尝不是牺牲色相而方才成名的呢？白豆蔻这样一阵一阵地思忖，心头是充满了悲与愤，但愤怒到底抵不住她内心的悲哀，忍不住她那明眸里淌下一滴泪水来。

春风是那样撩人情思，虽然白豆蔻姑娘内心是怀了火样的热情的青春，但她的青春之火上面是盖了一层黯淡的浓烟。她觉得春天的天是那样晴朗和清洁，但她的眼前依然仿佛像黑夜的暗沉，懒懒地抬上手去，理着被风吹乱的鬓发，望着柳荫中穿梭似的燕儿，她的内心感到了极度的苦闷，慢慢地离开了窗旁，对着三门玻璃橱的面前，望着镜内自己曼妙的身条、红润的两颊，觉得两颊是清瘦得许多，想着"黄花更比人还瘦，青眼犹留我自怜"之句，只觉一阵酸楚陡上心头，那两行热泪又不禁湿透衣襟了。正在顾影自怜、暗暗泪抛之间，忽见林英匆匆地上来，说道：

"小姐，李老爷有电话来了。"

白豆蔻一听家瑞有电话来，便恨恨地说道：

"你回答他，小姐有病。"

林英骤然听小姐这样说，倒不禁为之愕然，但心中立刻又想道：我家小姐是生得那么年轻貌美，李老爷、樊老爷这么老了的年纪，天天来缠绕小姐，这如何不要叫小姐心中感到怨恨呢？于是便答应一声，回身急急地奔出。但当林英沉思的时候，白豆蔻心中自然也在想着的，觉得回答有病这一句话，那似乎也并不那么合适，他得了这个消息，一定又要到我家里来探望，那不是更麻烦了吗？于是在林英跨出门之际，立刻又将她喊住了，同时她的身子便一步移一步地走到电话室中去了。林英窥测小姐反复无常的意态，自然很感到奇怪，但瞧了小姐颦蹙了眉尖，微绷住了的脸容，知道小姐的心里实在有说不出的苦衷，也不免代为暗暗地叹了一口气。白豆蔻到了电话间，有气没力地拿起听筒，低声地问道：

"你是李大叔吗？"

家瑞在那边含笑答道：

"不敢，我是家瑞，你是白小姐吗？昨夜我原想和你在安乐宫舞厅中玩个通宵，不料你忽然头痛起来，我真替你担了一夜心事。你现在怎么样了？可完全好了吗？"

白豆蔻紧锁了蛾眉，本想说还没有全好，但又怕他到家里来，因此只好勉强地装着笑容，答道：

"多谢李大叔，我已全好了。你此刻在行里吗？"

李家瑞说道：

"不，我和你干爹此刻在安乐宫里，想请你一同来游玩，不知你肯答应吗？"

白豆蔻是早已料到这一着的，凝眸含矉，雪白的牙齿微咬着她红润润的嘴唇皮，却是沉思了一会子。李家瑞在那边听不见她的回话，仿佛也知道她是在出神，便又叫了一声白小姐，很柔和地说道：

"你假使答应的话，我就叫福根开车来接你，倘若身子还未全好，那么我和你干爹就一块儿来望你好吗？"

白豆蔻这才清醒过来般的，连声地道：

"你们不用来望我，那么我准定来吧。"

说了这两句话，立刻把听筒恨恨地放到电话机上去，暗自骂了一声讨厌鬼，懒懒地又蹀出电话间，回到卧房中，却并不换衣梳妆，躺到沙发上去，呆呆地坐了一会子。也不晓得是经过了多少时候，只见晒在壁上的阳光渐渐地移到那盆花架子上去了，白豆蔻望着清辉壁上映着的花影子，兀是发呆，忽见林英又匆匆地走上来。在林英心中以为小姐一定已换好了衣服，披上了大衣等候着了，谁知身上依旧是家里穿的那件便衣裳，脚上也还是那双软底的鞋子，一时倒愕住了，便怔怔地说道：

"小姐，你没预备好吗？李老爷的车夫福根，他已开车来接你了呢。"

白豆蔻毫不在意地回过头去，望了她一眼，说道：

"叫他等在外面好了。"

林英答应了一个"是"字，便回身下去，对福根说道：

"小姐还在穿衣服，你等会儿吧。"

福根点了点头，遂在沙发上坐下，望着壁上那两幅法国裸体油画的美女出了一会子神，虽然没有去计算时刻，但觉得已经是等候好多时光，因为室中只有自己一个人，当然感到了十分的寂静。福根到此，也觉得有些无聊，伸手在袋内摸出一包金鼠牌香烟，取出一支，衔在嘴里，又拿出自来火，划了一根，燃着了烟头，吸了一口，这样直等一支烟卷吸剩了尾端的时候，却还不见白小姐走下来。福根心里似乎有些不耐烦，恨恨地把烟尾掷到痰盂里，心中可就暗想：这架子未免也太大一些了。想着，站起身子，把脚在地板上顿了一顿，暗骂了一声妈的，到底去不去啦？谁知因了他一顿脚，把熟睡在茶几底下的那只乔利惊醒了，它一见福根，猛可蹿上来，汪汪地大叫不止，来势很凶，仿佛要咬人的模样。福根虽然是个粗人，也不免吓了一跳，向后退了两步，把手乱挥，但乔利哪肯示弱，依然猛扑过来，福根到此，也弄得有些哭笑不得。正在尴尬的当儿，忽听一阵皮鞋的声音，接着又喊了一声乔利，说也奇怪，乔利听了喊声，便立刻退了下去，不再狂吠。福根抬头看时，已见白小姐身穿条子浅青花呢的旗袍，外罩一件雪花呢的大衣，亭亭玉立，真是艳丽非凡，遂忙上前，很恭敬地鞠了一躬，说道：

"白小姐，老爷请你到安乐宫舞厅去玩。"

白豆蔻点了点头，回身又喊声林英，林英于是匆匆从厨下出来，给她关上大门。这时，福根等在三友小筑的弄口，早把车厢拉开，请白豆蔻进去坐下，方才拨动机件，呜呜响了两声，开到安乐宫舞厅里去了。

等在安乐宫舞厅里的李家瑞和樊宝之两个老头子，心里仿佛好像热锅上的蚂蚁一样地焦急，各人撩着袖子，不住地看表。樊宝之见福根去了足有一个多钟点，却仍不见白豆蔻到来，遂向李家瑞说道：

"福根他三友小筑可认识吗？会不会摸错了路？"

李家瑞道：

"这一些些路他如何会摸错？一个女孩儿家走出来，总要打扮打扮的，你怎么比我还要心急哩？"

樊宝之笑道：

"我自从那夜认作了干女儿后，还没有见过面呢，当然很想急于要见一见我的干女儿呀！"

樊宝之这几句话是撇清着自己没有到三友小筑去过，其实李家瑞又哪里知道呢？李家瑞听他口里亲热热地只管喊着干女儿，也不知是什么缘故，他的鼻子里会充满了酸溜溜的气味，伸手拍了他一下肩胛，瞅他一眼，笑道：

"认了这么一个美丽的干女儿，只花了三千元的代价，那你做干爹的似乎太便宜一些了。你瞧我做大叔的，除了五千元的钻戒作见面钱外，昨天还送她一千元钱的礼品。"

樊宝之听他这样说，心里一急，也就忘其所以然地嚷道：

"我昨天也送她五百元钱的礼品。"

李家瑞其实原和他说着玩，不料无意之中却知道樊宝之昨天真送她五百元钱的礼品，一时暗想：这老不死的东西一定不怀好意，但白豆蔻是那样的姑娘，任你送五千五万元的礼品，她亦绝不会来爱你这个老甲鱼的。这真是癞蛤蟆想吃天鹅肉，岂不是梦想吗？樊宝之见他听了自己的话，却做沉思的模样，一时深悔自己的忍耐性不好，为什么这样心直口快地说了出来呢？两人低了头，既然各想着心事，也就没去注意旁的了。就在这时，忽听有女子口音的叫道：

"干爹和李大叔怎么不睬我呀？莫不是怪我来得太迟了吗？"

两人一听这个话，便急得慌忙抬起头来，只见白豆蔻小姐含了满面的娇笑，已经站在面前，这就不约而同地站起身子，"哟"了一声，说道：

"这就太不凑巧了，刚才我们抬了头只是望着门口进来的人，偏偏没有见你到来，偶然一忽略，白小姐却已在我们的眼前了，这真该死，有失远迎了。白小姐，对不起，对不起！"

两人赔了笑脸，一面说着话，一面樊宝之已接了她的皮匣，李家瑞却上前抢着给她脱大衣。侍者走过来，把大衣拿去，一面又问

136

喝什么茶。白豆蔻说声柠檬茶，身子便在靠壁的长沙发上坐下，左边樊宝之，右边李家瑞，两人也跟着坐下来。樊宝之在雪亮的烟盒内取出一支茄力克，递到白豆蔻的手里，李家瑞立刻又摸出打火机，抢着给她点火，樊宝之待要划火柴，却早已被李家瑞捷足先登了。白豆蔻坐在中间，瞧着两人抢着各献殷勤的情形，心里真是又好气又好笑，回眸左右瞟了两人一眼，吸了一口烟卷，微微地一笑，说道：

"大叔和干爹这样招待干女儿，那倒反叫干女儿觉得不安呢。"

李家瑞笑道：

"不是那样说，白小姐今天肯到这儿来，那真是我们的大面子哩!"

白豆蔻听了，扑哧了一声，忍不住弯了腰，哧哧地笑起来。这时，侍者把那杯柠檬茶端上，白豆蔻随手握来，在瓷罐子里夹了四块方糖，放在里面，用铜匙掏了掏，然后凑在殷红的嘴唇上喝了一口，向樊宝之笑道：

"干爹前天下午在我那儿走出，是到什么地方去吃夜饭的呀?"

樊宝之听了，红了两颊，支吾了一会儿，说道：

"是一个外埠来的朋友。"

白豆蔻回眸又向李家瑞笑道：

"大叔昨夜送我回家后，你回府差不多已近子夜两时了吧?"

李家瑞也微红脸，"嗯嗯"响了两声。白豆蔻见两人听了自己的话，都显出局促不安的样子，起初倒是不解何故，及至仔细一想，方才有些恍然，暗想：他们彼此在我那儿的行动，一定是都互相瞒着的，如今被我当面地向两人一说，他们的秘密不是立刻地拆穿了吗? 这就无怪两人要这样地感到难为情了。想到这里，把柠檬盘子放到桌上的座盘里，忍不住又扑哧一声好笑起来了。李家瑞道：

"白小姐为什么这样高兴?"

白豆蔻回眸瞟了他一眼，掀着满面的娇笑，说道：

"我心里觉得有趣，我就忍不住笑起来。"

说到这里，忽然音乐停止，舞厅里放射出绯红的灯光来。在那红色的灯光下，白豆蔻发觉李家瑞的脸颊上有两处伤痕，一时很觉奇怪，凝眸仔细向他望了一会儿，把手指到他的颊上去，问道：

"李大叔，这……是怎么啦？你……你……难道和谁相打过了吗？"

李家瑞突然被她发现了颊上的伤痕，一时难为情得全身发燥，支吾了一会儿，却是不知所对。樊宝之早已半取笑半认真地笑道：

"白小姐，我告诉你，你李大叔是个出名的怕老婆，这脸上的伤痕，是给他的太太抓起的。"

白豆蔻听他这样说，便把纤指划在脸上羞他，逗给了一个淘气的媚眼，忍不住咯咯地笑起来。李家瑞一颗心是跳跃得厉害，虽然舞厅里是很暗沉，但他自己也觉得两颊是红得发热。他恨樊宝之这两句话简直是给自己在捣蛋，于是伸过拳头去，在他肩胛上狠狠地打了一拳，笑道：

"烂舌根的，活了这一把年纪，还要寻我开心。白小姐，你听他胡说。"

白豆蔻微抬粉颊，秋波盈盈的目光在他脸上逗了那么一瞥，笑道：

"我瞧干爹的话也许是事实吧，除了你太太，还有谁来敢把你脸上抓伤呢？"

说到这里，抿了嘴儿又哧哧地笑。李家瑞急道：

"白小姐，你怎么也要和我开玩笑吗？这是我早晨躺在沙发上打盹的时候，忽然我家一只玉狸奴跳了上来，它的脚爪竟在我脸上抓破了几处哩！"

樊宝之听了，拍手笑道：

"你说这话，可是你自己露出马脚来。刚才你对我不是说睡午觉的时候吗？此刻和白小姐怎么又说在早晨呢？显然你是撒的谎。明

138

天我可以到你府上去探听的，假使果然是你太太抓伤的话，我一定告诉你太太，说你把太太当作家中一只玉狸奴看待呢！"

白豆蔻听他说得这样有趣，因此笑得弯了腰直不起来。李家瑞听樊宝之这样地出自己的丑，一时几乎恼羞成怒，狠视樊宝之喝道：

"你再胡说人家，当心割脱了你的舌头。"

白豆蔻这才停止了笑，纤手拍着他的肩胛，说道：

"干爹原和你开玩笑，你怎么当认真了呢？我知道大叔的太太是个十二分贤德的女子，如何肯和自己丈夫吵闹呢？李大叔，你说侄女儿这话说得对不对？"

李家瑞略一回头，只见白豆蔻微侧了粉颊，只管向自己妩媚地憨憨地娇笑，那鼻子管里闻到的是一阵芬芳的幽香，真是令人心神欲醉。李家瑞到此，把那一股子愤怒早又化为乌有了，点头笑道：

"白小姐真是我的知心，你说的话就一丝都不错呀！"

樊宝之瞧两人这个情景，心里也有些不大乐意，哼了一声，说道：

"老李，你别脸厚，怎么把我干女儿可以说是你的知心呢？那岂不是笑话吗？"

李家瑞听他这样说，瞪了他一眼，正欲发作和他吵嘴，白豆蔻早已瞧了瞧手腕上那只白金长方的手表，很快地说道：

"哟！已七点钟多了，我的肚子倒有些饿了，我们出外吃夜饭去吧，八点半还要上戏院里去演戏呢。"

家瑞听了，不敢违拗，遂吩咐侍者拿上大衣，给白豆蔻穿上，付去了茶资，三人一同走出了安乐宫舞厅，福根把车子放过来，大家便跳上车厢，一同到大三元去吃了夜饭。樊宝之因为心里有气，便先匆匆别去。这里家瑞又送白豆蔻到皇宫剧院，因为时已九点将近，生恐回家太迟，又要给太太吵闹，因此便也坐车回公馆去了。

第二天下午，白豆蔻坐在家里，想着昨天两个老头子争风吃醋的丑态，真是叫人又好气又好笑。因为樊宝之是很不乐意地先告别走的，猜想过去，他今天一定又会到我这里来献殷勤，所以她预先吩咐林英，说樊老爷和李老爷来了，只说小姐已经出去买物是了。在三点钟时候，白豆蔻在楼上果然听得下面有人敲门，林英匆匆前去开门，见进来的果然是樊宝之。他笑嘻嘻地问道：

"白小姐可在家里吗？"

林英因为小姐已经吩咐在先，所以摇了摇头，说道：

"小姐午后一点钟就出去的，樊老爷来迟一些了。"

樊宝之一听这话，甚为扫兴，便皱了眉毛，说道：

"和谁一同出去的？可不是李老爷吗？"

林英摇头道：

"不，小姐一个人出去的，樊老爷里面坐会儿怎样？"

樊宝之显出很失望的样子，说道：

"不坐了，白小姐回来，你和她告诉一声，说我来拜望过她了。"

林英点头答应，遂把大门关上，匆匆奔到楼上房中。白豆蔻在窗隙缝中望下来是早已瞧见了，便笑问道：

"这讨厌鬼走了吗？"

林英点头笑道：

"是的。"

正说到此，忽听楼下又有人敲门，林英便忙又回身下去。白豆蔻躲在窗旁，闪着身子，窥眼从窗隙里望将下去，见林英这回开门进来的却是两个年轻的姑娘，仔细一瞧，原来是皇宫剧院里的女演员柳如翠和杨燕飞。白豆蔻平日和她们感情颇好，当然十分喜悦，立刻推开窗子，伸出头去，摇着手，高声喊道：

"如翠姊，燕飞姊，真难得你们俩过来，快请你们到楼上来坐吧！"

林英听小姐在楼上自己这样说，于是遂请两人进内。这里白豆蔻离开窗口，奔到扶梯口早已先迎着她们了。这时，柳如翠和杨燕飞已从下面登级而上，三人见面，互相握了一阵手。柳如翠先笑道：

"豆蔻妹倒不曾出去吗？我们心里担心着，就恐怕扑了一个空。"

白豆蔻扬着眉，笑道：

"我是住在家里的日子多，你们有空，倒可以常来走走的。"

说着话，三人已到房中。林英跟上来倒了三杯玫瑰茶，给她们大衣挂到衣挂上去。杨燕飞望了白豆蔻一眼，笑道：

"我和如翠姊原早想来拜望你的，因为李老板时常约你出去玩，我们知道不容易见面，所以一直挨到今天才来。"

白豆蔻正在烟罐子里取烟，听了这话，把身子回过来，一面递烟给她们，一面凝眸含颦地问道：

"你们怎知道李老板时常约我去玩的呀？"

如翠接了烟卷，一面燃了火柴吸着，一面很神秘地笑了笑，说道：

"豆蔻妹妹，说一句笑话吧，后台哪一个人不知道李老板是你的保镖呢？"

杨燕飞见白豆蔻听了这话，粉脸上立时浮现了一层很不乐意的神气，遂把明眸向如翠瞅了一眼，意思怪她不该心直口快地说这两句话。白豆蔻叹了一声，向两人望了一望，说道：

"外界的话也不能全信，喜欢管闲事的人无风也会波动三尺浪呢！不过在我们做女演员的环境而说，不应酬他们这些老板，那又有什么办法吗？假使李老板他请两位姊姊吃饭，你们能不到吗？"

如翠、燕飞两人听她这话颇有愤激之意，因为在半年前自己也曾处身像白豆蔻那样的地位，当然是引起无限的同情，各人脸上也会显现了怨恨的颜色，轻轻地叹了一口气。如翠望着白豆蔻说道：

"妹妹，你怪我多事吗？我是爱护妹妹的一个人，我哽在喉咙口里的话也当然不能不说出来。社会是黑暗的，人心是万恶的，我们做女演员的环境虽恶，但我们需要坚强的理智来作主意。我们用锐利的目光来瞧世人的一颗心，以虚伪去敷衍虚伪，那是唯一的办法。假使真要把你的热情去献给他们，这不久的将来，你定要陷入悲苦的境地。妹妹是较我们年轻得多，当然非格外小心不可。"

白豆蔻是一个绝顶聪敏的姑娘，从柳如翠这几句话中猜想，显然在过去她们两人也被李家瑞曾一度地宠爱，把自己受骗的经验来忠告还未受骗的人，这她们倒是一片好心。白豆蔻自然很感激，频频地点了点头，说道：

"我明白，我虽然还只有一个二十岁的女子，但我对于社会的一切，已有恳切的认识，我要珍爱自己的前途，我不能把清白的身子去随俗浮现。多谢两位姊姊肯这样地关心我，那真使我感到心头了。"

杨燕飞道：

"我们是被压迫的女子，但我们绝不能一个个地在他们残忍的手段下牺牲，我希望妹妹能够给我们吐一口胸中的怨气。"

这句话是更显明了，白豆蔻心头是只觉得隐隐地作痛。她感到身为女子的，实在是太可怜一些了，遂猛可站起身子，说道：

"女子难道生成是被人戏弄的玩物吗？不！不！绝不！我们不能束手被擒，我们得起来反抗啊！"

杨燕飞、柳如翠听了，也站了起来，大声地说道：

"对，对，对，我们应该起来反抗啊！"

正在这时，林英来报告道：

"李老爷又有电话来了。"

白豆蔻愤愤地说道：

"你回答他，说小姐已经死了，叫他别来多缠吧！"

柳如翠和杨燕飞听她回答出这个话来，知道她内心是痛愤到了极点，觉得白豆蔻这样的个性，不为利欲所动，真不愧是个女界中的豪杰，一时肃然起敬，遂向林英说道：

"你回答他，说小姐已经出去是了。"

说着，回眸又向白豆蔻望了一眼，笑道：

"你也别气愤了，我们真的到外面去玩会儿好吗？"

白豆蔻也觉屋子里的空气是太沉闷了一些，遂点了点头，换了一件妃红百蝶绸的夹旗袍，一双银色的高跟皮鞋，披上大衣，吩咐了林英几句，遂和如翠、燕飞两人一同走出三友小筑。

　　在走出三友小筑的时候，她们商定原到兆丰公园里去游玩的，不料当跳下汽车的时候，就见附近有家维纳斯咖啡馆。白豆蔻瞧手表已四点十分，遂笑道：

　　"肚子倒有些饿了，我们先到里面去吃点心好吗？"

　　如翠和燕飞当然赞同，于是三人踱步进内，只见音乐台上有一乐队，却在纷纷收拾乐器。白豆蔻心里好生奇怪，遂在一个圆桌旁坐下，招手问侍者道：

　　"这乐队怎么匆匆地要走了？"

　　侍者笑道：

　　"这种没有技艺的乐队也想到社会上来问世，吹得一些也不入耳的，你瞧这样大的地方，食客一个也没有，我们老板气死了人，所以立刻叫他们滚出去。"

　　白豆蔻听了，点了点头，明眸脉脉地望了过去，只见领班的那个音乐师是一个十分俊美的少年，那少年的两眼也直向自己望过来，两人的目光这就接了一个正着。白豆蔻的芳心倒是一动，遂向侍者吩咐道：

　　"你和老板去说，叫他们慢些走，再奏一曲音乐，我倒愿意听听。"

　　侍者见白豆蔻等三人雍容华贵，仿佛大家闺秀，不敢违拗，遂点头和考拉其说去了。当白豆蔻等三人走进来的时候，狄秋航是第一个瞧见，他见了白豆蔻的脸，倒是呆了一呆，觉得这个女子好生面熟，似乎在哪里瞧见过，但一时里却想不起。就在这一阵思忖中，考拉其又笑嘻嘻地走上来，向狄秋航很和气地说道：

　　"密司脱狄，你且慢些走，这几位才进来的女客，她们要听一听你们的乐声，请你们再奏一曲吧。"

狄秋航听了这话，脑海里立刻有了一个感觉，莫非这个女子就是白豆蔻小姐吗？想到这里，不禁眉飞色舞，立刻点头答应，向卢虎、牛小狮、关全等说道：

"你们且坐下来，我们再奏一曲吧。"

说着，拿过梵婀玲，站在乐台的中间，把自己作的那支最得意的乐曲叫他们悉心地合奏起来。白豆蔻坐在下面，见狄秋航一面拉着梵婀玲，一面他那含情脉脉的明眸却只管向自己望来，心中这就暗想：这样俊美的少年，我倒实在还是创见。因此便对他有了一个爱慕的意思，同时又听他的梵婀玲声，忽扬忽抑，亦柔亦刚，真是非常动听悦耳。想着侍者说的这班乐队技艺不佳的话，那真所谓阳春白雪，曲高和寡，非下里巴人所可同日而语者。可见民间真不知有多少专家，都为环境拘束而郁郁不得志一生的，实在是埋没人才，可惜十分哩！想到这里，秋波盈盈地也逗给了他一个媚眼，并且不由自主地报之以微笑。狄秋航见她向自己嫣然娇笑，这就乐得心里不住地荡漾，放下梵婀玲，拿起指挥棒，回身向众人一扬。这时，牛小狮、卢虎等也立刻把调子转变，演奏得非常兴奋狂热。白豆蔻听此声乐，觉得这班乐队是好极了，一时情不自禁地站起身子，把岳武穆那阕《满江红》的词句，合着音乐声便高歌起来。狄秋航等突然听有人唱歌相和，大家都回眸来望，见就是这个女子，狄秋航觉其歌喉之清脆动听，犹若百啭黄莺，这就肯定她一定是歌后白豆蔻小姐无疑了。心中这一快乐，真是惊喜欲狂，把指挥棒上下左右更是指挥迅速，差不多全身都会跳动起来。卢虎、牛小狮等因他指挥得起劲，自然也大卖其力。白豆蔻因此也愈唱愈兴奋，竟在中间光滑的地板上边唱边舞起来。那乐声和歌声慢慢地播送到维纳斯咖啡馆的门外，夕阳已向西沉沦下去，在那静寂黄昏的空气中流动，当然更是清晰动闻。这一段马路本来是很静悄的，附近都是人家的住宅，自从这歌声、乐声在高空中流动后，只见每个百叶窗子里都探出头来，同时维纳斯的门口早已站满了人，于是伏在窗口的人也都走下来了，正在做活的人们也都停止工作，大家齐奔到维纳斯的门口来。那时候，狄秋航乐队愈奏愈有劲，白豆蔻也愈歌愈兴奋。不料正在这时，维纳斯门口专司启门的侍童向里面直奔，考拉其不知何故，急赶上来瞧时，只见门外人山人海，真仿佛潮水一般地涌进来了。

第十二回

璧合珠联琴边《钗头凤》
环肥燕瘦心上《蔻香词》

维纳斯咖啡馆门外会发狂似的拥进这许多人来,这在考拉其的心中,是做梦也想不到的,商人对于怎样可以赚钱的感觉,是相当灵敏。考拉其瞧此情景,这就觉得机会不可错过,立刻奔上来把他头上的帽子脱下,大喊门票两角。在门外的这许多人听了白豆蔻的歌喉,已经是如醉如痴,哪里还去计较这两角钱吗?所以各人摸出角票,齐向考拉其的帽子里掷过去,可惜后面的人仿佛潮水一般地拥进来,考拉其拦阻不住,只好收了一小半的门票,身子早已被挤到壁角落里去了。转眼之间,那个广大的维纳斯咖啡馆里,竟是人头济济,早已拥满了人。听了那狂热的歌声和乐声,大家也都会兴奋得舞蹈起来。考拉其慌忙又叫人拉上铁门,只见门外黑魆魆地还是站满了人要想进屋子里来。狄秋航站在音乐台上,想不到白豆蔻的魔力竟有如此伟大,于是更加高兴,把指挥棒不住地挥动,他因为身子摇摆,头儿颠簸的缘故,连他的头发都倒披了下来。白豆蔻一来是在中间边唱边舞,此刻被众人却挤到音乐台旁边来了。狄秋航低头见白豆蔻含了满面的娇笑,秋波似水样地动荡,启着红红的嘴唇皮子,露着一排玉雪可爱的牙齿,这种歌唱的意态,实在使秋航心里有些想入非非,因此放下指挥棒,情不自禁地俯下身子,把白豆蔻的身子扶上音乐台来。白豆蔻一面只管唱,一面很得意地把身子纵了上去，不住地向他点了点头，表示谢谢的意思。狄秋航随手拿过梵婀玲便悠扬地拉奏起来，卢虎、牛小狮等于是立刻停止乐声，只附和了一些细微声音的乐器。白豆蔻听了这幽静的梵婀玲声音，一时心有所感，轻启樱唇，清脆地转了喉音，歌出非常哀怨的调子来。狄秋航听她唱的是《钗头凤》，遂立刻照着她的节拍跟着奏起。众人觉得抑扬顿挫，衬以白豆蔻百啭流莺之歌声，相得益彰，闻者无不为之动容，只听她歌道：

　　红酥手，黄滕酒，满城春色宫墙柳。东风恶，欢情薄，一怀愁绪，几年离索。错！错！错！
　　春如旧，人空瘦，泪痕红浥鲛绡透。桃花落，闲池阁，山盟虽在，锦书难托。莫！莫！莫！

　　当白豆蔻歌《钗头凤》的时候，满场中的人们立刻由热狂而静悄起来。因为四周空气是太沉寂了的缘故，所以在各人的耳际，只觉白豆蔻的歌喉固然是清脆悦耳、哀感动人。加之狄秋航幽怨的梵婀玲，其声呜呜然，如怨如慕，如泣如诉，众人到此，都不禁为之愀然泪下。狄秋航听她会唱出这样哀怨的调子来，自己那颗善感的心灵也觉得万分的凄凉，眼瞧着白豆蔻的粉颊是笼罩了一层忧郁的愁容，明眸里是贮满泪水，仿佛盈盈欲下的神气，心里这就又觉得十分奇怪，像白豆蔻那么一代歌后，人生的观念当然是非常快乐，为什么她老爱唱悲切的调子呢？难道她外表欢乐而内心有无限的沉痛吗？狄秋航经过这一会子沉思，白豆蔻的歌喉也就成了尾声，于是立刻把梵婀玲收住。这时，忽听掌声如雷，噼啪不绝，考拉其方才知道狄秋航实在是个音乐名家，不觉乐得手舞足蹈，笑得几乎合不拢嘴来，遂慌忙又奔到秋航的面前，竖起了大拇指，打了一个哈哈，笑道：

"密司脱狄，你真不愧是个上海的大音乐家。"

秋航这时又听他这样说，心里真有无限的感慨，不禁也摇头笑道：

"不，像我们这种乐队，可以问世于社会，岂不是出了你的丑吗？"

考拉其两颊绯红，连连摇手，说道：

"不，不，你这话太客气了，太客气了，那是我有眼不识泰山。密司脱狄，你请不要生气，我去招待他们客人了。"

说罢，又狗颠屁股似的奔下来，亲自招待众人一一入座，吩咐侍者们在每个客人面前送上一杯咖啡茶。狄秋航仰天哈哈地笑了一阵，遂向白豆蔻的手紧紧地握住了，明眸凝望着她，很恭敬地笑道：

"白小姐，久闻您的芳名，如雷贯耳，今日得能合奏合唱，真使我快慰平生。"

白豆蔻听那少年还是久慕我的人，一时深感此人为自己唯一的知音，颇有相见恨晚之慨。握着秋航的手，也是摇撼不停，乌圆眸珠在她细长的睫毛梢里一转，掀起了倾人的酒窝儿，盈盈笑道：

"承蒙褒奖，愧不敢当。这位先生贵姓大名？你的音乐天才真可谓是梵婀玲圣手了。"

狄秋航听她这样说，乐得心花怒放，说道：

"敝人名叫狄秋航，白小姐如此赞许，那可叫我不好意思了。"

白豆蔻瞟他一眼，逗给了他一个妩媚的娇笑，说道：

"狄先生，你别客气吧，那边还等着两个侣伴，请狄先生同去坐会儿好吗？"

狄秋航听了，自然连连称好，于是和白豆蔻一同步下音乐台，到那边柳如翠、杨燕飞坐着的圆桌旁去了。

白豆蔻娇小的身影、倾人的芳容，在狄秋航的脑海里，本来就有个深刻的印象，无奈白豆蔻是红极一时的歌后，而狄秋航又是个无名的穷音乐师，为了要瞧白豆蔻的戏，可怜狄秋航还曾把一支心爱的自来水钢笔去押了。在狄秋航对于白豆蔻也可谓痴情极了，但这种单面的痴情，对方又哪里知道？自从在戏院中遇到了陆丁香，秋航心里对于白豆蔻方才淡漠了一些。其所以淡漠的原因，还是为了白豆蔻的身份太高，自己一个穷音乐师，如何有和她见面的机会？那么这片面的相思也许会陷入到悲苦的境地，眼前既然有着陆丁香这么一个美丽的姑娘热烈地来爱我，那么何不把爱白豆蔻的一缕情丝去爱到陆丁香身上来呢？不料正在把白豆蔻淡忘下去的当儿，今天在无意之中却又会遇见了，在未碰见白豆蔻之前，以为白豆蔻一定是个非常骄傲的姑娘，但在今天相见之下，使狄秋航的心中感到意外的兴奋，觉得白豆蔻对待自己那种态度，真仿佛陆丁香和李茜珠那么地真挚可爱，因此把他已经死去了这颗爱白豆蔻的心，慢慢地又复活起来。

秋航跟着白豆蔻到那张圆桌的旁边，杨燕飞和柳如翠于是站起身子，白豆蔻很快乐地把手一摆，笑盈盈地给大家介绍了。狄秋航很恭敬地向两人含笑招呼，于是四个人坐了下来。考拉其亲自走上前来，先送上四杯牛奶、四客火腿鸡蛋三明治，又向秋航说道：

"密司脱狄，我准定请你做这儿的基本乐队，这位小姐我好像有些认识，哦！哦！莫非就是一代歌圣白豆蔻小姐吗？"

狄秋航笑道：

"你且别忙，这全是白小姐的大力，你得先向白小姐道谢。"

考拉其听了，果然向白豆蔻深深先鞠了三个躬。白豆蔻扑哧地一笑，挥了挥手，说道：

"得了吧！现在狄先生有人请他去了，你不是说他音乐技艺不高吗？"

考拉其赔着笑脸，连声地说道：

"哪里哪里，我说密司脱狄实在是个音乐大家，假使白小姐能够参加，我一定重金聘请。"

白豆蔻噘起了小嘴儿，哧了一声，却逗给了他一个淘气的白眼。柳如翠也操着生硬的英语道：

"白小姐自己也忙不过来，肯到你们这种地方来演唱吗？今天她也不知怎么高兴呢，竟发狂似的歌舞起来，倒叫你赚了一笔钱。"

说得白豆蔻伏在桌上，忍不住又咯咯地笑了。这时，乐台上虽没有了指挥，但卢虎、牛小狮、关全等依旧很兴奋，狂热地一节一节地演奏着。众客一面喊菜喊酒，一面不住地点头称好，意殊欢乐。考拉其瞧此情景，也不知是为了心理作用缘故，抑是他此刻真的体会出来了，觉得那音乐不但奏得动听，而且令人内心会感到一种紧张兴奋的趣味，忍不住也摇头摆尾，乐得口里哼起调子来。白豆蔻抬起粉颊，向狄秋航十分多情地瞟了一眼，笑道：

"狄先生领导着这样一班好的乐队，为什么没听你们在大的戏院里演奏过呢？"

狄秋航喝了一口牛奶，放下杯子，笑道：

"白小姐，不瞒你说，我们这个乐队实在还只有今天第一日组织，也还只有今天第一次演奏，不料就遇到白小姐如此垂青，欢然作声，这真使我心中快乐到了极点，也是兴奋到了极点。"

白豆蔻听他这样说，显出很惊讶的神情，问道：

"什么？你们还只有才组织吗？才组织的乐队竟有这样纯熟吗？"

狄秋航见她似有不信之意，遂又正色说道：

"这班乐队，他们都是我的同学，在音乐专科学校里的时候，我们天天早已把乐器练习得熟透的了，原意一毕业出来，就组织乐队，预备问世于社会。奈失意之人，到处碰壁，今天在万分艰难之中，他们最后的挣扎，方才组织成功，叫我暂充导师，前来演奏的。"

白豆蔻听他们都是音专毕业的高才生，一时芳心更加敬爱，絮絮地便问了他一会儿。狄秋航因为旁边有柳如翠、杨燕飞坐着，虽然有许多的话要倾吐，但却是一句话也不好意思说出来，所以白豆蔻问他一句，他便回答一句，问他两句，他便回答两句。如翠、燕飞见他这样老实，这就向白豆蔻扮个有趣的兔子脸，不禁抿嘴儿笑起来。狄秋航哪有不明白的道理，被她们这一笑，两颊就更红晕起来。白豆蔻在绯色的霓虹灯光之下，瞧狄秋航的脸蛋真个是白里透红，仿佛女孩儿家那么的可爱，一时把那缕没处安放的情丝自然而然地要缚到他的身上去了。这时，考拉其又送上四客精美的大餐，第一道是只红烧童子鸡，白豆蔻心里高兴，便叫拿四杯口力沙，握着杯子向上一举，笑盈盈地向如翠、燕飞、秋航说道：

"来来来，我们干一杯吧！"

如翠、燕飞是个很知趣的人，所以把杯子递得远些，让白豆蔻和秋航的杯子当的一声撞了一下，只见白豆蔻掀起酒窝儿，竟是一饮而干。狄秋航见她全喝了下去，自己这就不能不喝干了，于是也喝个干净，把玻璃杯子向她照了一照。白豆蔻乌圆眸珠在长睫毛里滴溜地一转，逗给了他一个娇媚的甜笑，把银叉、银刀握起，点了点头，说道：

"我们吃菜吧。"

随了这一句话声，于是大家便静悄悄地低头吃菜了。今天会和白豆蔻小姐坐在一块儿吃大餐，在秋航心中是做梦也想不到的事，因为心灵中久慕的爱人，今天居然相聚一处，而且笑语盈盈，脉脉含情，那是更使自己感到兴奋的事。所以狄秋航的明眸暗暗地只管向她偷瞧，偶然白豆蔻的俏眼也瞟了过来，四目在这相对之时，各人的一颗心会不住地荡漾，各人的脸上那笑痕也就始终没有平复过了。在吃好大餐的时候，已经八点三十分了，柳如翠和杨燕飞已到了上演的时候，这就急起来道：

"豆蔻妹妹，时已不早，我们好到戏院里去了。"

白豆蔻一颗芳心是完全对在狄秋航的身上，对于上戏院里去的事情早已忘记了，今被两人一提，这才理会，遂在皮匣里立刻摸钞票。狄秋航也抢着付钱，考拉其早笑道：

"吃这些东西要付钱吗？白小姐，那你太瞧不起我了。只要希望白小姐以后常光临敝馆玩玩，赐惠几曲清歌，那我实在是感恩不尽了。"

白豆蔻听他这样说，遂也不客气了，回眸向秋航咻地一笑，说道：

"那么我们就别客气了，密司脱狄，再见吧！"

说着话，已是伸过手来。狄秋航真有些受宠若惊，立刻把她纤手紧握了一阵，当放下纤手时，只见柳如翠、杨燕飞两人向自己弯了弯腰，于是也鞠了个躬，一面随后送了出来。如翠拉了燕飞的手，走得很快，故意先出了大门。白豆蔻忽然又回过身子，因狄秋航是跟在她的背后，就在这一回身之间，两人脸就瞧了一个正着，骤然来的姿势，狄秋航倒是一怔，白豆蔻却笑盈盈地把他手又握住了，露着雪白的牙齿，说道：

"狄先生，舍下是在静安寺路三友小筑十五号，我很想请你明天下午早些到我家里来，不知你允许我吗？"

狄秋航见她如此热情过人，于是眉飞色舞地点头笑道：

"承你白小姐瞧得起我，这还有'不允'两个字吗？明天我准定来，一定来。"

白豆蔻听他这样说，咻地一笑，就放脱了手，又向他挥了挥，说了一声"别送吧"，她的身子早已连奔带跳地奔出维纳斯的大门外去了。狄秋航瞧着她这一种雀跃的意态，显然她内心是感到这一份儿快乐的了，因此望着她娇小的身子在眼帘下消逝，倒又呆呆地出了一会子神。考拉其在后面走上来，拍了拍他的肩胛，秋航回眸过去的时候，考拉其眯着眼睛，逗给了他一个神秘的微笑，说道：

"密司脱狄，你的幸运可不小，白小姐爱上你啦！"

秋航笑道：

"别取笑，今天你的运气也不小，你瞧瞧满场的座桌，可有空着一张吗？"

考拉其耸了两肩膀，笑道：

"那么我们应该要谈判了，你就永远在这儿演奏吧，我情愿致送聘金每月三千元，你瞧怎么样？"

152

狄秋航的意思，他就希望有和白豆蔻合作的一天，现在和白豆蔻已认作了朋友，怎肯答应他永远在这儿演奏，便笑道：

"对于聘金多少，那倒不成问题，我的意思，且试一个月再说，万一生意清淡，那我们不是又要给你说滚出去了吗？"

考拉其羞惭满面，连忙赔笑道：

"没有这个话的，过去的事还说什么？你难道老生着气吗？"

狄秋航微微一笑，却没说话，自管到音乐台上去了。卢虎见了狄秋航，还没说话，先打了一个哈哈，笑道：

"老狄，今天你是得到愿望了，肚子也吃饱了，可是我们还唱空城计呢！"

牛小狮听了，逼紧了喉咙，却是咯咯咯咯地笑起来，那种笑的声音是近乎十分的滑稽，场中食客还以为他在表演，因此哄堂大笑，拍手不止。狄秋航到此，亦不免为之失笑起来，于是拿起指挥棒，就很兴奋地领导着演奏。有几对食客，酒后兴浓，听了乐声，便在中间婆娑作舞，真是非常热情。这样直到九点敲过，他们咖啡馆内原有的一班乐队已到，狄秋航遂停止指挥，大家下来吃大餐，这儿由原有的乐队接奏下去。这时，考拉其先拿出一千元钱来作定费，狄秋航本欲不收，后来仔细一想，卢虎、牛小狮等都正患着贫血，如何可以见钱反而推却，遂便照数收下，说道：

"那么对于时间问题，最好也要定一定，你说对吗？"

考拉其沉思了一会儿，微微一笑，说道：

"我的意思，最好能够整天在此演奏。"

狄秋航摇头道：

"整天工作，怕精神够不到。我想下午二时起至七时，或者七时起至十二时，这样用两班调换岂非好吗？"

考拉其皱了眉毛，又想了一会儿，说道：

"好是好的，但聘金方面似乎……"

狄秋航早已知道他的意思，便接下去笑道：

"没有问题，随你的意思减一些是了。"

考拉其见他这样漂亮，一时倒反觉不好意思了，微红了脸，说道：

"本来呢，我也不好意思说这个话，但另用一班乐队，当然又是一笔开支。我想你们共十一人，就致送二十元一月吧，因为时间是只有半天。"

秋航点头道：

"没有关系，那么我们二时起奏，还是七时起奏?"

考拉其暗想：晚上市面热闹，当然是七时起奏好。于是便道：

"我想就七时起奏吧，因为你们是大乐队。"

狄秋航见他这样说，觉得社会上人士的面孔都备有好几副，一会儿戴这副，一会儿戴那副，真令人感慨系之，遂点头称好，一面把那一千元的钞票分给了牛小狮等十个人，说道：

"每人一百元，你们先拿去用吧。"

卢虎睁大了眼睛，抽出十元钱钞票来，向众人望了一眼，说道：

"那成什么话? 大家抽出十元，凑成一百，给老狄吧。不然，叫我们心中如何安得下去吗?"

众人一听这话有理，各拿出十元，交给狄秋航。狄秋航摇头说道：

"我此刻不等钱用，你们只管拿去。"

牛小狮道：

"老狄，不管你等用不等用，我们总觉感到不安，你还是给我们收了好。"

秋航道：

"我们又不是初交，何必闹这个客气? 彼此的境遇还有个不知道吗?"

卢虎摇了摇头，说道：

"不行不行，就是为了知道彼此的境遇，所以你一定要拿去的。"

考拉其在旁边见他们只重情义不重金钱，一时心里感动得了不得，暗想：今夜的营业计算下来也有近两万多，我也何不做个人情？遂在袋内又摸出一百元钱来交给狄秋航，笑道：

"我瞧你们也不必客气了，今夜我也感到特别兴奋，这一百元我送给密司脱狄，算为一些些小礼品，那么你们这十元钱也就别退出来了。"

狄秋航对于考拉其这一着举动，倒是感到意外的惊奇，但人家既然取出，也就不必客气，便伸手接过，点了点头，笑道：

"好个漂亮的密司脱考，你这份儿盛情，要如推却你了，那倒似乎瞧不起你，所以我就领情谢谢你了。"

说着，向牛小狮、卢虎等很神秘地笑了一笑，遂把钞票藏到袋里去了。牛小狮等这才也把钞票放进西服袋内，向考拉其点了点头，表示感谢的意思。众人吃毕西餐，因时已十时了，遂向考拉其告别走出，十一个人走在人行道上，抬头见碧天如洗，十分清净。因为心里是感到无限的兴奋和得意，所以夜风吹在每个人的脸上都觉得无限的轻松和凉爽。狄秋航向天空叹了一口气，笑道：

"今天才是我们扬眉吐气的日子。"

牛小狮笑道：

"我道怎么你好好儿的又叹起气来了？原来你不是叹气，却是在吐气哩！"

说得众人都哈哈地大笑不止。这时已走到十字路口，于是方才各道晚安分手回家。狄秋航今夜是觉得生平中最高兴的日子了，所以回到家里，当跨步进房的时候，走路的姿势是带有些跳跃，嘴里还奏着华尔兹的乐曲。不料母亲坐在沙发上，却是一脸怒容地生着气，见了秋航这样高兴的意态，心中愈加不快，便理也不理地自管呆坐出神。狄秋航瞧此情景，立刻把欢跃的意态静了下来，十分小心地走到母亲面前，仿佛还是小孩子般地坐到沙发上去，拍着母亲的肩胛，笑道：

"母亲，你做什么不高兴啦？"

狄老太却不回答，眼皮一红，先是淌下泪来，叹道：

"我费了几许心血，抚养你成了人，谁知竟使我如此失望，那我还有什么话好说呢？"

说到这里，不免老泪纵横，叹息不止。狄秋航骤然听母亲这样说，同时又瞧她这个伤心模样，一时大吃一惊，立刻跪到母亲的膝下，抱住了母亲，急忙说道：

"母亲，我什么事情使你失望了？是不是我回来得太晚了吗？"

狄老太推开他道：

"谁还是你的母亲？我瞧你也不用回家来了，让你母亲一个人饿死了干净。"

狄秋航听了这话，心如刀割，不禁也哭起来道：

"母亲，你怎么说这个话？我心中实在有不得已的苦衷，你莫非疑心我在外面有什么不正当的行为吗？"

狄老太哼了一声，用手帕拭着眼泪，说道：

"那还用说的？你也不必隐瞒了，我就告诉了你吧，看你再赖到什么地方去！在五点钟的时候，陆小姐买了许多礼物来送我，我倒很欢喜，备了几只小菜，预备你回来一同吃夜饭。不料直到六点敲过，你还没回来，不但我心里焦急，就是陆小姐心里也奇怪起来，问我平日你什么时候回来，我说五点半是最迟了，她便问我行里的电话，说她去打一个问问。我想倒也不错，遂请陆小姐代替打一个去，不料陆小姐打电话回来的时候，她的脸就变了颜色，至于她脸为什么会变颜色，那我不用说了，你当然知道……唉！秋航，你竟糊涂得如此厉害，怪道昨夜回来脸喝得那么红，还推托说遇见了李茜珠，你真瞒得我好苦。听说开除原因是为了跑跳舞场，在外荒唐……唉！你会腐败到这样地步，我做梦也想不到。陆小姐人家欢欢喜喜到我们家里来，原是答应我昨天的叫她吃饭，如今得知了这样不幸的消息，害得她夜饭也没有吃，也代我伤心得淌起泪来。唉！

156

叫我怎样对得住人家？我问你，你在什么地方？难道开除了后，你还要到跳舞场玩去吗？"

狄老太说到这里，两眼望着秋航。秋航被母亲逼问得两颊血红，心中暗想：我在外面一天，原来家里已闹得这么厉害了，这使母亲和陆丁香的忧愁完全是我的过错。遂抬起头来，淌泪说道：

"母亲，你快别生气，我所以隐瞒你老人家，我是为了怕你心中难过的缘故，不过我的开除，绝不如行中所说那么腐败。资本家是残害贫民的魔鬼，他因我在行中作曲，所以诬我荒唐开除，其实我如何敢荒唐吗？母亲，我该死，累你老人家夜饭还不曾吃吧？但我是含了说不出的苦衷。母亲，你现在又可以欢喜了，因为我在今天又找到一个职业，薪水每月至少一百八九十元，事情是这样的……"

狄秋航说到这里，便把卢虎和牛小狮等组织音乐队，自己做领导，现在已演奏于维纳斯咖啡馆，薪水每月共计两千元的话细细告诉了一遍，一面在袋内取出二百六十元钞票塞到母亲的手中，说道：

"这一百六十元是昨天华东银行里给我的解职费，这一百元是维纳斯老板先付我半个月的薪水。母亲，你别伤心，你应该信任你自己儿子绝不是个糊涂的青年，不过我隐瞒着不告诉开除的话，这实在是我的罪恶。"

狄老太听了这一篇话，同时瞧了这一叠钞票，觉得钱拿进来是事实，想来不会说谎，遂破涕为笑，说道：

"目前这个社会太万恶了，青年人偶一不慎，就有失足的可能。秋航，你别怪为娘的言语愤激，实在是把娘急坏了。"

狄秋航见母亲脸有笑容，这才放下一块大石，站起身子，把竹橱内的菜碗亲自端出，放在桌上，又拿开水泡了饭，扶着母亲到桌旁坐下，笑道：

"母亲，你吃饭吧。"

狄老太被他这么一来，倒也有些不好意思了，说道：

"我吃不下，明天吃吧。"

狄秋航笑道：

"母亲，你不吃，你难道心中还气着我吗？少吃些，我陪着你。"

说着，便在对过桌旁坐下来。狄老太见他这份儿孝心，也就不忍拂他，遂握着筷子吃了，说道：

"别的倒没什么，只是陆小姐兴冲冲地来，很难过地回去，真叫我心里过意不起。"

狄秋航笑了笑，说道：

"那没关系，明天她得知了我已有了职业，不是又会欢喜起来吗？"

狄老太频频地点了一下头，说道：

"那么你明天该到她家去一次，也好叫她放心。"

秋航听母亲的话，仿佛和丁香的感情特好，一时好生奇怪，到她家去一次，原是理所应当，不过明天有白豆蔻的约在先，丁香那儿只好后一天去了。于是说道：

"母亲这话很对，不过明天我还要到咖啡馆内去接洽一件事，演奏时间为晚上七时至十二时，所以陆小姐那儿只好后天去了。也许明天她会来的，不是就可以给她知道了吗？"

狄老太瞅他一眼，很不乐意的神气，又带了喜悦的口吻，说道：

"你倒说得出这一句话，人家可不是我家的未婚媳妇，怎好意思叫她天天跑一趟？"

秋航听母亲说出这话，两颊微微一红，不禁低头笑了。一会儿，狄老太吃好饭，把碗筷收拾过去，回身在梳妆台上拿起两百六十元钱来，抽出十元交给秋航，说道：

"这十元钱你拿去作零用钱，其余我给你藏着，趁此储蓄一些，过些时也该讨一房媳妇了。"

狄秋航本待不拿这十元钱，后来想着一支钢笔还未赎出，于是伸手接过了，微微一笑，似乎很难为情地说了一声"母亲睡吧"，匆匆回身到自己卧房里去了。

秋航回到房中，在灯下坐着出了一会子神，想着母亲刚才的话，似乎有看中丁香姑娘做媳妇的神气，不过丁香真也太痴情了，她为了我的开除，为了我的荒唐，她竟伤心得落泪，忧愁得食不下咽，这样深情如海、高谊若天，岂不叫人感动吗？不过白豆蔻她今天对我的热情确实也是到了沸点以上，听了她的歌《钗头凤》一曲，显然白豆蔻绝非浪漫的姑娘，也许她内心也有十分的伤心吧。我瞧她意态，完全把我当作知音看待，当然在这人海茫茫之中，我亦不能不给予她一些安慰啊！但是我若爱豆蔻，丁香又怎么办？爱丁香，豆蔻又怎舍得她？想到这里，殊觉左右为难，一时百感交集，遂对灯作歌词一曲，题名为《蔻香曲》，只见他簌簌写道：

抽不尽情丝乙乙如春兰，滴不尽相思血泪化春泥，
看落红阵阵，片片都作蝴蝶飞。
红瘦绿肥，燕语莺啼，看了人，怎不叫泪眼如红豆
抛弃？
相思地，奈何天，把百结愁肠思量遍，一寸寸化灰，
一缕缕化烟。
唉！豆蔻子啊！丁香花啊！怎不令人梦魂倒颠？

秋航提笔作完了这曲歌词，暗暗地又唱了一遍，忽听窗外一阵洒洒的声音，竟是落起春雨来了。四周寂寞无声，秋航身子不自然地抖了一抖，于是放下笔杆，移步到床边，遂熄灯就寝了。

第十三回

明珠圈结就相思债
奔月女偏怜射雀郎

　　白豆蔻自从海外回国，孤零零在地上海，除了家里一个多年随身的仆妇林英外，在外面接触的都是些白发苍苍的老者，而包围自己周身的也都是这一班人。你想，白豆蔻是个多么活泼娇憨的姑娘，对于这样已将跨进坟墓去的人，如何能引起她心头热情的爱火呢？所以在回祖国的这两三个月里，虽然她是红得发紫那样地成了名，但她内心是感到非常的抑郁和苦闷，觉得茫茫人海，知音何在？当然，在她想着这两句话的时候，眼泪会湿透衣襟的。不料今天在无意之中进维纳斯咖啡馆吃点心，更在双层无意中又会遇到了狄秋航。白豆蔻那样美丽的姑娘，固然在每个青年心里是无不爱她，但人心是相同的，像狄秋航那样英俊的青年，在每个姑娘的心理上也是没有不引起热烈的爱火的，所以白豆蔻一瞧到狄秋航的脸，她那一颗芳心中立刻有了一个美感。再加之他的音乐实在指挥得兴奋热狂，令人内心的欢乐会油般地沸滚，因此白豆蔻为那音乐师确为自己的唯一知音，为了要表示爱他的缘故，所以她情不自禁地离开座桌欢然歌舞起来了。彼此在短短的几句谈话之中，白豆蔻就可以晓得狄秋航实在是个久慕自己的青年，为了没有机会可以接近谈话，所以秋航的片面相思也是一直挨到现在。白豆蔻这时候的内心是快乐极了，仿佛自己人生的旅途上已照着一盏灿烂的明灯，前面已布置了一个幸福的乐园，让自己跨大了步伐去前进。白豆蔻心中既有了这么一个感觉，她想到二十年过去生命中的不幸和悲苦，在今天完全已告了一个结束，今后的生活希望永远地在爱河里沐浴，再不晓得痛苦是一件什么的事情，所以当她和狄秋航握别奔出大门去的时候，走路的姿势竟带有些连奔带跳。柳如翠和杨燕飞是等在维纳斯的门口，见了白豆蔻出来，便望着她红晕带有青春美的脸颊，只是神秘地笑。白豆蔻当然晓得她们所以傻笑的原因，这时候她一些也没有感到羞涩，她内心只有感到极度的兴奋，便一撩眼皮，转着乌圆的眸珠，得意地问道：

"你们老望着我笑干吗？时候已八点三十五分了，快坐车上戏院里去吧！"

如翠扑地笑道：

"对呀！所以我们等在外面，瞧你老不走出来，心中是多么焦急呢！"

白豆蔻听她这样说，方才感到两颊有些热辣辣的，情不自禁地啐了他一口，于是三人都哧哧地笑起来。

维纳斯咖啡馆附近有家汽车行，于是三人急急跳上，吩咐开到皇宫剧院里去。汽车的马力是开得相当快速，这条静安寺路是静悄悄的，三人默默地坐了一会儿，柳如翠忍不住又开口笑道：

"这位密司脱狄的音乐天才，可谓无出其右，若能和豆蔻妹妹合作表演，真是珠联璧合，一双两好。"

杨燕飞听了，瞅她一眼，笑道：

"你这话说得有趣，珠联璧合也就是了，怎么再加上一句一双两好？那你不会说一对玉人，美满姻缘，我和你倒还可以喝这杯喜酒了呢！"

白豆蔻听两人一吹一唱地向自己取笑着，那一颗芳心倒并不着恼，只觉得甜蜜无比，得意非凡，不过心里虽然快乐，表面上不得不装作娇嗔的意态，伸手在两人的膝踝上恨恨地各打了一记，笑骂道：

"断命这两个妮子发疯了，我可捶你们。"

不料如翠、燕飞挨了打，却反而咯咯地笑个不停，白豆蔻见两人这样高兴，一时也不禁为之嫣然失笑。如翠这时又望着豆蔻妩媚的娇容，微微地一笑，很正经地说道：

"我们这个话虽然含有取笑性质，不过按诸实际，倒还是很正经的，因而像豆蔻妹子那么美的姑娘，整日周旋在仿佛僵尸那样人中间，若没有一个知心着意的人来作安慰，那确实是件痛苦的事。所以我们觉得这位密司脱狄，妹妹倒真可以和他认作一个朋友，使你那颗寂寞枯燥的心至少可以灌溉得有些蓬勃的生机。因为我和燕飞两人确实是为你前途而曾经感到一度的忧虑。"

白豆蔻对于她这一篇话倒是万分地感激，因此点了点头，表示接受她的意思。正在这个当儿，汽车早已到皇宫戏院门口停下，白豆蔻付去车资，三人急急地走进后台。只见舞台监督蒋子清和剧务主任关明达两人正在急得跳脚，一见白豆蔻三人来了，如获珍宝，手指着三人，"唉"了一声道：

"你……你们在什么地方玩呀？我到你家电话一连打了四次，真把我们急得要上吊了。快去化妆，快去化妆，时候已过去十分钟了呢！"

如翠和燕飞自然吓得不敢声张，白豆蔻见他们带了责怪的口吻，心里可有些不乐意，噘起了小嘴儿，说道：

"只过了十分钟，那要什么紧？也值得这样大惊小怪的。我们可不是死人，会不晓得已到上演的时候了吗？"

关明达想不到自己说了这两句话倒还被她抢白了一顿，一时心里也有些气愤，意欲拿剧务部的规则来发作几句，这时却见李家瑞匆匆地奔上来，一见白豆蔻，便抢步上前，笑叫道：

"白小姐，下午三点三刻模样我打电话给你，你已经和哪个人出去一块儿玩啦？"

白豆蔻忽然见前面站着一个穿西服的男子，起初还不认识，及至仔细一瞧，这才忍不住抿着嘴儿扑哧一声笑起来，叫道：

"哟！我道是谁？原来是李大叔啦！下午我和杨燕飞、柳如翠两人在公园里游玩，直到此刻才回来呢。你的电话，我没有接到，真对不起得很。李大叔，你坐会儿，我又得化妆去了，回头谈吧。"

白豆蔻说着，逗给了家瑞一个妩媚的娇笑，一招手，身子便向化妆室里奔进去了。

李家瑞今天下午在前天定做那家西服店里换了西服，急急打个电话给白豆蔻，原意是约她同到跳舞厅里去跳舞的，同时急于要给她瞧一瞧，自己换了西服后确实是嫩面漂亮得多。不料林英回答的是小姐已和朋友出去玩了，李家瑞满肚的高兴，经此一盆冷水，心里真觉懊恼十分，意欲问是怎样的一个朋友，但林英的电话早已挂断了。当时李家瑞懒懒地放下听筒，心里可就想，莫非又是这个樊宝之老甲鱼吗？对了，昨夜他很不高兴地先行回家，今天他一定较我早地先去献殷勤了。想到这里，把个樊宝之真恨得切骨，想他约了白豆蔻一定也到跳舞厅去的，我何不到每一个大的舞厅去找，也许可以找得着的。李家瑞想定主意，遂坐了汽车，吩咐福根依了路的远近，开到每一个舞厅里去。福根不晓得主人是什么意思，但又不敢相问，只好依从他，只见每到一个舞厅门口停下，家瑞急急地奔走进去，约莫三分钟后，又垂头丧气地走出来，这样地一直把全上海的舞厅都找遍了，却总不见有白豆蔻的影子。李家瑞心想：舞厅里既然没有，也许樊宝之陪她在赌场里玩吗？也许是对的，因为樊宝之要博得美人的欢心，是先要卖弄他的阔绰。这样一想，立刻又吩咐福根开到上海几家大赌场里去找寻，不料却又没有两人的影儿。这时，家瑞心中真是恼恨到了极点，脑海里便有个歪斜的感觉，暗想：莫非樊宝之用了整千万的钞票，已买到了白豆蔻的芳心，约她一同到旅馆里去开房间了吗？这也奇怪，家瑞有了这一个感觉后，他的心里的怒火会立刻升高三丈，把脚一顿，暗骂一声该死的东西，

163

胆敢占我的爱人。但转念一想，觉得自己未免把白豆蔻的人格看得太低了，无论樊宝之怎样有钱，他究竟是个六十多岁的人了，一个才二十岁的姑娘，会去爱上一个似爷爷年纪般的老人吗？这是断断不会的，因为白豆蔻在我的面前，虽然是老含笑脸，但若稍有戏语，她便会显出凛不可犯的神气，那么对于樊宝之这个老甲鱼，自然是更不会动她的心了。李家瑞想到这里，方才把他的气愤平了下来，不过白豆蔻和樊宝之到底在什么地方呢？这确实是一个问题。偌大的上海，虽然坐了汽车找寻，也是不易找到，现在天也夜了，我且先去吃了夜饭，然后到皇宫剧院里去见她，那一定可以明白一个水落石出了。李家瑞想定主意，便坐车到晋隆饭店去吃了饭，然后坐车到皇宫剧院，果然见白豆蔻已在和关明达说话了。这时，满心欢喜地抢步上前，不料白豆蔻笑盈盈地才和自己说了一句话，便又奔到化妆室里去了，这仿佛好像昙花一现，在李家瑞的心里，当然是感到了有阵说不出的滋味了。舞台监督蒋子清见他望着白豆蔻后影出神的意态，忍不住心里暗暗好笑，遂搭讪着问道：

"李老板，这套西服新制的吗？"

李家瑞这才醒过来似的，连忙点了点头，答道：

"是的，你瞧我穿西服的人样儿好不好？"

蒋子清侧着脸，故作向他打量的样子，笑了一笑，有意吃吃他的豆腐，道：

"不是我说一句笑话，李老板一穿了西服，人就嫩面得多，年纪至少可以减轻了十岁。假使能够把你那几根胡须剃了去，我想一定要再漂亮。若和你的令郎麒俊兄站在一起，真要分不清谁是父谁是子了。"

李家瑞听他这样说，却并不怪他话造次，反而非常地得意，笑道：

"你这话可当真吗？我也想把胡须剃了去，但不知道会不会给人家笑话的。"

164

蒋子清睁着眼睛，故意很认真地说道：

"这是什么话？留须不留须那有自主权，关人家什么事？"

关明达站在旁边听他这样说，便白了他一眼，回身哧地一笑，便自管到剧务室内去了。李家瑞觉得蒋子清这话很不错，留须不留须那是我自己身上的事情，就是太太瞧见了，她也不能束缚我这个自由的。于是连连点头，表示很赞成他的意思，一面又探问他道：

"白小姐是不是还只有刚才到吗？杨小姐和柳小姐也和她一块儿到吗？"

蒋子清点头道：

"是的，她们三个人同来的，李老板问她做什么？"

李家瑞听了这话，口里回答了一句没有什么，心中可就暗想：这是我误会了，樊宝之他可没有在一块儿呢。因此心里又欢喜起来，觉得今夜一定非白豆蔻下台后一同回家不可，因为我实在有许多的话要跟她谈谈。李家瑞既然决定了这个主意，他便静静地等在后台里，但等了一会儿，心里又不耐烦起来，伸手瞧瞧表，今夜时刻似乎过得特别慢，那枚短针就老指在十点钟上，意欲拨快一些，但白豆蔻又不会就此下舞台来，心里这就觉得自己这人真有些痴得可怜，忍不住独个儿笑了起来。蒋子清这时又踱了过来，见李家瑞这情景，便笑道：

"李老板可不是等着白小姐一块儿走吗？时候早哩，这样呆等那未免太寂寞了，何不到前台去瞧一会儿白小姐的戏呢？"

蒋子清这一句话才把家瑞提醒了，暗想：奇怪，这样容易的事情，我竟会一些想不到。遂点头说了一声好的，于是便到前台正厅里去瞧戏了。

好容易挨到了散戏后，李家瑞急急地又到后台来，使女阿梅笑道：

"李老板，你等会儿，白小姐正在卸妆。"

李家瑞点点头，吸了一口雪茄烟，望着嘴里喷出来的一圈圈烟

165

雾，却是出了一会子神。大约有了五分钟后，方见白豆蔻笑盈盈地从化妆室内走出来，因为她今天穿的是件妃色百蝶绸的旗袍，在那灯光笼映之下，更衬她的脸庞艳丽无比，宛似出水芙蓉、笼烟芍药。她瞥眼见了自己，便一跳一跳地走上来，说道：

"李大叔，你还等着吗？我道你已回去了。"

李家瑞忙也说道：

"我在前台瞧你的戏，你没有瞧见我吗？白小姐，你今天穿了这么艳丽的衣服，真是再漂亮也没有了。"

白豆蔻嫣然一笑，却没回答。这时，阿梅递上大衣，白豆蔻接过披上，于是和李家瑞一同走出后台去。有了这一个月的伴送，李家瑞用汽车陪白豆蔻回去便成了照例的老文章。李家瑞不用再说一句我今夜送你回家的话，白豆蔻也觉得他送我回家是应尽的义务，所以走出皇宫剧院的门口，自然而然会和李家瑞一同跳上汽车。家瑞笑道：

"白小姐，今夜有兴趣到什么地方去玩玩吗？"

白豆蔻望着他，很娇媚地笑了笑，然后又颦蹙了眉尖，说道：

"晚上游玩，我以为太伤精神，所以我想还是白天里去玩比较好。"

其实李家瑞也不敢玩得太晚，原因是怕太太再抓伤了自己的脸颊，所以点头说道：

"白小姐这话说得是，那么明天下午你有没有空？"

白豆蔻听了这话，心里倒是一急，那两条柳眉更加紧锁起来，说道：

"明天下午我想休息在家里，李大叔假使有兴趣的话，后天下午我准可以伴你去玩。"

李家瑞见她似西子捧心的意态，那比她笑的时候更觉美丽，因此凝望她脸，笑道：

"好的，那么准定后天吧，我到你家里来陪你，还是在什么地方

166

等你?"

白豆蔻这才扬起了眉,掀着酒窝儿,嫣然地笑道:

"反正明天晚上总有机会碰面的,你何必这样性急地要说定当了?"

李家瑞听她这样说,心里倒是荡漾了一下,笑道:

"白小姐,你心里倒不讨厌我天天晚上来瞧你吗?"

白豆蔻听了,表面上虽然是含笑不答,但心中可就暗想:讨厌有什么用?反正你总要来一趟比较安心的。李家瑞见她并不表示意思,但这明明是怕难为情的缘故,当然心里是感到十分的快乐,不免也望她笑了一笑。两人静默了一会儿,李家瑞见她望着自己只管憨憨地娇笑,便问道:

"白小姐今夜似乎特别高兴,老望着我笑做什么?"

白豆蔻一撩眼皮,说道:

"咱笑李大叔一向不穿西服,怎么今天却换了一身西服呢?"

李家瑞笑道:

"我觉得和白小姐在一块儿,若不穿西服,那似乎有些不相配。白小姐,你瞧我穿西服比穿中服到底有好些吗?"

白豆蔻听他这样说,便扑哧了一声笑起来,秋波向他一转,频频地点了一下头,说道:

"穿西服固然好,但穿中服也不坏。"

这话其实等于不回答,但李家瑞心里却很欢喜,因为要美人称赞一句好,那确实是一件不容易的事。耸了两耸肩膀,未免有些得意忘形,笑道:

"那也不见得,白小姐似乎有些过甚赞美了。白小姐,我倒要问你一句话,有人说我可以把胡须剃掉了,一定可以年轻了十年,照你瞧来,怎么样?我明天真把胡须剃了可好?"

白豆蔻听了这话,真忍不住好笑,瞟他一眼,却是摇了摇头,装出孩子顽皮的神情,伸手去拈家瑞人中上的胡须,笑道:

"不，我不喜欢你把胡须剃掉，那我在前天不是就这样对你说吗？李大叔，你这几根胡须很好玩，我就爱你这几根胡须呢！"

说到这里，忍不住弯了腰咯咯地笑了起来。当白豆蔻撩上纤手去的时候，李家瑞鼻子里就闻到那一股子醉人的幽香，今听她又在爱我这几根胡须的话，身子会乐得软了半截，趁势把她的手握来，笑道：

"你这话可真的吗？假使白小姐不讨厌我这几根胡须的话，那我就不用再剃去了。"

白豆蔻故作不懂的神气，凝眸瞅着他，怔怔地问道：

"李大叔，你这话就有趣了，胡须可不是生在我的身上，我干吗要讨厌它呢？你说是不是？"

李家瑞见她若即若离的神情，心里真有些说不出的难受，呆呆地笑了一会儿，忽然在大衣袋内摸出一只精美的长盒子来，笑道：

"啊哟！我这人可糊涂，险些忘记了。白小姐，这是我特地从珠宝店里给你买来的一串珍珠，你瞧瞧珠光可好吗？假使你不中意，后天我可以陪你一同去调换的。"

说着话，已把盒子打开来。豆蔻低头一瞧，只见那一串珍珠颗颗圆圆的，十分光彩，在汽车里黑暗中闪烁着，真是耀人眼目。若挂在胸前，实在可以增加不少的华贵，估量过去，至少要值到万金之价，一时芳心倒是一动。但她立刻又显出很惊讶的神气，问道：

"李大叔，无缘无故的，我怎好意思受你这样贵重的东西？而且我也不愿意人家为我花无谓的钱，所以这个还请你拿回去，我心领谢谢是了。"

李家瑞听她这样说，倒是窘住了，愕住了一会子，方又满堆笑容地说道：

"白小姐，这些东西也算不了什么贵重，那不过是聊表我一些心，所以你若不收，倒反叫我感到丢脸了。"

白豆蔻笑道：

"李大叔说这个话，叫我心里也更加不安了。无论一件什么事情，总要有一个名目，无名无目地收人家这样贵重的礼物，那我是生平最不情愿的，这个还得请你原谅才好。"

　　李家瑞没法可想，这就呆呆地沉思了一会儿，忽然他想出一个名目来了，扬着眉，笑道：

　　"有了，有了，白小姐，你今年不是二十岁了吗？不知生日在哪一个月里，那么这一串珍珠我就算送你的寿礼，那你不是可以收受了吗？"

　　白豆蔻被他这样一说，心里倒也提醒了，暗想：三月十五日是我的生日，今天是三月十四日，啊哟！这样说来，明天竟是我二十岁的诞辰。唉！我怎么糊到如此地步，连自己的生日也险些忘记了。想起明天狄秋航齐巧要到我家里来，这真是再凑巧也没有了，心里这一欢喜，她那颊上的笑窝儿也就始终没有平复过了。李家瑞当然不晓得她心里是在想些什么事情，以为她这样欢乐的神情，一定是我说的话，她感到相当对了，遂把那一串珍珠撩出来，亲自给她圈到脖子上去，说道：

　　"现在是很有名目了，你总该哂纳了吧？"

　　白豆蔻待要仰开头，但已经来不及，心中暗想：既然他一定要送，我就老实收下是了。白豆蔻心中有了这么一个感觉后，于是她就含笑点了点头，说道：

　　"我的生日是早已过去了，不过李大叔既然这一份儿盛情，我当然也不好意思过分地推却，那么就厚着脸皮不客气了。"

　　李家瑞见她已经答应收下，心中乐得什么似的，笑道：

　　"本来呢，以我俩的交谊而说，白小姐也无须客气了。"

　　白豆蔻微微一笑，却不作答。李家瑞见她戴着那串珍珠，衬这件艳服，更是鲜丽，觉得愈看愈美，愈看愈爱。正在馋涎欲滴的当儿，汽车在三友小筑的门口停下了，于是白豆蔻拉开车厢，回身说了一声再见，便匆匆地跳下车子去了。李家瑞还探出头去，叮嘱一句道：

"白小姐，那么我后天准定来约你。"

白豆答应了一声好的，向他笑盈盈地招了一下手，身子已经奔进弄里去了。李家瑞说了一声这孩子真可爱，于是便很兴奋地坐车回家。

白豆蔻敲门进屋子里，林英见小姐今天回家没有像从前那样忧形于色，两颊堆满了笑容，连走路的姿势都带了跳跃，猛可想到明天是小姐二十岁诞辰的日子，这就无怪她要高兴了，便凑趣儿笑道：

"小姐，明天是你诞辰啦，我今天已给你买了寿烛寿香，明天一早就要点的呢。"

白豆蔻暗想：林英她倒给我记得很牢，我自己差不多要忘了。遂笑道：

"明天你把地方收拾得清洁些，从前你自制的那种团子很好吃，明天你也备些。"

林英道：

"我知道的，什么全都预备了。"

白豆蔻从前在南洋就仗林英服侍，如今在上海又全仗她料理家事，心里自然很欢喜，一面点头，一面便走到楼上房中去了。当白豆蔻脱衣就寝的时候，那天空忽然落起雨来，因此心里有些不悦，暗想：明天倘然不晴，那我的命真也苦透了。为了心里有了这一层忧愁，白豆蔻便再也睡不着，想着明天假使雨落得很大的话，那狄秋航不知会不来吗？万一他不来了，那叫我一团高兴不是化为乌有了吗？想到这里，自然有些怨恨老天，那眼皮竟也有些润湿起来了。白豆蔻躺在被里，暗自淌了一会儿泪，直到钟鸣子夜三时，窗外的雨也停了，同时她也沉沉地熟睡去了。

次日起来，已是十一点钟了，白豆蔻睁眼一瞧，只见红日满窗，心中这一快乐，把她玫瑰花儿般的颊上那酒窝儿这就又掀起来。林英走进房中，服侍她起身梳洗，白豆蔻换了一件乔琪绒的夹衫，对镜瞧了一会儿，心中非常地得意。这时，林英又上来说道：

"小姐，你用饭去吧。"

白豆蔻答应了一声，跟着走到楼下，只见上首那张桌上已燃烧着那对寿烛，并那束寿香，丝丝袅袅的香烟缥缈在室中，感到了一种清雅的意味。林英把烧好的鸡、鱼、肉等菜端出，白豆蔻在桌旁坐下，问道：

"晚上的菜留着没有？"

林英点头道：

"都有的，小姐，你只管吃。"

白豆蔻遂握起筷子，正欲划着饭粒向嘴里送，忽听门外有人在揿电铃，白豆蔻想不到秋航会来得这么早，心里一欢喜，便亲自向院子里奔出去开门了。

第十四回

破悭囊有心辞翠镯
成拙计爽约待嘉宾

　　白豆蔻心里以为狄秋航此刻会来，他一定还没有吃过午饭，这样我们就一块儿吃一餐，岂不是一件令人感到兴奋的事吗？所以白豆蔻是满心充满了甜蜜，笑盈盈地三脚两步亲自走出去开门。不料当她步到石阶的时候，就给她发现站在门口的虽然也是个穿西服的男子，但头顶却是一片光秃秃的，就在这一瞥之下，失望立刻渗入她的心房，把她满脸的笑容立刻也平静下来。那时，站在门外的樊宝之却已瞧清楚了白豆蔻，因为白小姐亲自给自己来开门，那实在是意外的事情，所以乐得眉飞色舞地笑喊道：

　　"白小姐，啊哟！怎么劳动你亲自来开门？那可太对不住了。"

　　白豆蔻因为是瞧清楚了并非狄秋航，所以她的两脚又会停下来，如今被他这么一喊，倒不好意思不去开门了，遂依然装作很欢喜的态度走下阶去，开了铁门，笑道：

　　"是干爹吗？你这个时候怎么倒会来呀？"

　　樊宝之听她这样问，倒不禁为之愕然。同时白豆蔻也觉得自己这话未免问得有些奇突，于是立刻补充了一句道：

　　"干爹还没有吃过午饭吧？快请里面坐吧。"

　　这时，林英也从里面赶出，代替小姐来关大门。白豆蔻于是请樊宝之进内，樊宝之见室内燃着很高大的红烛，并一束盘成寿字形的香，一时心里好生奇怪，站着又出了一会子神。白豆蔻见他做沉思的样子，知道他一定在想为什么我们今天燃烧起香烛来，遂忙又说道：

"干爹，你请坐呀，我们就随便用些饭可好？"

樊宝之却不理会她这两句话，回眸过来，带了猜测的目光向白豆蔻望了一眼，说道：

"白小姐今天家里有些什么事？你不能瞒着，让我们失礼。"

白豆蔻装出毫不介意的神气，笑道：

"没有什么事情，干爹，你到底吃过了饭没有啦？假使没有吃过，你就一同吃些，不用客气。你要客气的话，自己饿肚皮我可不管账。"

樊宝之听她说得这样诚意，心中真是非常快乐，意欲说吃过了，那么这个和美人相对吃饭的机会错过，实在可惜，但是老实不客气地吃了，这到底是太难为情了。樊宝之这样想着，殊觉有些为难，伸手抬到光秃秃的头顶上去抓了抓，笑道：

"你们今天的饭似乎吃得早一些，现在还只有十一点半呢，我原想请你到外面去吃的。"

这两句话显然他还没有吃过饭，白豆蔻是个绝顶聪敏的姑娘，当然知道他是为了怕难为情的缘故，所以绕过圈子说话了，遂吩咐林英再摆上一副杯筷，对樊宝之盈盈一笑，摆了摆手，说道：

"干爹，坐呀，你酒可喝些？"

樊宝之已经是觉得很不好意思，若再喝酒，那自己也说不过去，于是摇了一下头，说道：

"酒不喝，就吃饭吧。"

白豆蔻也不和他客气，遂叫林英盛上一碗饭，两人于是在小圆桌旁相对坐下。樊宝之未免有些受宠若惊，因为太兴奋了的缘故，倒反而有些感到局促不安，似乎有了一种拘束的样子。为了避免这种局促不安，他就微微一笑，搭讪着说道：

"昨天我曾来拜望过你，白小姐不是已经出去了吗？"

白豆蔻把筷子挑着饭粒，正向红红的嘴唇里塞进去，听他这样说，乌圆的眸珠一转，笑道：

"可不是？倒叫干爹空走了一次，真抱歉哩！"

樊宝之拿银匙掏了一匙鲍鱼汤来喝，听了这话，便放下银匙，笑道：

"白小姐，那你太客气，这也用得了抱歉吗？"

白豆蔻盈盈秋波向他瞟了一眼，并不作答，却逗给了他一个娇媚的甜笑。樊宝之见她今天穿的这件乔琪绒旗袍非常鲜艳，衬着她吹弹得破的两颊，更加娇媚可爱，被她这么倾人地一笑，他的神魂未免有些飘荡，两眼望着她的脸又呆住了一会儿，但立刻又感到这样似乎失了一个做干爹的身份，因为人家既然这样恭敬地对待自己，自己却一味地存着歪心，那到底太对不住人家姑娘了。樊宝之心中既然有了这么一个自愧的感觉，他便微红了两颊，不禁慢慢地垂下脸来。白豆蔻忽然见他又这样怕羞的意态，心里倒感觉有些好笑，因为两人坐在一块儿吃饭，若默默地一句话也不说，那也不成样儿，于是她又摆出做主人的态度，笑着把筷子点了点那碗中的鸡、鱼等菜，说道：

"干爹，你不用客气，要我夹菜给客人，这么一套我一些也不会的，反正在自己干女儿家里，你就随意吃吧。"

樊宝之听她这样殷勤款待，心里自然非常欣喜，连连点头道：

"我理会得，你想，假使我客气的话，也不会走到就坐下吃饭了。"

白豆蔻瞅他一眼，又嫣然地笑了，说道：

"干爹这话就不对，本来呢，在自己干女儿家里还得当外人看待吗？倘若不是干爹，这种小菜，我也不好意思留人家吃饭呢。"

樊宝之觉得她这两句话是显得亲热极了，一时心里又起了一种妄想，也许这位白小姐果然也爱上了我吗？因为在第一次我到这里

174

来，他就赞我精神比年轻人好，这句话我猜想一定含有深刻的意思。想到这里，满心充满了甜蜜，笑道：

"这样好的小菜再说不好，那还想吃什么呢？"

白豆蔻听他这样说，忽然心里有了一个感触，便正着脸色，说道：

"干爹这句话真不错，到此我心里又想起前线的兄弟和流离失所的难胞了，唉！可怜他们在冰天雪地、枪林弹雨中肉搏奋斗，为国家光，为民族荣，吃的一瓶冷水、雨块、麦饼，如此艰苦，尚不以为苦，将士奋勇抗敌、百战必先之精神，尤令人敬佩。今我等安居上海，吃的鱼肉，穿的绫罗，问心已实有愧，若再不尽一些国民的责任，那我们岂不是全无心肝，比畜类都不如了吗？"

樊宝之听她又说到前线的战士头上去，心里倒有些奇怪，望着她呆了一会儿，点头说道：

"白小姐真是一个爱国的女子，所以上星期会把所有首饰献给国家，从这一点看来，确实是叫人佩服。"

白豆蔻放下筷子，两眼含了愤恨的目光，脸上笼罩了一层愁容，咬着她的牙齿，把小嘴儿撇了撇，说道：

"我想起了九年前逃亡的一幕，父母的惨死，家园的被毁，我真恨不得立刻武装起来与敌人拼个你死我活。唉！干爹，你说我是个爱国的女子，我心里真有些隐隐作痛。环境太恶劣了，每天的生活实在叫我太惭愧了。"

说到这里，眼眶子里已是贮满了热泪，大有食不下咽之慨。樊宝之见她这个样子，心里也局促不安起来，遂安慰她道：

"过去的事情，你也不用伤心了，至于前线的战士，他们既吃了国家的粮饷，作战乃是应尽的天职，如何可以和你一个弱女子相比呢？我是老了，要为国出力，也只好待来生了。白小姐，好好儿吃饭，何苦想这种事？国事自有一班大人物会料理，我们做小百姓的可管不了这许多。"

樊宝之自以为这两句话说得很好，不料听进在白豆蔻的耳中，心里便起了一个强烈的反感，暗暗骂声无耻王八，但表面上却又装作没有事儿那么地微微一笑，拿银匙在饭碗里掏了一些汤，便匆匆地饭毕，向樊宝之说道：

　　"这几天胃不行，吃了一些食物立刻就会饱起来。干爹，你不能瞧主人家只吃一碗饭，你就做客了，这是不对的。林英，你给樊老爷来盛饭吧。"

　　樊宝之被她这么一说，也就用不到再客气，于是把饭碗给林英拿去又盛了一碗。白豆蔻站起身来，掀起酒窝儿，又微微一笑，说道：

　　"干爹，你只管慢些用，我上楼洗脸去，恕不招待你了。"

　　樊宝之笑道：

　　"不用招待，白小姐只管自便好了。"

　　白豆蔻回眸逗给了他一个娇笑，便匆匆地奔上楼去了。樊宝之想不到今天会和白小姐相对吃饭，这是感到意外兴奋的事情，所以一面吃饭，一面独个儿也只管笑。在他抬头向上面望时，那对融融的烛火是烧得很旺，在眼前闪烁不停，这就心里开始又有个感觉，白小姐家里今天一定有事情，不然，无缘无故点着香烛做什么？今天我也来得正巧，回头一定要问她一个详细，这也是一个联络情感的好机会，倒不能错过。同时又想李家瑞也不知道，可见白小姐和他的交谊也没有怎么深厚，否则，白小姐会不告诉他吗？想到这里，也就更加欢喜，把筷子连划了两口，那第二碗饭也早已吃好了。站在旁边的林英含笑又伸过手来，说道：

　　"樊老爷，我给你再盛一碗。"

　　因为樊宝之是在想心事，所以对于旁边侍候着的林英没有注意，此刻冷不防听了这个话声，倒是吃了一惊，慌忙回眸望去，这才知道了，遂笑着摇了摇头，说道：

　　"吃饱了，你来收拾吧。"

林英也不同他客气，遂到里面去舀面水。待舀了面水出来，只见樊宝之已坐到沙发上吸雪茄烟，于是拧了一把手巾递给他拭脸，又去泡了一杯咖啡茶。樊宝之接过茶杯的时候，向林英笑了一笑，低声儿问道：

"今天可不是你的小姐生日吗？"

林英倒不理会这些，遂笑着点了点头，便自管收拾残肴回厨房里去。就在这个当儿，白豆蔻也从楼上走下来，樊宝之站起来，先向她拱拱手，哈哈笑道：

"恭喜你，果然不出我的所料，白小姐你瞒着我，那你就不应该了。"

白豆蔻听他这样说，故作不懂得般的神气，停住了乌圆的眸珠，怔怔地问道：

"干爹这是什么话？我有什么事情瞒着你呀？"

樊宝之吸了一口烟，忍不住又哈哈地笑起来，说道：

"白小姐，你别假装含糊，今年不是你二十岁吗？"

白豆蔻也笑道：

"虽然今年我原二十岁，但生日是早已过去了。"

樊宝之摇了摇头，瞅她一眼，说道：

"没有这个话的，今天就是你的好日子啦，你瞒我也没有用，点着香烛是证据，再不然我可以瞧烛上的金字，不是有寿比南山的句子吗？而且我又问过了林英，白小姐，那你无论如何可赖不掉了。"

白豆蔻这就无话可说，抿着嘴儿笑了一笑，说道：

"二十岁生日原没有什么稀奇，你瞧我可举办什么？一个人也不通知他们呢。"

樊宝之说道：

"不过我既然是你的干爹，我总要给干女儿热闹一下。"

白豆蔻把手一摆，请他坐下，自己也退到沙发上坐了，望他一眼，叹了一口气，说道：

"这个年头儿，国破家残，还有什么可以热闹的吗？要不是林英给我买香烛，连我自己也忘记了。"

樊宝之道：

"不是那样说，因为这是难得的日子，理应纪念一下子的。今天总算很巧，我正从一个珠宝客人那里出来。"

说到这里，身子已是走到白豆蔻坐着的沙发旁边，在袋内摸出一只玻璃的盒子，揭开盖儿，放到沙发旁的茶几上，接着又道：

"白小姐，你瞧瞧这一对翡翠镯可绿得可爱吗？"

白豆蔻回眸见里面放着一对碧碧绿的翡翠镯，心中暗想：他和李家瑞不约而同，那也可见两人的存心了。遂淡淡地一笑，说道：

"干爹，我这个人是很爽快的，对于干爹这份儿厚礼，我是绝不敢收受的。"

樊宝之想不到自己还没说出送她的话，而她却先拒绝了，一时倒弄得开口不得，把两手搓了一搓，沉吟了一会儿，笑道：

"白小姐，我觉得你不应该这样说，今天是再巧也没有了，我这一对镯送给你算留个纪念，假使你坚决地不收，就不把我当作自己干爹看待了。"

白豆蔻把手拍拍旁边那张沙发，叫他坐下，乌圆眸珠一转，瞟了他一眼，说道：

"干爹既然决意要送我，我倒有个很好的办法。如今我问你，这一对翡翠镯大概价值多少？"

樊宝之听她这样问，倒是愕住了一会子，心里可就想，这她是什么意思？但不管她，自己总要说出一个数目来，遂说道：

"据那个珠宝客人说，大概至少要值一万二千元。"

白豆蔻点了点头，笑道：

"很好，我的意思，干爹最好给一万二千元现钱，那我倒很感激的。"

樊宝之以为她开玩笑，便说道：

"你这话可当真吗？"

白豆蔻正了脸色，很认真地说道：

"当然是真的，因为我有一笔急用。"

樊宝之听她这样说，起初倒是一怔，但立刻又显出很慷慨的神气，连连点头，笑道：

"这个是极容易的事，白小姐，你不用忧急，不过那副镯你也只管收下，至于那钱现在我身边没带支票簿，明天我亲自再给你拿来好了。"

白豆蔻听了，便站起身子，向他鞠了一个躬，笑盈盈道：

"干爹，对于这一万二千元钱，我是非常地感激，但这副镯，我无论如何不敢收，你还是去还给那个珠宝商吧。因为这些饰物，饥不能食，寒不能衣，实在是无谓的消耗，所以我绝不要它。"

樊宝之听她这样说，自然再不好意思硬送给她，不过她既已接受我这一万二千元钱，就等于收下这副镯一样了，于是把那个玻璃盒依然藏进袋内，很恳切地说道：

"我这个人也是很爽快的，干女儿既然这样说，那我就不和你客气了。至于那一万二千元钱，明天我准定一早送了来，假使你以后短少钱用，你可以尽管向我说，尽我的能力，总不会使你失望。"

白豆蔻笑道：

"我也知道干爹是个热心侠肠的人，救济贫人是你所喜欢的事。"

樊宝之忙道：

"白小姐，你别说'救济'两个字，我说得诚恳一些，我的钱也就是你的钱，只不过一万二千元，区区之数，那放在什么心上？"

白豆蔻微微地一笑，却是并不作答，低下头，明眸脉脉地望着自己那只瘦削的脚尖出了一会子神。樊宝之见她这个意态，以为是她开口向自己借钱所以感到了羞惭，便又搭讪道：

"白小姐，你此刻有没有空？我想请你去瞧一次戏。一个人急难的时候总有的，所以你可以不用挂在心上。"

白豆蔻被他这么一说，倒想起了狄秋航，恐怕他就要来了，遂颦蹙了柳眉，说道：

　　"干爹，我想下次奉陪你好不好？因为我觉得身子有些懒懒似的。"

　　樊宝之道：

　　"既然身子懒懒的，那么就休息休息，反正往后的日子可多着，就改天请你吧。"

　　说到这里，便站起身子，两手向上一伸，打了一个呵欠。白豆蔻以为他要走了，一颗芳心倒是暗暗欢喜，不料樊宝之走到对面沙发旁又坐了下来，伸手握着杯子，凑在口边，喝了一口咖啡茶，便又向白豆蔻瞎七搭八地谈起来。白豆蔻见他还不走，表面上虽然笑盈盈地和他敷衍着，但内心可焦急得不得了，不但是焦急，而且还十分地怨恨，暗暗骂声赖屁股的，多坐有什么意思呢？不过白豆蔻心中的焦急，樊宝之是绝不会晓得的。他想白小姐会问自己开口借钱，这当然她是不把我作外人看待了，所以在他是多坐一刻，就觉得好一刻。白豆蔻见手表已经是一点五十分了，觉得狄秋航立刻就要到了，断命他还不走，那可怎么办？心中这就急得像热锅上的蚂蚁一样。齐巧林英从里面走出，于是紧锁柳眉，遂和她丢了一个眼色。林英见小姐这样局促不安的神气，知道小姐是在讨厌这老头子还不走，于是她就想了一个主意，对白豆蔻说道：

　　"小姐，我有一件事倒忘记告诉你了，徐太太昨天来电话，她请你今天下午去一次，你预备去不去啦？"

　　白豆蔻装作很正经的神气，说道：

　　"是徐太太吗？不去倒有些难为情……"

　　白豆蔻说到这里，顿了一顿，林英接口道：

　　"徐太太既然来电话请你，那是很难为情的，我瞧小姐还是去一次吧，好不好？我给你拿大衣去。"

　　她们两人这个对答着，要如樊宝之识趣的话，当然可以先站起走了，谁知他还算一片好意，待林英大衣拿下来，便站起向白豆蔻笑道：

"徐太太的府上在什么路？我汽车在外面，那么我就送你一块儿走吧！"

两人说的徐太太，原是布摆的空城计，因为樊宝之不肯走，以为这样一来，他总可以先走了，谁知他偏当起认真来，要把汽车送她一块儿走。那叫白豆蔻的心中真弄得有些哭笑不得，索性弄假成真地站起身子，把大衣披上，说道：

"在同孚路长安坊，那么干爹就送我到长安坊门口好了。"

樊宝之点头笑了笑，于是和白豆蔻一同走出大门去。林英送出来关门，白豆蔻回身意欲向林英关照一声，有一个姓狄的少年来，你请他等会儿，但转念一想，反正我跳下同孚路，进长安坊转了转，立刻就可以回家的，于是也就不说了，遂和樊宝之一同步出了三友小筑。阿三把车门拉开，两人跳上坐下。樊宝之吩咐先开到同孚路长安坊去，阿三答应一声，汽车便向前风驰电掣般地直开了。

汽车到了同孚路长安坊停下，白豆蔻瞟他一眼，点了点头，笑道：

"干爹，多谢你，我们再见。"

樊宝之忙把她手握住了，说道：

"白小姐，你放心，明天我把款子一早就送来。"

白豆蔻把他手反握紧了一些，含笑又说了一声多谢你，于是便跳下车厢，回眸望了他一眼，见他探着头兀是望着自己笑，这就招了一下手，跨了脚步，不得不向长安坊里走进去。长安坊是柳如翠住的地方，假使敲门进去要坐会儿，也未始不可以，但白豆蔻心里是对在狄秋航的身上，生恐秋航在家里等得不耐烦，所以单等樊宝之的汽车开走了，她便要急急回身退出长安坊，预备回家里去。不料在她回身正欲向弄口走时，就听有人喊道：

"哟！豆蔻妹妹，你也到如翠姊家里去吗？真巧极了，真巧极了。"

白豆蔻急仔细一望，原来是杨燕飞，心中这就想：糟了糟了，天下竟有这样不凑巧的事吗？其实是再巧也没有了，不过为了白豆蔻本身着想，确实是太不巧了，意欲回答说不是到如翠家里来的，那么你到长安坊做什么来？假使谎说一句我正从如翠家里出来，那么她和如翠说起来，这个谎话也不是立刻要拆穿了吗？那么是非和她一同进内去坐一会儿不可了。心里虽然是非常地怨恨，但却又不得不含笑上前，和杨燕飞握了一阵手，笑道：

"可不是？那真巧极了，本来我原不想进来，因为我还有些别的事，只去望她一望就走的，不料却遇到了你。"

白豆蔻所以这样说，就是表示自己坐不多一会儿就要走的。杨燕飞却很高兴地拉了白豆蔻的手，一同向十二号的石库门里走去，伸手按了一下电铃，就有人来开门。杨燕飞见是二房东的阿妈，遂道了一声谢，和白豆蔻匆匆地到了楼上。柳如翠住的是个厢房，家里只有如翠和母亲两个人。杨燕飞一脚跨进房中，就高嚷着道：

"如翠姊，贵客来了。"

柳如翠和母亲正在房中闲谈，一听这话，立刻抬头来瞧，见是白豆蔻和杨燕飞，这就乐得跳起来，笑盈盈地相迎说道：

"豆蔻妹妹，今天是什么风？真是难得来的，请也请不到，快请坐，快请坐。"

白豆蔻因为人家这样客气，遂也笑道：

"如翠姊说这个话，那叫我太不好意思了，我和燕飞姊是特地来拜望你的。"

说时，瞥眼又见了柳老太，遂眸珠一转，笑道：

"这位想是老伯母了。"

如翠忙介绍道：

"妈，这位就是现代红艺人白豆蔻小姐。"

柳老太望了她一眼，很羡慕地笑道：

"白小姐，我常听如翠说起你的好，却一向没有瞧见过，你请坐，杨小姐她是常常来玩的。"

说着，便叫王妈倒茶，一面在玻璃橱内装出一盘糖果、一盘瓜子，叫白豆蔻吃些。如翠早把白豆蔻的大衣脱下，亲自给她挂在橱内。白豆蔻见她们把自己当作上宾看待，一时心中真有说不出的苦楚，便说道：

"你们别客气，我就要走的。"

如翠听了这话，瞧了她一眼，说道：

"哪有这一种话？既来之，则安之。坐还没有坐下，怎么倒要说走了呢？可不是我家地方太龌龊了吗？"

白豆蔻也觉得自己这话说得太不近人情，无怪如翠要说这一种气话了，遂忙笑道：

"你听听这是什么话？我要有这个心，我也就不来了。"

如翠笑道：

"我知道你自己一个人绝不会来，一定被燕飞硬拖来的吧？"

白豆蔻笑道：

"你倒问问她，我们两人是怎么遇见的。"

燕飞点头笑道：

"我和她原在弄口遇见的，这次她倒是诚心来拜望你的，你别冤屈了好人吧。"

如翠眉一扬，笑道：

"真的吗？既然专诚前来，那么我们来玩雀牌消遣，你们晚饭都吃了去。"

燕飞笑道：

"我是没有不赞成的，那么加一个伯母吧，齐巧四个人，打上八圈再说，我听见玩雀牌，就会高兴起来。"

说着话，已是站起来亲自拉台子。如翠笑道：

"我瞧你见了雀牌就会哭出来，怎的性急得这个样儿？叫王妈来

183

拉台子好了。"

那时，白豆蔻的心中倒真的急得几乎要哭出来，两颊是一阵一阵地绯红，只觉坐又不是，立又不是，椅子的坐垫上仿佛有着千万枚针一样地难受。意欲推托有事就要走的，但这个理由是断断说不出口，因此硬着头皮，也只好应酬着她们玩雀牌。王妈早把台子拉开，倒出雀牌，分好筹码，桌角旁又放了茶几，把糖果、瓜子、香茗、烟卷都安放舒齐。杨燕飞回眸向白豆蔻望了一眼，笑道：

"你想什么心事？快入局了，早些打牌，也许可以多打四圈呢。"

白豆蔻这才笑着站起来，说道：

"我雀牌是并不十分会的，连和头也算不来呢。"

柳如翠笑道：

"原自己几个人玩玩，又不是真的赌钱，那么大家别站着，就随便在哪一位坐下好了。我和母亲对坐，白小姐和杨小姐对坐吧。"

随了这句话，四个人便坐了下来。燕飞道：

"打什么呢？我想不用大，就是角子么半好不好？"

白豆蔻自知今天必输，当然愈小愈好，所以点头赞成，于是四个人便抹牌、砌牌、打牌地玩起来。白豆蔻名义上虽然是在打牌，但她的心里是只想着狄秋航等在家里也许要不高兴了吧，眼前见的只有狄秋航那种焦急的神情，人家打出来的牌固然不注意，连自己手中十三只牌都模模糊糊的，你想，这样打牌还会不输钱吗？所以四圈儿打完，白豆蔻要输两底。柳如翠笑道：

"怎么你一副牌也没有和过？这你虽然第一次做客人来，似乎也太客气了一些呀。"

白豆蔻笑道：

"牌这样东西不上张子，那就没有办法。"

其实白豆蔻心不在焉，只晓得抓进打出，你说还会和吗？白豆蔻心里对于输钱倒不要紧，她只希望打得快一些，早些打完算数。但八圈打毕，时候已经五点半了，白豆蔻一结筹码，竟输了五十六元。柳老太很过意不去，笑道：

"三吃一，那可有些难为情，反正上戏院里去要八点半，还可以打四圈，或许白小姐牌风可以好一些。"

白豆蔻忙道：

"不用打了，我因为还有别的事情，想此刻走了。"

说着，在皮匣内取出一叠钞票，点了六十元，放在桌上，说余下四元给王妈做赏钱。柳如翠瞅她一眼笑道：

"你这算什么意思？输了钱还要出头钿吗？再说改天再可以玩的，何必要拿出来。已经是吃夜饭的时候了，你还要到什么地方去？"

柳老太和燕飞也叫她把钞票拿进去，白豆蔻笑道：

"输这一些钱，那算不了什么，今天吃点心吃糖果已经吵了大半天，夜饭就改天来吃吧。"

柳如翠道：

"你说这话，就不当我是好朋友了，今天我要放你走，我也不姓柳了。"

说着，便拉住了她手不放。燕飞道：

"白小姐，你也客气得过分了，这样子柳小姐倒反要生气的。"

白豆蔻暗想：此刻回家，狄先生总也不会等着了。反正事情是已经糟了，因此也就答应下来，笑道：

"饭我就吃了去，这钱你们怎可不收？假使今天是我赢钱，我就老实不客气地拿了。"

杨燕飞知道白豆蔻并不在乎这几个钱，于是也就不同她再客气，只有柳老太心里感到极度的不安，说白小姐难得来一次，竟输了这许多钱，那太叫人抱歉了。白豆蔻此刻倒反而心定了下来，不像几个钟点前那样焦急，依然谈笑如常，说打牌总有输赢的，那有什么稀奇？这里王妈摆上杯筷，菜是广东馆子里特地叫来的。柳如翠母女两人殷殷招待，非常周到，这一餐饭倒吃得很欢喜。餐毕，时已七点半了，白豆蔻要先走一步，柳如翠道：

"回头我们一块儿上戏院里去了，你何必这样性急呢？"

白豆蔻道：

"不，我因为还要回家去一次，所以先走了。伯母，惊吵得很，改天再来吧。"

说着，向柳老太鞠了一个躬。王妈早把大衣、皮匣拿上，柳如翠又叫王妈喊汽车，待汽车到来，众人又送到门外，道了一声回头再见，方才握手分别。白豆蔻到了家里，林英开门进内，见了白豆蔻，便很急促地说说道：

"小姐，你在什么地方啦？怎的糊涂到如此地步？约好叫人家到家里来，竟累人家空等了一下午，这位先生的耐心也算得好了，换了别人真要动气哩！"

第十五回

患得患失唯恐有失
或止或来竟然不来

　　壁上的钟已敲十点了，四周的空气是静悄悄的，这是一个很华丽的卧房，一切的摆设是相当考究。靠窗放着一张单人写字台，绿绸的帷幔是掩拢着，室中是没有亮着荷花形的大灯罩，只见写字台上开着一盏用石膏制成裸体美人形的台灯，灯泡是装在美人伸直的手掌中，盖着紫色的纱罩，因此那房内光线是含了一种神秘的暗淡。这时，坐在写字台旁转椅上的有个十八九岁的姑娘，她手托了香腮，两眼虽然望着摊在桌上的书本，但她并没有把书里的词句瞧进眼里去，因为她呆呆地只管出神，经过了一刻多钟的时间，还没有把这一页书翻过去，从这一点猜想，显然她是在想心事。这个姑娘便是李茜珠，茜珠今夜回家，心里是十二分的快乐，因为在无意之中，竟给自己遇到了一个三年不见的同学，而这同学在自己那颗小心灵中一向又当作爱人那么地看待。自从得知了秋航搬家的消息，这三年来，使我心里总感到了说不出的悲凄，今日居然给自己重逢，三年不见了的爱人，如今是长得更加俊美风流，当然茜珠的心里是感到无限的甜蜜和兴奋。不过在甜蜜和兴奋之中，她也感到有些忧愁，因为和秋航是整整地隔别了三年，在这三年之中，狄秋航也许是结了婚，就是还没有结婚，恐怕女朋友也总有几个吧？那么我虽然是十二分地爱他，但他是否能够和我一样地来爱我呢？这当然还是一个问题。李茜珠心中既然有了这么一个忧虑，所以也怪不得她要对灯出神了。就在她出神的当儿，忽然背后有人轻轻地一拍，叫了一声珠姑，茜珠回眸过去一望，原来是嫂嫂方雪琴。雪琴的粉颊是笼罩了一层惨淡的愁容，明眸里含了无限哀怨的目光，在茜珠绯红的脸上逗了那么一瞥，说道：

"珠姑，你在哪儿吃了夜饭？喝过酒了吧？两颊怪红润的。"

不知怎的，茜珠一见嫂嫂忧形于色的神情，心里就会感到了一阵难受，便站起身子，拉了她手，一面开亮了房中那盏荷花形的大灯罩，一面两人在长沙发上坐下，说道：

"同学请我吃饭，偶然高兴，只喝了两杯酒，不料就醉了。嫂嫂，哥哥可有回来了吗？"

雪琴摇了摇头，眼皮儿有些润湿，深深地叹了一口气，说道：

"唉！珠姑，我也不要说他了，现在天天还不是十二点以后回家吗？一回到家，便倒头就睡，也没有一句话，我若问他一句你在什么地方，他就不耐烦地回说睡了睡了，有话明天再说吧！你想，这种不像做丈夫的样子，我若脾气躁些，不是天天可以吵嘴了吗？为了怕响人耳目，我总含了眼泪忍耐着。但是忍耐是有时间性的，假使他一辈子也这样地胡闹着，难道也叫我忍耐一辈子吗？"

说到这里，喉间已经哽咽住了，无限伤心陡上心头，再也制不住她那两眶子里辛酸的热泪，扑簌簌地掉了下来。茜珠听了这话，也觉得哥哥的行动实在是太对不住嫂嫂了。因为自己忧愁着狄秋航也许是结了婚，或者已有了爱人，心中也是不喜悦，今见嫂嫂这样可怜伤心的意态，引起了无限的同情，忍不住泪水也夺眶而出，叹了一口气，说道：

"那么哥哥每夜究竟在什么地方玩呢？天天玩，夜夜玩，难道不会玩厌吗？"

雪琴见珠姑为自己也淌起泪来，一时倒反而拿帕先收束了泪痕，说道：

"谁知道他呢？左不过是玩女人罢了。唉，我说这全是黄金祸害了他的，珠姑，你瞧着，照这样下去，他也许会丧在金钱太多的手里。"

茜珠听嫂嫂这样说，便急道：

"那么好歹你总该劝劝他呀，我真不相信你的话难道他会一句不要听吗？"

雪琴颦蹙了柳眉，说道：

"我何尝不劝他，无奈他不肯听，你叫我有什么办法呢？"

茜珠把手背擦了一下眼皮，瞟他一眼，低声儿说道：

"你不能和他强硬，你总要……"

说到这里，顿了一顿，却呆呆地望着她的粉颊出神。雪琴知道她以下的意思，两颊不免也微微地一红，雪白的牙齿微咬着嘴唇皮，沉吟了一会儿，说道：

"有时候我也这样想，但一个人谁都有气的，他既这样地无情，我为什么要笑脸对他呢？女子难道就不是人做的？竟如此地低贱吗？"

茜珠见她愤愤不平的颜色，遂又叹了一口气，说道：

"话虽如此说，但从古以来，女子经济不独立，才是比男子低贱三分的。嫂嫂，我劝你千万别和他意气用事，总要用柔软的手段去感化他。譬如说，你这样脂粉不施，好像病西施那么的，会引得起男人家的好感吗？"

雪琴道：

"古人说，女为悦己者容，如今他把我当作眼中钉一样，我还打扮给谁去看呢？"

茜珠笑道：

"还是打扮给哥哥看呀。你不晓得男人家的心理，都是喜新厌旧的多，现在他看见你很难看，这完全是因为厌你了的缘故，所以看见外面的女人仿佛西施那样的美丽。但是过了些时候，他瞧见外面女人也会嫌了的，当那时，他也许仍会像新婚那样地来爱你，所以你切不可和他感情破裂了。嫂嫂，我虽然是瞎说说的，但仔细想着，也有些小道理，你倒也要听听我的话看。"

雪琴点了点头，觉得既然嫁了这么一个丈夫，也就只有静心耐气地等待他回头了。姑嫂两人又闲谈了一会儿，方才各自回房去安睡了。

雪琴回到房中，看壁上钟已十一时了，麒俊却还没有回来，心里当然十分怨恨，对镜一照，只见两颊黄瘦，毫无青春之颜色，心中这就暗想：每天懒把妆梳，珠姑说我像个病西施般的，这话实在不错。像麒俊这种纨绔儿是只知以色取人，他近来见我憔悴如此，当然更要厌恶我了。虽然我又不是妓女，为什么要打扮得十分妖艳地去迷自己丈夫呢？但为了要丈夫不到外面去胡调，除了这个办法，又有什么法子可想。唉！女人总不是人做的！想到这里，叹了一口气，遂吩咐丫鬟菱儿端上一盆脸水，放在梳妆台上。雪琴先用香胰子擦了一个脸，然后薄施脂粉，又拿唇膏在嘴上涂了一些。经过这么一化妆，雪琴在镜中瞧自己的脸容是完全地变了，因为雪琴本来生得柳眉杏眼，五官端正，所以此刻瞧来，真觉得十分美丽了。菱儿在旁瞧了，笑道：

"奶奶这么一打扮就好看，这样晚难道还打算出去吗?"

雪琴回眸瞅她一眼，说道：

"你给我脸水收拾过去了，便自管去睡吧，我不出去。"

菱儿答应一声，遂把脸水端出去倒了，然后便自回房中去安息。雪琴坐在床边呆了一会子，房中是冷清清的，耳听着时钟嘀嗒嘀嗒地响着，在心头更会感到了一阵悲哀。从十一点钟等起，直等到十二点一刻，仍不见麒俊回来，心里想着：不要今夜不回来了吗？雪琴有了这么一个感觉，她的眼前立刻会映出麒俊在外胡调的一幕，也许此刻他们早在热被窝儿里温存了吗？也不知怎的，只觉有股辛酸的味儿直冲到鼻子管来，恨恨地骂了一声："不是人种，肯早死了倒也干净，让我就一辈子做寡妇吧！"

雪琴所以说这两句话，心里实在是恨到了极点。但既说出了口，不禁又伤心起来，那久贮在眼眶子里的泪水也就在眼角旁涌现了一颗。正欲脱衣就寝的时候，忽听一阵细微的皮鞋声，麒俊肋下挟了两本厚厚精装书走进房来。雪琴因为听从茜珠的话，不再和丈夫强硬，所以立刻拭了泪痕，笑盈盈地站起，说了一声你回来啦。麒俊平日回家，雪琴是早已睡了，彼此各赌着气，并没有一句话，各人蒙被自睡。今天对于雪琴会等着自己，那倒是出乎意料之外的，因为妻子既然笑脸相迎，自然也不能再显出恨她的样子，望着她笑了笑。雪琴因为自己今夜是特地化妆过了，今见他呆望着自己的脸笑了笑，觉得他这个笑未免是含有些意思的，一时也难为情起来。为了避免难为情起见，于是她便去泡杯柠檬茶放在桌子上，秋波盈盈地瞟他一眼，说道：

"你在外面吃过点心没有？要不我烧碗胡桃霜你吃？"

麒俊放了书本，脱了大衣，回身过来的时候，见雪琴一面来接，一面又这样地问，遂摇了一下头，说道：

"我吃过了点心，你饿自己烧碗吃吧。"

雪琴给他挂好大衣，摇头瞟他一眼，很柔和地道：

"我也没有饿，那么早些睡吧。"

说着，便去关上房门，给他睡衣取出。麒俊在脱西服的时候，心中暗想：奇怪得很，怎么今夜她就温柔起来？其实她早就应该这样子了，和丈夫赌气那是没有用的，你愈赌气，我愈在外面胡调，看你对我有什么办法？今夜麒俊回家本来是一肚子的气愤，因为在可可咖啡馆里看中了陆丁香，偏偏陆丁香又走出去了，后来又到大陆跳舞厅里去寻王佩芬。王佩芬是麒俊的恋人，两人是发生过肉体关系的，不料佩芬却给客人买票带出去了。麒俊心中当然愈不快乐，所以拣了别个舞女跳了一个爽快，直到十二点钟方才回家，他想：假使雪琴和我多嘴，我便存心和她吵一顿，也好出出我心头的怨气，但理想往往与事实相反，雪琴不但不和他多嘴，而且还特别地对他温情蜜意，因此他满肚皮的气也就只好向屁股里钻出去了。当两人躺进被里的时候，麒俊在床头那盏淡蓝的灯光之下，瞧着雪琴的脸，也觉得有种妩媚的风韵，一时倒又爱她起来。雪琴虽然知道他这种举动，绝不是他内心真正地爱我，完全是为了肉欲的冲动，但既做了他的妻子，还有什么话说？不依他又怎么办？所以雪琴虽然觉得鱼水欢是夫妻间最快乐的事情，但她心头却是充满了无限的悲恨。

　　匆匆地过了两天，在这两天里，麒俊每夜十点钟就回来了，显然比从前早些了。雪琴觉得茜珠给我想的办法倒有些效验，所以愈加不和他多嘴，一味地用柔媚手段对付他。麒俊虽然这两天舞场是不跑了，但可可咖啡馆里还是一日两次，照例文章，没有间断过。但丁香的一缕情丝已有所系，对于麒俊自然不放在心上，只有赵莲蓉却很爱麒俊，无奈麒俊却又不在她的身上。麒俊觉得陆丁香的美丽，实在可以胜过一代歌后白豆蔻小姐，起初的本意，麒俊就爱上了白豆蔻，天天去瞧她的戏，同时也想到后台上去认识认识，不料在后台和他的老子遇见了。李家瑞一见儿子来夺自己的爱人，心中大怒，便把他骂了一顿。麒俊知道父亲也在转白豆蔻的念头，心里很是气愤，嘴上虽不敢说什么，存心便欲向母亲告诉。李家瑞既把麒俊大骂了后，他的心里当然也想到了这一层，于是他索性把麒俊喊来，开诚布公地和他谈判，情愿每月给他三千元钱零用，切不可向白小姐去搭讪。麒俊一听有三千元钱一月零用，心中暗想：天下美貌的女子多得很，白小姐既然父亲爱她，我就让给他是了，当下连连答应。他们父子两人既然狼狈为奸，家瑞对于麒俊在外胡调，自然不闻不问了。

　　麒俊这两天里是只想念着陆丁香，同时茜珠这两天里却只是想念着狄秋航，茜珠为了要明白秋航究竟有没有结过婚，当然很想到他家里去望一次。这天齐巧星期六，下午没有功课，于是她便坐车匆匆前往。那时，狄秋航梳着头发，擦着皮鞋，正欲赴白豆蔻的约去，一见李茜珠到来，自然不得不笑脸相迎，两人握了一阵子。茜珠转着乌圆眸珠，瞟他一眼，笑道：

"你要走出去了吗？"

狄秋航笑了一笑，先向里面屋中喊道：

"妈，李茜珠小姐来了。"

狄老太在里面房中一听这话，便急急走出来，见了茜珠，和三年前大不相同，现在长得亭亭玉立，真是和陆小姐一样美丽，于是便含笑叫道：

"李小姐，我们三年没见了，你一向好吗？"

李茜珠早已抢步上前，向狄老太深深鞠了一个躬，喊了一声伯母，笑道：

"可不是？我说狄先生这人真不应该，府上既然乔迁了，怎么也不通知我一声儿呢？"

狄老太听她这样说，话就觉得接不上去，笑了一笑，一面倒茶，一面让座。秋航说道：

"今天星期六，下午没有课吧？李小姐，大衣脱一脱。"

李茜珠便脱了大衣，秋航早已接过，李茜珠对他盈盈一笑，点头说了一声劳驾，身子便在桌旁坐下来。狄秋航见手表已经一点零五分，想着白豆蔻原叫自己早些去，不过李茜珠还只有坐下，自己怎么可以说走呢？那不但李茜珠心里要生气，就是自己心里也过意不去，当然只好坐在一旁相陪。狄老太觉得李小姐是三年不来了，而且那日秋航承受她请吃夜饭，当然要待她特别客气一些，所以她又悄悄地走下去了。李茜珠喝了一口茶，望了秋航一眼，说道：

"你妈到哪儿去了？叫她别忙，我可不是客人啦！"

说到这里，觉得这话有些不对，我不是客人，难道倒是主人不成？心里感到有些难为情，那两颊就红起来。秋航笑道：

"我妈不忙什么，李小姐这时打哪儿来？"

李茜珠道：

"从家里走出来，前天说的乐队那事，我曾给你到皇宫剧院里的负责人去商量过，因为他们那班乐队是订好合同的，要今年六月里才满期，待期限满后一定可以答应的。我想国历已经是四月里了，到六月份也不过只一个月多些日子，你就不妨趁空时预先组织起来。"

狄秋航听了，当然很是感激，笑道：

"这再好没有了，李小姐，我告诉你，在和你遇见后第二天，我和同学们已组织了一个乐队，并且在维纳斯咖啡馆里当日演奏，馆主考拉其认为满意，已决定在维纳斯里试奏一月，我想一月以后，他们皇宫的合同也满期了，若有李小姐的介绍，事情当然可以成功的了。"

李茜珠一听这话，乐得眉儿一场，笑道：

"真的吗？你们演奏的时间是夜里还是白天啦？"

狄秋航道：

"晚上七时至十二时，今天下午两时还要去接洽一次。"

李茜珠伸手在腕上瞧了一下白金手表，瞟他一眼，说道：

"已一点二十分了，那你该走了呀！"

狄秋航道：

"迟些不要紧，你只第一次来，我怎好意思不陪你坐会儿？"

李茜珠听了这话，心里倒是荡漾了一下，笑道：

"那有什么关系？反正我以后来的日子多哩！你有正经的事情去接洽，我如何可以耽误了你？今天去接洽的是什么事？是不是对于聘金问题吗？"

狄秋航因为她的话是很真挚，想着自己的不诚实，倒感觉有些惭愧，两颊微微一红，点头说道：

"是的，大概他肯出两千元的薪水。"

李茜珠道：

"出两千元薪水也不少了，不过你们共有几个人？"

狄秋航道：

"一共十一个人。"

李茜珠点了点头，凝眸做沉思的样子，似乎给他们在分配每人可得多少的月薪。就在这时候，狄老太买了瓜子、糖果等东西走上来，李茜珠"啊"了一声，站起身子，笑道：

"伯母，你这样客气，那叫我心里太不安了。"

狄老太装了盘子，放到桌上，说道：

"一些些吃不来的东西，你客气做什么？请坐呀。"

李茜珠这才又坐下来，狄秋航抓了一把西瓜子，交到她的手里。李茜珠笑着摊了手心来接，狄秋航却漏了一粒瓜子给她，望着她粉颊，咶地笑道：

"李小姐，你还记得三年前这么一回事吗？"

李茜珠听了，猛可记得那年自己在校园中散步，手里还拿了一袋瓜子吃，忽见秋航匆匆奔来了，要问自己讨西瓜子吃，因为是玩惯的，所以自己只给他吃了粒瓜子，便咯咯地笑着回身逃了，不料一不小心，却被石子绊住，跌了一跤，秋航走上来抱着自己的身子，曾笑着给自己抚摸……这一幕情景宛然犹在眼前，想不到已经三年了。现在被秋航这样一问，那两颊就红晕得娇艳，瞅他一眼，忍不住嫣然笑起来。秋航这才把一把瓜子又放下去，李茜珠接了，说声谢谢，拿了一粒，放到牙齿上去嗑了。狄老太对于李小姐和秋航亲热的情形，这在三四年前是常见惯的，不过现在隔别了三年，李小姐完全已由孩童时代转入到姑娘的阶段，彼此当然要生疏得多了，不过人家会来望我们，显然心里还记得我们的，遂也问问她的爸妈好，现在哪儿读书，絮絮地问了一会儿。李茜珠当然也小心地回答着，忽然她又去瞧那白金手表，已经是两点光景了，遂回眸瞟他一眼，很着急地说道：

"已经两点了，你怎么还不去呀？"

狄秋航当母亲和李茜珠在谈话的时候，他却呆呆地想了一会儿心事。他想的当然是非常得意，因为在自己的身旁已包围了三个美丽的姑娘，这三个姑娘的环境虽然各不相同，但对我的热情却完全一样。那么我的身子是只有一个，究竟给了谁好呢？李茜珠是我从小的同学，三四年前的时候，说也惭愧，曾经抱了她常常闻她的香，她并不恼怒，像羔羊般的柔顺，只逗给了我一个娇嗔，不过那时候她确实还只有一个十三岁的小孩子，但现在她见了我，依旧是柔情蜜意地对待我，显然她仍是爱着我，假使我不接受她的爱，叫我心中怎能对得她住？那个陆丁香她虽然是个咖啡店里的茶花，但这咖啡店是她姑爸开的，同时她的本身也是个中学生，绝不像普通茶花那么低微，虽然我和她只有三次的见面，但她和我的母亲感情实在不坏，曾经为我的停职也使她淌过泪，这是母亲亲眼目睹的事，从这一点看来，她那一颗芳心确实也爱上了我，假使我不接受她的爱，我又如何能够对得住她？不过这位白豆蔻小姐，确实是我心里久已爱慕的姑娘，今日她居然也很热情地对待我，自从两人合奏合唱了以后，觉得白小姐真是我理想中志同道合的伴侣，我又如何能舍得她？狄秋航心里既然是一个也舍不得，自然反而感到痛苦起来，一时把李茜珠对他问的话却一些也没有理会到。狄老太笑喊道：

"秋航，你怎么啦？李小姐和你说话，没听见吗？"

狄秋航这才理会过来，立刻抬起头，望着李茜珠笑道：

"李小姐和我说什么话？"

李茜珠见他这个模样，心里倒觉得好笑，转着眼珠瞟他一下，说道：

"我说已经两点钟了，你为什么还不走呀？"

狄老太也记得了，说道：

"昨夜你不是说今天还要到维纳斯去接洽吗？"

狄秋航笑着站起身子，点头笑道：

"那么我走了，李小姐多坐一会儿，真是抱歉得很！"

李茜珠也跟着站起，两手摸着桌沿，瞟他一眼，笑道：

"那有什么抱歉？你这就太客气了。那么你回头还要回家来吗？"

狄秋航已是披上了大衣，沉吟了一会儿，说道：

"也许回来的，不过李小姐只管夜饭吃了走。"

茜珠知道他是不会回来了，遂笑着点点头。狄秋航招了一下手，身子已是奔下楼去了。

狄秋航坐车到三友小筑，找到了十五号，便按了按电铃。这时候林英齐巧送小姐和樊宝之走后，在楼上打扫，忽听有人叫门，于是便急急走下来开门，一见狄秋航，倒是一个挺英俊的少年，遂问道：

"你找哪一家？"

狄秋航含笑说道：

"请问这儿可不是白豆蔻小姐府上？"

林英听他说出小姐的名字，遂点了点头，说道：

"不错，你这位先生贵姓？找我家小姐有什么事吗？"

秋航忙在袋内摸出一张名片，递给她，笑道：

"你和小姐去说，狄秋航来拜望她了。"

林英接了名片，请他进内，关上大门。狄秋航跟她到里面，林英这才笑道：

"狄先生，你请等一会儿，我家小姐就要回来的。"

狄秋航听了，"哦"了一声，身子便在沙发上坐下了，心里可就暗想：这倒奇怪了，她叫我到她家里来，怎么自己倒反而走出去了？林英已端上一杯咖啡茶，并送上一支烟卷，便匆匆地自管走开了。狄秋航燃了火，吸了一口烟，心中以为白小姐自己不在家，那仆妇一定会通知她的家属来招待我了。谁知直等一支烟卷吸完，既不见白小姐的家属下来，连那仆妇的影儿也不见了，一时心里真感到十分的稀奇和不悦，暗想：那似乎太慢客了，叫我一个人呆呆地坐着这算什么意思？偶然回眸，又见桌上点着香烛，心里又觉得不懂，这是怎么一回事？难道白小姐今天生日吗？既然是白小姐生日，家里一定很热情，而且白小姐自己本身也不会出去呀。就在这时，林英又端了一碗汤团出来，放在桌上，向秋航说道：

"狄先生，你等得厌烦了吗？小姐这人真奇怪，她说一会儿就回家的，怎的直到此刻还不来？"

狄秋航见她端点心出来，觉得这样招待也不能算慢客，但是她既然约我到来，如何自己反而出去？那到底太不应该了。遂皱了眉头，看了看表，已经是三点零五分了，便问道：

"白小姐几点钟出去的？她是到哪儿去的，你可知道吗？"

林英暗想：小姐是弄假成真不得已走出去的，哪里有什么事情吗？一时倒叫自己回答不出，呆住了一会儿，说道：

"到什么地方去我倒不知道，但她曾经说就回来的，狄先生找小姐，不知有什么贵干？"

狄秋航听她这样问，同样地愕住了一会子，说道：

"也没有什么事情，不过今天我到来，是你小姐再三叮嘱我来的。"

林英听他这样说，暗想：那么小姐刚才为什么没有关照我呢？难道小姐忘记了吗？不禁"哦"了一声，说道：

"原来是小姐约好狄先生今天来的，那小姐也太糊涂了，我想大概就要回来了。狄先生，你且先吃了这点心吧。"

狄秋航虽然有些不乐意，但人家说话很客气，自己当然不能显出恼恨的样子，遂笑道：

"我不饿，你太客气了。"

林英也笑道：

"坐着也厌气的，狄先生就稍为用些吧。"

狄秋航这就不得不站起身子，坐到桌子旁去，望着林英问道：

"白小姐的爸妈也不在家吗？"

林英听他这样问，心里也很奇怪，狄先生连小姐的爸妈有没有都不明白，显然还是个很生疏的朋友，那么小姐怎么会叫他到家里来呢？不过仔细一想，狄先生是个这样美貌风流的少年呀，我小姐怎么会不和他发生感情吗？于是忙笑道：

"狄先生，我小姐爸妈是九年前都死了，从小跟叔父在南洋，后来叔父也死了，我们才回祖国来，所以在家里是只有我们主仆两个人。"

狄秋航听了这话，方才恍然大悟，觉得刚才自己怪人家慢客，倒是误会了，遂又问道：

"白小姐是哪儿人？她爸妈怎么死的？"

林英叹了一口气，说道：

"小姐原是沈阳人，那年来了大批强盗，杀人放火，老爷为了抵抗而殉难了，太太半途中流弹而死了，只有我们一同逃到南洋。"

狄秋航猛可想起，白豆蔻表演难民的情形入木三分，暗想：原来白小姐的身世堪怜，无怪那夜又歌《钗头凤》哀怨之曲。一时更加同情，不禁低下头来，呆了一会儿。林英见他并不吃汤团，但管出神，觉得狄先生和小姐虽然是初交，但彼此一定是很倾心的。对了，所以樊老爷请小姐瞧戏，她推托身子懒懒的，后来又见樊老爷不走，便故意叫我说个谎，不料这老甲鱼偏讨好，一定要送小姐出去，小姐弄假成真，自然只好走了。不过她跳下汽车后，此刻也该回来了，难道又遇见了什么人了吗？两人只管呆呆地想心事，室中当然是十分寂静。狄秋航觉得自己这个意态，也许会使人好笑，于是立刻拿起银匙，舀了团子吃了几个。林英忙又到厨下去端脸水，拧手巾给他擦脸。狄秋航见表已三点四十分了，白豆蔻还没回来，遂说道：

"我想白小姐大概不会回来了吧。我走了，回头请你告诉一声。"

林英忙道：

"狄先生，假使你没有什么事，不妨再等会儿，因为我晓得小姐的脾气，和人家约好了的事情，她是绝不肯失信的。"

狄秋航听了这就沉吟了一会儿，又在沙发上坐了下来，望着那闪烁的烛火，忍不住开口又问道：

"今天你家有什么事？可是你小姐的生日吗？"

林英笑道：

"是的，所以我想小姐既约你今天来，她一定是请你吃饭的。我想她在外面一定遇到了什么朋友，所以脱身不得，但晚饭无论如何回来吃的，所以狄先生还是再等会儿。"

狄秋航听了这话，心里倒是荡漾了一下，暗想：白小姐别人一个不请，单请我来吃夜饭，这她是待我多么知心，但是所奇怪的，她为什么下午要出去呢？因此在喜悦之中，不免又掺和了一些烦恼。林英怕他寂寞，去拿几本杂志给他瞧着解闷。这样直等到六点敲过，室中已亮了灯火，还不见白豆蔻回来。狄秋航觉得自己太痴了，于是站起来，忍不住自己也好笑道：

"我走了，我走了，白小姐绝不会再回来了。"

林英到此虽然要想再替小姐辩护几句，可是已经无话可说，但这似乎太对不住人家了，和人家简直在开玩笑，那岂不叫人心里着恼吗？遂说道：

"狄先生既然已等到这时候了，那么也不管小姐回来不回来，就这儿吃饭了吧，反正菜是都备着。"

狄秋航听了，心里暗想：那成什么话？主人不在家，客人一个人吃饭，那简直反客为主了，岂不是一件大笑话吗？遂笑道：

"不，我明天再来吧。"

说着话，身子已跨出门外去。林英也觉得这断断没有这个理由，于是抢着出去开门，只见天空已经漆黑了，一轮光圆的明月当空而照，倒是挺大的，便叮嘱道：

"那么狄先生明天准定来吧。"

狄秋航点点头，便很快地步出三友小筑去了。等狄秋航走出不到两个钟点，白豆蔻方才急急地赶到，一听林英对自己这样说，那一颗芳心是跳跃得厉害，忙问道：

200

"那么他……现在还等着吗？"

林英笑道：

"人家可不是痴子，难道就一直等到明天不成？"

说着话，两人已走到室中。白豆蔻见那对红烛已经是矮得只有五寸长了，但火光犹融融地闪烁着，遂回头又道：

"他几点钟走的？"

林英笑道：

"直到六点敲过，你想，他的耐心也好了。"

白豆蔻又道：

"那么你不留他吃饭吗？"

林英道：

"怎么不留他？但人家一个人怎好意思吃饭呢？小姐，你在什么地方？既然约好了人家，干吗不早些回家？"

这时，白豆蔻心中的难受，她真的淌下泪来，深深地叹了一口气，却是懒懒地坐到沙发上去。林英见小姐这情景，哪里还有不明白的道理，遂安慰她道：

"好在他并没生气，明天还会来的。"

白豆蔻听了，立刻抬头问道：

"你这话可真？"

林英道：

"是狄先生自己说的，怎么不真？"

白豆蔻手背擦了一下眼皮，又道：

"你给他吃过点心没有？"

林英点了点头，说道：

"给他吃过了，小姐，你饭可曾用过？"

白豆蔻这才把自己下午的经过事情向林英告诉一遍，顿脚恨道：

"你想，这叫我怎么好呢？"

林英见小姐红了两颊，又欲盈盈泪下的神气，遂说道：

"小姐，事既如此，难过又有什么用？反正狄先生明天还要来的。"

白豆蔻叹息了一会儿，因时已八点二十分了，于是急急地又赶到皇宫剧院里去。

狄秋航做梦也想不到乘兴而来，却会败兴而返，踏着清辉的月色，想着白豆蔻会失约，觉得到底是个红极一时的歌后脾气，未免使自己有些失望。想到这里，仰天深深地叹了一口气，夜风吹在身上，也会感到有些凄凉。坐车急急到维纳斯咖啡馆，因为还只有六点二十分，牛小狮等还没有到，白天里的一班乐队也很起劲地演奏着。当秋航一脚步进场内，瞥眼就见西首一张圆桌旁坐着一个女郎，她的明眸不时地向外望，似乎在等人模样，一见了秋航，便含笑站起，招了招手，还未说话，却已奔上来了。秋航对于她会等在这儿，也是觉得梦想不到的事情，一时在万分失望之余，也不禁为之展颜微笑，立刻迎了上去。

第十六回

代子忧虑回肠百折
似曾相识疑窦万千

陆丁香自从得知了狄秋航被解职的消息，这夜躺在床上哪里还能睡得着？一会儿向左躺，一会儿又向右睡，总觉得十二分不舒服，心中暗想：像狄先生那样的少年，照理是绝不会去荒唐的，但是行里明明说，狄先生因为每天跑跳舞场，所以才开除的。我想这话是不准确的，因为狄先生第一次到这里来吃咖啡，三个朋友只吃了一元钱，显然他是很做人家的少年，怎么会到舞场里去浪费金钱吗？但是一个人说不定的，外表看来很朴实，内心也许很奢华。假使狄先生真的在跑跳舞场，把金钱浪费，以至于生意歇掉，那是多么可惜啊！想到这里，为秋航的前途着想，倒代为担忧起来。一会儿又想：据行中所说，他在昨天就开除了，那么昨夜我也在他的家里，他回来也九点多了，说朋友请他吃饭这一句话定然是假的了。当然，狄先生受了失业的刺激，他便在外面买醉了。昨夜他内心一定是非常痛苦，所以连他母亲也瞒过在内了，那么他既被开除了，今天早晨走出后又在什么地方呢？不要因失业的伤心，而起了厌世之念了吗？陆丁香想到这里，眼前立刻展现了恐怖的一幕。这是黄浦江的旁边，仿佛狄秋航在来去地徘徊，他脸上是笼罩了愁容，望着茫茫的浦江，不住地叹着气，但结果他似乎要跳下去了……陆丁香幻想到这里，情不自禁地两手抱住了被，"啊哟"一声叫起来。经这一声叫喊，方才把她又从幻想中清醒过来，但一颗芳心兀是别别地乱跳，想着我回家时已经十点多了，狄先生却仍没有回来，万一他真的在自寻短见，这……这……如何是好呢？陆丁香心中有了这一个忧虑，也不知打哪儿来的一股子悲酸，眼皮一红，忍不住默默地淌下泪来。但仔细一想，觉得像狄先生这样有作为的青年，他绝不会去转自杀的念头，因为自杀是世界上最最懦弱人的表示，狄先生是勇敢的、是果决的，想不会受了这一些刺激就去步入灭亡的道路。我猜他一定在朋友那儿托生意，环境虽恶，我相信他是有奋斗的精神。陆丁香胡思乱想地忖了一会儿，暗暗地又祷告了一会儿，这才沉沉地入梦乡去了。

次日起来，照丁香的意思，最好立刻到鸿怡坊去问一问秋航昨夜到底可曾回来，但是早晨营业偏特别好，丁香却是抽身不得，因此也只有心里记挂而已。九点钟的时候，李麒俊匆匆地又来了，丁香因为他向自己招手，当然不能不走过去。李麒俊望着她笑道：

"陆小姐，谢谢你，给我拿杯咖啡好不好？"

这话就问得滑稽，丁香忍不住嫣然一笑，便回身下去了。不多一会儿，便端上一杯咖啡来，放到桌上。李麒俊笑道：

"陆小姐，我已知道你的芳名，可不是叫丁香吗？"

陆丁香凝眸含颦地说道：

"你怎么知道的？"

李麒俊笑道：

"因为我非常地羡慕你，所以给我探听出来的。陆小姐，我说句冒昧的话，很愿意和你做一个朋友，不知道你心里可喜欢有像我这么一个朋友吗？"

陆丁香微微地一笑，雪白的牙齿微咬着嘴唇皮子，沉吟了一会儿，说道：

"怕高攀不上。"

李麟俊忙笑道：

"陆小姐，你这话太客气，我假使能够有你这么美丽一个姑娘做朋友，就是割脱了我的脑袋也乐意哩！"

陆丁香听他这样说，暗想：亏你是个大学生，说出这一种丢脸的话，真是失了你自己的人格。心里虽然这样想，但表面上却是依然含了娇憨的微笑，并不作答。那时，又有客人进来，陆丁香趁此便走开去招待别人了。李麒俊既然不是爱克司光，当然不晓得丁香的心里是在看轻自己，他以为陆丁香满脸的笑容一定是很快乐，虽然没有表示什么意思，但从她这喜悦的神情上看来，显然她是已经默许了。既然她已承认我是她的朋友，那么将来就可作更进一步的追求，先请她看影戏，或者约她到公园里去散步，这样一步一步地做去，时机一成熟，就可以撩拨她的情思。我想一个青春期的处女，内心当然有蕴藏着火样的热情，有我这么一个有钱有貌的大学生追求她，还怕她不爱上我吗？因为丁香姑娘是太美丽、太可爱了，所以我倒也不忍存着玩过抛了的心思，假使她能答应我的要求，我一定在外面租小房子，组织小公馆，作为藏娇之所，反正父亲给我三千元一月零用，那难道还愁不够开支吗？李麒俊想到得意地方，他独个儿忍不住会笑起来。因为从家里出来，已经吃过牛奶、饼干，此刻喝了一杯咖啡，已有些勉强，若再要吃什么西点，肚子里无论如何受不住。不过单喝一杯咖啡是不能显出自己的阔绰，于是他又向陆丁香招手，陆丁香心里虽然不愿意，但既然处身在做女侍者的地位，当然不能不走过来，问道：

"你可还要吃些什么？"

李麒俊笑了一笑，很柔和地道：

"陆小姐，我们既然认作了朋友，那么我当然要告诉你一个姓名，我叫作李麒俊，是在新华大学里读书，爸爸是大中银行的总裁。"

陆丁香听他一个人自言自语，心里真是又好气又好笑，暗想这人的脸皮也够厚了，便道：

"那么你预备还要吃什么呢？因为小店人手短少，我不能老和你一个人说话呀。"

李麒俊被她碰了这一个钉子，两颊倒是微微地一红，但仔细一想，人家是一个咖啡店里的伙计，若站着只管和食客说话，不做事情，那不是要被老板责骂了吗？因此反赔了笑脸，点了点头，说道：

"陆小姐，你这话不错，不过几时我想请你到外面去谈谈，不知你能够答应我吗？"

陆丁香因为被他缠不过，便笑道：

"好的，看有空闲的时间，我一定可以答应你。"

李麒俊听了这话，心里荡漾了一下，又追问道：

"那么你什么时候有空呢？明天是星期日，你下午请半天假好不好？"

陆丁香被他有些缠得不耐烦了，紧蹙了眉尖，说道：

"明天星期日更是忙极了，还能请得出假吗？将来有机会，我自然会关照你的。"

李麒俊见她脸含嗔意，一时吓得不敢再说，生恐事情弄僵，觉得欲速则不达这句话是不会错的，于是连连点了一下头，伸手在袋内摸出一元钱的钞票，放在桌上，向陆丁香说声回头见，便挟了书本匆匆地走了。陆丁香暗自冷笑了一声，便把钞票拿着，意欲进去付账，只见赵莲蓉含笑走过来，说道：

"这位姓李的少年用些钱真爽气，大概是个富家的子弟吧？丁香妹，他对你似乎很有意思，你倒不能放松他呢。"

陆丁香素来是个重情面的人，听她这话，虽然有些怒意，但表面上总不肯得罪人，所以只说了一句你别胡说，便拿了咖啡杯子走到里面去了。直到下午三点钟的时候，食客方才少了一些，陆丁香这就再忍不住了，于是她便匆匆地走到楼上，向姑妈说道：

"此刻没有事，我想到同学家里去一次。"

关老太觉得这几天丁香时常要到外面去，没有像以前那样定心，虽然这三年来也够她辛苦了，到外面去玩玩也是应该的事情，假使真的在同学家里游玩倒也罢了，单怕孩子年龄到了青春期间，便要在外面谈情说爱，对方是正当的少年，这也未始不是一件好事，所忧虑的，现在社会太万恶了，往往有许多身穿西服很漂亮的青年，表面看来很像是富家的子弟，而实际上却是一班拆白党，所以一班不懂世故人情的姑娘就有上圈套的危险。关老太心里既然有了这么一个感觉，所以沉吟了一会儿，向陆丁香脸凝望了良久，说道：

"现在时势不大太平，晚上要早些回来，免得我在家里心中记挂。"

陆丁香转着眸珠，频频点了一下头，笑道：

"姑妈，你放心，我自理会得。"

说了这两句话，便一跳一跳很快乐地走进自己卧房里去了，对镜梳了一个妆，换了一件朱色条子花呢的旗袍，披上了那件天蓝呢的大衣，便急匆匆地到秋航家里去了。

陆丁香当走进鸿怡坊的时候，她那一颗芳心是别别地跳得厉害，暗想：狄先生昨夜不知道可曾回来？但愿他平平安安地没有什么事情吧。她低了头只管虔心地祝祷着，当然是再不会去注意旁的了。因了没有注意，所以竟和人家撞了一个满怀，大概来人也在想心事，彼此冷不防地一撞，大家都"啊哟"了一声，急忙停止了步，陆丁香定睛一望，却是个挺美丽的姑娘。诸位，你道这人是谁？原来是正从狄秋航家里走出来的李茜珠小姐。当时茜珠见了丁香，也暗说好个模样儿的少女，两人心中既然有了一个美感，这就不约而同地嫣然一笑，各人道了一声对不起，方又匆匆点头走开了。陆丁香似乎被她撞痛了胸口，伸手抚摸了一下，三脚两步地走进十八号大门，急急地奔到楼上厢房，只见狄老太正在扫地，地板上散了许多瓜子皮和糖果纸，仿佛已经有客人来过了似的，遂先开口问道：

"伯母，昨夜狄先生可曾回来啦？"

狄老太急忙抬头一望，见是陆丁香，便满脸堆笑地说道：

"回来的，回来的，陆小姐，真对不起你，倒叫你跑来跑去地操心，你请坐，我详详细细地告诉你吧。"

陆丁香见她脸上浮着很欣慰的笑容，和昨夜得知了解职后的愁苦脸大大不相同，心里这才也放下一块大石，掀起酒窝儿在桌旁坐下。这时，狄老太把扫帚畚箕放到壁角里去，亲自又倒上了一杯香茗，然后拍了拍身怀上的灰尘，在陆丁香的对面坐下，还没说话先叹了一口气，摇了摇头，说道：

"有钱的人真是黑良心，既然把人家解职了，还要破坏人家的名誉，你想，人心是多么势利啊！"

陆丁香原是个聪敏的姑娘，她听狄老太这样说，心里早已明白了八分，立刻扬着眉，掀起了酒窝儿，笑道：

"伯母，我早就知道一定是冤枉的，像狄先生这样好的青年，他肯到跳舞场里去荒唐吗？"

也许是太兴奋了的缘故，所以丁香是这样直嚷出来。但既然说出了口，倒又害起难为情来，觉得在一个男朋友的母亲面前，就这样不避嫌疑地赞美她的儿子，那自己到底是个年轻的姑娘呢。想到这里，两颊立刻会添上了一圈娇红，但狄老太却并没理会到这许多，她只觉得丁香的话是正合着自己的意思，便连连地点头，因为她也知道自己的儿子绝不是个随俗浮沉的青年。陆丁香为了避免自己的不好意思，所以又急急地问道：

"伯母，那么到底为了什么事情才解职的呢？无缘无故地停人家生意，那真是可恶极了。"

狄老太的心里自己也有些奇怪，陆小姐和李小姐同样是秋航的同学，李小姐在三四年前自己还是常常见面的人，但是现在自己的心里好像对于陆小姐是亲热得多，对于李小姐虽然也很亲热，但似乎又生疏了一些。譬如拿秋航解职的一件事来说，在李小姐面前，好像有些不好意思告诉出来，但在陆小姐的面前，自己却又会很想急于要告诉一些给她知道似的，所以她听丁香这样问，便笑嘻嘻地从头告诉道：

"秋航他没有在青海中学毕业，他是音乐专科学校毕业的，平日对于音乐是感到十分的兴趣，所以在公事完毕的时候，他常常作华尔兹的乐曲。照理，只要不误公事，空闲的时候做些私事，那对于行中也没有多大的损害。不料那天被主任先生发觉了，认为这事情有犯行规，并且说他性嗜音乐，定在外面舞场胡调，将来难免有侵占公款之事发生，所以开除的。你想，这事情气人不气人？"

狄老太一口气说到这里，也许有些性急的缘故，因此便连连咳嗽起来。陆丁香到此方才明白狄秋航的本身实在是个青年音乐家，心里更加欢喜，遂把昨夜的一些忧虑都抛到九霄云外去了，一面把自己面前那杯还没有喝过的香茗拿过去，一面笑着说道：

"伯母，你快喝口茶，那么秋航现在又到哪儿去了？"

陆丁香随了狄老太的口吻，竟也喊了一声秋航，猛可又理会这怎么可以，一时又羞涩得两颊绯红，真感到万分不好意思。其实狄老太自己真咳得要命，哪里还会去仔细这些吗？她一面咳嗽，一面又把那杯茶移过来，自己伸手拿热水瓶预备再倒一杯。陆丁香急道：

"这杯不是一样吗？我向来不爱喝茶，伯母，你只管喝吧。"

狄老太因为咳得实在太厉害，今见丁香把那杯茶又递了过来，遂也不再客气，拿着凑在嘴边喝了一口，又把手帕拭着眼睛，向丁香望了一眼，说道：

"陆小姐，你听着，秋航既被开除了，他倒并不是为失业而忧愁，他怕我知道这消息心里要难受，所以他不敢告诉出来。昨天早晨起身，依然装作没事一般地出去办公，其实他是在同学那儿。说也凑巧，那同学正组织了一个乐队，要秋航做领导，并说当夜已接洽好在维纳斯咖啡馆内演奏，秋航当然很欢喜，遂立刻答应。也许是天意吧，馆主人竟认为十分满意，准定以两千元一月聘请他们演奏，他此刻是正到维纳斯去接洽一切呢。"

因为这是一件喜欢的事，所以狄老太虽然说得很急，但却没有咳嗽，满脸依然堆着很欣慰的笑容。陆丁香听秋航昨天又得到了职业，同时这职业对于他的个性志愿正十分地切合，因此心里真代为快乐得了不得，掀起笑窝儿，说道：

"这真所谓塞翁失马，安知非福了。伯母，狄先生现在是步入了他正轨的道路，前途一定有光明的希望。"

狄老太听她这样说，那张瘪嘴也笑得合不拢来，说道：

"但愿应了陆小姐的话，那真叫我感激哩！陆小姐，昨夜你回家是很迟了吧？累你夜饭也没有好好儿地吃，我心里真担着抱歉！"

陆丁香摇了摇头，一撩眼皮，笑道：

"这有什么抱歉呢？昨天得知这样不幸的消息，就是漠不相关的人吧，听见了心里也难受，何况我们是同学呢？像今天听了这消息，就会叫人心里高兴。"

狄老太听她说到这里，真会咮咮地笑起来，这就可见她内心确实是这份儿的快乐了。她为什么要难受？是为了秋航的失业。她为什么要高兴？又是为了秋航前途有光明的希望。她为什么要这样地关心？明白地说一句，她是因为爱上了秋航。那么秋航有了这么一个好的妻子，我也有了这么一个好媳妇。狄老太心里既然这样思忖着，因此望着陆丁香的粉颊也得意地笑起来。丁香不知为什么，总觉有些心虚，她见狄老太望着自己笑，这就想到自己这两句话不知有没有太显亲热了，否则狄老太何必目不转睛地望着自己笑？因此觉得她这笑至少是含有些神秘的意思，心里一阵热燥，那两颊又浮现了一朵桃花，但立刻又眸珠一转，含笑问道：

"伯母，狄先生等会儿还要回来吗？"

狄老太道：

"今夜要十二点后才可回来呢。因为他们这班乐队演奏时间是七时至十二时，以后天天这个样子。"

丁香点头道：

"那倒好，白天不是可以全休息了吗？"

狄老太笑道：

"可不是？陆小姐，你坐会儿，我制些点心你吃。"

陆丁香站起来道：

"伯母，你别忙，我坐会儿就走的。午饭还在喉咙口，哪儿就吃得下点心吗？"

狄老太道：

"已经三点半了，慢慢做起来，也就差不多了。"

说着，把火油炉子燃着了，先炖了一些开水，一面在坛里摸出几条年糕，拿刀一片一片地切了，回头又望着丁香问道：

"陆小姐，你喜欢甜的还是咸的？"

陆丁香站在旁边瞧着她切年糕，似乎在想什么心事，听她这样问，便醒过来似的笑道：

"我来一次，总叫伯母忙一次，那我心里可有些不安。"

狄老太笑道：

"这也忙不了什么，又不是特地去买起来，家里现成放着的东西，再便当也没有的了。因为陆小姐像自己人一样，所以我才给你吃些粗点心，不然，我也不好意思拿出来。"

狄老太说的原属无心，但听进有意人的耳中，那一颗芳心真是甜蜜无比，暗想：狄老太把我当作自己人一样，这句话当然是含有深刻的意思，那么简单地说一句，我将来恐怕是要和她做一家人了……想到这里，自己也有些不好意思再想下去，两颊是更加红得可爱了。狄老太似乎不明白她脸红的原因，沉思了一会儿，猛可想到自己这几句话未免说得太实心眼儿一些，无怪陆小姐听了要不好意思起来，遂忙又打岔道：

"陆小姐，甜的好不好？放些桂花，香喷喷的倒还可以尝尝。"

陆丁香这才也点头笑道：

"好的，反正我厚了脸皮也不客气了。"

狄老太把铜勺子拎下，又在火油炉子上放了铁锅子，倒了花生油，待油熟了，便放下年糕，然后摆了白糖和桂花，大约经过半个钟点的时间，方才盛出一盘来。狄老太又去抽出两副筷子，两人便坐着吃了。因为各人的心里都是非常欢喜，所以觉得那盘年糕也是特别美味。吃好了年糕，狄老太又把炖热了的水倒在面盆内，放在梳妆台上，也许她知道女孩儿家的心理，所以回眸望了丁香一眼，笑道：

"陆小姐，你自己来洗脸，雪花膏放在这儿，我家没有年轻的姑娘，就没备着香粉和胭脂盒儿。"

陆丁香微红了脸，道了一声谢，说道：

"对于胭脂，我也不常用的。"

狄老太听她这样说，便又望她一眼，似乎在瞧她的颊上到底可有涂着胭脂。只见丁香的颊是白里透红，虽然她生成有那种青春的颜色，但仔细瞧来，她至少是曾经涂过一层胭脂的，这就忍不住又抿嘴笑起来。陆丁香这回并不理会，自管洗她的脸，待她理过了妆后，回身转来的时候，狄老太又泡了两杯清茶，两人坐下来又闲谈了一会儿。时候已经五点多了，陆丁香于是起身告别。狄老太道：

"一会儿就好吃晚饭了，你忙什么？"

陆丁香已是披上了大衣，两手拢了拢披在她后脑的长发，笑道：

"过两天再来吃吧。"

狄老太因为人家已穿上大衣，遂也不便强留，只叫她时常来玩，陆丁香遂点头下楼去了。

陆丁香匆匆走出了鸿怡坊，抬头见天空已笼罩了一层薄暮，斜阳已挂在街树的梢头，几只小鸟儿叽喳叽喳地从空中掠过，显然黄昏已降临了大地。丁香这时一颗芳心虽然是充满了甜蜜，但觉得两次都没有碰见秋航的面，这总感到有些缺憾，一时想着今夜他既然在维纳斯内演奏，我何不到那面去见他呢？想定主意，遂不回家里去，坐车就急急到维纳斯咖啡馆去了。陆丁香到维纳斯，见食客也颇稀少，侍者招待入座，问吃什么，陆丁香道：

"你先拿杯咖啡，回头再说吧。"

侍者答应下去，丁香见手表上的时针还只有六点钟，台上那班乐队是菲律宾人孙乔斯领导，想来秋航还没有来吧。陆丁香这样想着，一面回眸只管向门口望。约莫过了二十分钟，丁香的明眸突然发觉门外走进一个西服少年，定睛一瞧，不是秋航是谁？心里这一喜欢，仿佛得了什么珍宝一样，掀着笑窝儿，立刻奔了过去。狄秋航从白豆蔻家里出来，满心是充了失望的烦恼，懒洋洋地踱进了维纳斯咖啡馆内，骤然见陆丁香会等在里面，这也是梦想不到的事情，因此满脸愁容又堆了笑意，立刻也迎了上来。陆丁香早已先伸过纤手来，狄秋航这就大胆地把她握住了，因为两人握手还只有今天第一次，心里当然是格外地兴奋。秋航笑道：

"陆小姐，你怎么知道我在这儿演奏呀？"

陆丁香乌圆眸珠在长睫毛里滴溜圆地一转，掀起了酒窝儿，却又把小嘴噘了一噘，说道：

"那夜分手的时候，你原说明天就来的，但是你一次没有来，我到你家里倒又去了两次哩。"

狄秋航瞧她这意态，显然还在和自己生气不到她那儿去，这就忍不住笑道：

"昨夜母亲早已告诉过我了，我就料到你今天还要来我家，所以我也不来了。陆小姐，母亲说你为我开除了难过得哭了，这话可真的吗？"

丁香听他这样说，却逗给了他一个娇嗔，抿嘴儿嫣然笑了。忽然又埋怨他道：

"狄先生，不是我说你不好，歇生意要什么紧，干吗不告诉出来？昨天我和你妈直等到十点多钟还不见你回来，真叫人心里焦急，我昨天就一夜没好好儿睡，只为你担着心事。"

狄秋航听了，心里真感激得不得，紧紧地把她手摇撼了一阵，笑道：

"我晓得你一定为我醉生梦死而担心吧？"

丁香红了两颊，瞟他一眼，很快地说道：

"不，这倒并不，我听行中说你跑跳舞场胡调，当时我就有些不相信。"

狄秋航听她这样说，乐得耸着肩膀，笑道：

"你怎就知道我不会胡调？难道你就晓得我是个好人？"

陆丁香的两颊愈红晕了，秋波含了无限的柔情蜜意，脉脉地凝视着他好一会儿，忽然点头"哎"了一声，便别转脸哧哧地笑了，这种娇憨的神情，真叫人感到她的可爱。狄秋航因为在白豆蔻那儿受到了一些失望，当然对于这位丁香小姐更有了一个深刻的印象，遂拉了她手，笑道：

"我们坐会儿，陆小姐还没有吃过晚饭吧？"

丁香方又回眸过来笑了笑，于是两人步到桌旁坐下来。侍者认识秋航是本馆夜班乐队的领导者，遂也送上一杯咖啡茶。秋航道：

"你拿两客大餐来。"

侍者答应下去，秋航向丁香粉颊凝望了一会儿，笑道：

"刚才你到过我家吗？母亲和你说些什么？"

丁香握着咖啡杯，微微地喝了一口，说道：

"伯母把详细的情形都告诉了我，我这才明白所以开除的真相。资本家真是个可恶的坏蛋，既把人家生意歇了，还要破坏人家的名誉，真是自私自利的东西，你说是不是？"

狄秋航见她鼓起了小嘴儿，好像愤愤不平的样子，遂点头笑了笑，说道：

"人心总是势利的多，但我的运气还算不错，本来失业是一件痛苦的事，如今反而使我走入了比较先前还要好的境地，这真也是一件令人意想不到的事情。"

丁香笑道：

"可不是这样说吗？所以那就叫人心里喜欢。"

说到这里，又觉很难为情，红了两脸，瞟他一眼，微微笑了。这时，侍者把西餐一道一道地送上。两人相对吃饭，那也还是第一次，丁香的一颗芳心只觉得甜蜜无比，她那玫瑰花儿般的两颊，这个深深的酒窝儿，也就始终没有平复的时候了。正在这个当儿，忽然背后有人哈哈笑道：

　　"老狄，老狄，你吃得好适意啊！"

　　秋航回眸一瞧，原来卢虎、牛小狮等十个人到了，遂忙笑问道：

　　"你们可曾吃过饭？"

　　大家点头说吃过了。卢虎和牛小狮见丁香的脸好生面熟，似乎在哪里瞧见过，因此呆望她出了一会子神。狄秋航笑道：

　　"你们忘记了吗？这位就是那天在可可咖啡店里见过面的陆丁香小姐。"

　　说着，又向丁香笑道：

　　"陆小姐对于这两个'东方劳来哈台'也许还认识吧？"

　　说时，遂把众人一一介绍了。丁香站起身子，听秋航这样说，遂弯了腰打了一个全体招呼，同时又抿嘴儿笑起来。卢虎"哦哦"响了两声，说道：

　　"对……对了，这位就是陆小姐……我们多天没有见了，你一向好？我和小狮不过一个胖些一个瘦些，老狄就瞎取笑人家。陆小姐，你说这人该罚不该罚？"

　　丁香瞟了秋航一眼，并不作答，抿了嘴儿却只管哧哧地笑，于是众人都大笑起来。牛小狮道：

　　"你们两位只管坐下来吃，我们不打扰你们了。"

　　说着，便点了点头，和卢虎等都到音乐台前去了。两人这才又坐下来，秋航向丁香望了一眼，笑道：

　　"他们都是我的同学，因为志同道合，所以组织了这个乐队。"

　　丁香笑道：

　　"卢先生和牛先生真有趣，他们那种滑稽的表情，真会叫人发笑。"

吃好了这顿大餐齐巧七点钟，秋航吩咐侍者把账记在自己的名下。丁香要伸手拿钱，却被秋航捏住了，白她一眼，笑道：

"陆小姐，你闹客气，我可不高兴。"

丁香这就含笑罢了。秋航因孙乔斯乐队已下台了，于是便对丁香说道：

"时候到了，我不奉陪你，你就听一会儿音乐再走吧。"

丁香点头答应，笑道：

"我当然要听听你的音乐，那么你快上去吧。"

秋航把她手又握了一握，方才走到音乐台去了。丁香见秋航拿了指挥棒，很兴奋地领导着，觉得奏出的音乐声音与第一班果然有不同的地方，这就觉得秋航和卢虎等确实都是音乐名家，直到今天才露头角，实在是够可惜了。维纳斯咖啡馆内的桌子本来是有大半空着，自秋航接下去演奏后，那食客便陆续地到来。丁香见不到半个钟点，那些桌子早已都挤满了。这时，秋航拿了梵婀玲，面对着台下，奏出一曲非常幽静美妙的华尔兹调子来，满场食客无不听得津津有味，不住地点头。丁香的一颗芳心更是欢喜，秋波脉脉含情地只管向秋航的脸上射过去。秋航的明眸有时也回望了她一眼，四目相接，两人都微微地笑了。等秋航一曲奏完，丁香第一个把纤手合上，噼噼啪啪地拍起来，于是众客的掌声也相继而起。因为是太兴奋了的缘故，所以丁香把两只手心拍得血红，仿佛是涂上了一层胭脂那么鲜丽。就在这时，卢虎站起来，把大喇叭狂吹，秋航把指挥棒一会儿上、一会儿下，台上立刻又奏出一曲十分兴奋狂热的歌曲来。丁香这时的芳心真有说不出的欢喜，暗想：原来狄先生还是一个音乐家，那真是意想不到的事情，这也许是缘分吧，萍水相逢，谁知竟结了生死之交。虽然"生死之交"四字未免说得过分了一些，但我们有这样的亲热举动，到底也不是一件容易的事情吧。陆丁香掀着笑窝儿，正在暗自思忖，忽听侍者在和人说道：

"你来得太晚了，座位一张都没有了呢。"

丁香忙回眸望去，只见一个十八九的姑娘，衣服华贵，颦蹙了蛾眉，明眸只管向满场子里的座桌打量，确实一张空桌子也没有了。她似乎十分懊恼的神气，回眸过来，偶然和丁香望了一个正着，两人的一颗芳心都是一呆，也不知为什么缘故，彼此竟是微微地笑起来了。

第十七回

俏姑娘偏寻根究底
好青年便表迹明心

陆丁香回眸和那姑娘瞧了一个正着，两人不约而同地竟微笑起来。侍者见她们这个情景，仿佛是已经很认识了的，遂说道：

"那就好了，你们就合一张桌子坐吧。"

陆丁香听侍者这样说，心知他是误会我们是朋友了，但那姑娘已很快地脱了大衣，似乎欲和自己招呼的意思，那自己也就不得不站起身子，她立刻伸手过来，很亲热地握了一握，含笑道：

"刚才太对不起你，一定把你撞痛了。"

丁香听她这样说，便也忙笑道：

"那是大家不小心，怎能怪得了你？你太客气了，请坐！请坐！"

随着这句话，两人便在桌边坐下了。诸位当然晓得那姑娘定是李茜珠小姐了，她到这儿做什么来？很明显地还不是为了狄秋航吗？这时，丁香又开口问道：

"你贵姓？"

李茜珠忙答道：

"敝姓李，你这位呢？"

丁香也道：

"敝姓陆……"

正说时，侍者又上来问吃什么。茜珠回眸望了丁香一眼，笑道：

"陆小姐用过了晚饭没有？要不大家叫些吃好吗？"

丁香摇摇手，笑道：

"我来了好一会儿，刚才吃过。"

李茜珠也就不再客气，于是拿笔在纸上点了红烧童子鸡、花旗冷盘、炸牛排、鸡茸汤四道西菜。侍者拿过纸条，又问喝酒吗，李茜珠道：

"拿杯口力沙，先拿盘花旗蜜橘来。"

侍者答应下去，一会儿，侍者先把蜜橘送上。李茜珠对丁香道：

"陆小姐，你请吃些。"

丁香这才知道她拿蜜橘实在是为了自己，觉得李小姐倒是个很漂亮的人，彼此就结交个朋友也好，于是便含笑点头，先拿了一瓣放到她的面前，然后方才自己吃了一瓣。这时，音乐台上的狄秋航回过身子来，又向台下演奏梵婀玲，当他明眸向陆丁香坐着桌子上望来的时候，心里顿时奇怪得了不得，暗想：这人不是李茜珠吗？咦？她们两人如何会认识的呢？因为有了这一个疑问，所以他便很注意两人的行动。不料丁香、茜珠见秋航亲自演奏，四道秋波笑盈盈地都向他脸上射过去。狄秋航这就为难极了，和哪一个笑好呢？幸亏两人是坐在一块儿，自己还要可以做个含糊，因此脉脉地向两人报以微笑。丁香当然不知道秋航一半还是在和茜珠笑，茜珠当然也不晓得秋航一半还在和丁香笑，以为秋航是发觉自己特地赶了来听他的音乐，他的心中一定是万分快乐，所以茜珠一颗芳心也是甜蜜无比。等秋航一曲奏毕，两人的纤掌早又噼噼啪啪响起来。丁香见茜珠这样地兴奋，一时好生奇怪，不过在茜珠的心里，对于丁香这样地兴奋，也有和丁香同样的感觉。两人这就不约而同地回眸过来，相互地望了一眼，经此一望，各人又怕自己和秋航的关系被对方窥破了似的，大家笑了一笑，丁香先说道：

"这班乐队虽然在社会上还没有什么名气，但他们的音乐天才实在与众不同。"

茜珠听了，也说道：

"可不是？陆小姐对于音乐大概很感到兴趣吗？"

丁香微微一笑，说道：

"我很爱听音乐，不过自己却一些也不会。"

茜珠道：

"那你的个性倒很合着我的脾胃。"

丁香瞟她一眼，笑道：

"真的吗？李小姐在哪儿读书？还是在什么地方办事了？"

茜珠道：

"我还在青海中学读书，你呢？"

丁香听她在青海中学读书，心里倒是一动，暗想：她姓李，莫非是……想到这里，便情不自禁地说道：

"我是闲在舍间，李小姐的芳名可不是叫茜珠吗？"

茜珠一听这话，奇怪得目瞪口呆，笑起来道：

"咦？陆小姐，你怎么知道的呀？"

丁香被她这么一问，倒是愣住了一会子，暗想：这叫我如何回答好呢？眸珠一转，便有了主意，笑道：

"哦，我有个同学，她也在青海中学读书，曾经说起校中有同学名李茜珠的，十分用功，算全校最优秀的学生。此刻我听你说也在青海中学读书，而且也是姓李的，我猛可记得了那个同学说的李茜珠，所以便问一声，不料果然是的，那真是巧极了。"

李茜珠也是个聪敏的姑娘，她听丁香这样说，似乎有些不合情理，遂笑盈盈地又追问一句道：

"原来如此，陆小姐那位同学不知叫什么名儿？"

陆丁香这就糟糕了，两颊微微一红，支吾了一会儿，索性撒个谎道：

"她叫朱爱丽。"

李茜珠凝眸含颦地沉思了一会儿，很奇怪地道：

"朱爱丽，我并不认识她，她怎么倒认识我的呢？"

陆丁香两颊愈加红了，但她竭力镇静了态度，眼珠一转，笑道：

"也许不是同级的吧，她还在初中三里，我想李小姐一定是在高中部了。"

茜珠点点头。这时，侍者把西菜送上，李茜珠拿了钢叉，向丁香说声不客气，便自管吃起来。李茜珠吃着菜，陆丁香喝着茶，两人虽然各自喝着吃着，但心中却都在想心事。陆丁香暗想：那天狄老太问我说有个李茜珠也是秋航自小的同学，你认识吗？在狄老太心中当然不晓得我是冒充同学，所以无心问了出来，不过我是有心的，自然把"李茜珠"这三个字记得很牢，不料今天在无意之中果然给我遇见了李茜珠，这就可见茜珠到这儿来，也不是为了狄秋航吗？想到这里，忽然又想刚才和她在鸿怡坊弄内撞见，莫非她也正从秋航家里走出来吗？那当然不会错了，但狄老太告诉我，李茜珠是有三年没走动了，但是照目前情形看来，不但是在走动，而且还十分地亲近。这真令人稀奇，狄老太为什么要瞒骗着我？她所以瞒着我究竟是什么意思呢？难道她怕我吃醋吗？陆丁香这样一想，那颗芳心别别地乱跳，两颊也会热辣辣起来，觉得这个是断然不会的，因为我既不是秋航的未婚妻，又为什么要管束秋航的结交女同学呢？既然没有管束的权力，狄老太有何瞒骗的必要？这不是太奇怪了吗？不过狄老太也许是另具作用，我且不要管她。但以我本身立场上而说，有着李茜珠这么美丽的一个姑娘在中间，那我便也有了一个强硬的情敌。李茜珠心中当然也在暗想：她说有个同学告诉我姓名的话，实在有好多点可疑。第一，那个朱爱丽，我们校中根本没有这个人；第二，假使她是在初中部里的话，对于高中部里的学生未必有这样的详细，那么陆小姐究竟如何晓得呢？在我猜测起来，她和秋航一定也有友谊关系，因为在鸿怡坊里撞见的时候，她不是向十八号内进去吗？天下的事情本来没有这样凑巧，她怎么也会到这儿来吃饭呢？显然陆小姐和秋航的交情也是很深的。我早就料到狄秋航既有三年没有走动，他对于女朋友至少是有一个的，现在果然不错，那我的希望也就减少了一半。两人心里既然这样地忧虑着，各人心中也就十分地不快乐，两人静静地坐着，谁也不说一句话，虽然大家都要想探听探听各人的秘密，但是打从哪儿说起呢？丁香已经肯定这位姑娘便是秋航的同学，不过在李茜珠心中对于陆小姐是否是秋航的朋友，这到底还是一个问题，于是便笑着问道：

"陆小姐，你的芳名是什么？我倒很愿意和你结交一个朋友。"

陆丁香见她抬起头来这样问，便也笑道：

"草字丁香，李小姐肯和我交朋友，那我还有个不情愿吗？只不过我是高攀一些呢。"

李茜珠瞅她一眼，笑道：

"你这话太客气了，我们虽然还是初交，但我觉得陆小姐这人就很可爱。"

丁香当然不晓得她这话是真是假，但人家嘴里既这么说，自然也不得不拿出敷衍的手段，笑道：

"真的，我和你也有同样的感觉，李小姐今年青春多少？"

茜珠道：

"虚度十八，陆小姐呢？"

丁香掀着酒窝儿，笑道：

"这就凑巧了，我和你却是同庚。"

茜珠把手帕抿了一下嘴唇，也笑道：

"真的吗？陆小姐的生日在哪一月里？"

丁香道：

"在七月里，李小姐在哪一个月？"

茜珠笑道：

"我是四月里，这样算来，你还是我的妹妹了。"

说到这里，忽然又扑哧地一笑，说道：

"陆小姐，你怪我说话造次吗？"

丁香见她这种娇媚的神情，心里自然而然地也对她发生了好感，笑道：

"李小姐是很热情可亲的，我生平就喜欢和这一种人交朋友，哪里会见怪你呢？"

茜珠笑了一笑，便低头又吃菜了，待茜珠吃好这顿大餐，时候已经九点半了。丁香生恐姑妈心里记挂，意欲先告别回去，但心里又不肯让茜珠回头和秋航亲热，所以踌躇不决地兀是坐着。不料正在这时，忽然见有一个身穿西服的男子走过来，说道：

"咦咦！原来妹妹和陆小姐是认识的吗？"

两人急忙抬头望去，原来那少年正是李麒俊，茜珠也"咦"了一声，站起来笑道：

"陆小姐哥哥也认识的吗？"

陆丁香想不到李麒俊就是李茜珠的哥哥，因为人家已经在招呼了，当然不得不站起来，含笑点头。李麒俊似乎感到意外的兴奋，堆满了笑容，说道：

"妹妹，你没知道吗？陆小姐是我的好朋友呢。下午四点光景，我又到陆小姐那儿去拜望过，她们回答说出去了，不料陆小姐却和我妹妹在一块儿。"

说着话，三人又坐了下来。茜珠听哥哥这样说，显然他是竭力在追求陆丁香，不过瞧陆丁香的意态，似乎并不十分和哥哥亲热，不过哥哥能够到她那儿去拜望，彼此自然也有相当的交谊了，因此在茜珠的心里便开始为难起来。因为哥哥是有妻子的人，我若不告诉丁香知道，万一丁香真被哥哥追求着了，那么哥哥既有了这么一个美丽的姑娘，他势必和嫂嫂的感情更加恶劣，这在我心里是很对不住嫂嫂。假使我把哥哥已有妻子的话向丁香告诉，丁香对于秋航当然更专一了，她爱秋航愈专一，对于我的立场而说，也就愈加不利，因为丁香的容貌是可以胜过了我，那我理想中的秋航，不是硬生生地要被她夺去了吗？茜珠这样想着，心中自然感到极度为难。

陆丁香此刻的心中也是非常地不安，自己对于李麒俊根本没有意思，现在因和她妹妹同桌而又遇到了他，他忽然见到了我，当然又有许多的麻烦，我若不和他说话，这似乎叫人下不了面子，但是和他应酬几句吧，万一狄秋航瞧见，心中起了误会，那事情不是糟了吗？丁香既然这样地沉思，低了头也不说话。李麒俊是欢喜极了，他觉得这是一个绝好的机会，遂笑着说道：

"妹妹和陆小姐是几时开始认识的呀？"

茜珠说道：

"说来好笑，还只有今天认识呢。哥哥和陆小姐大概很长久了吧？"

李麒俊点头笑道：

"不错，陆小姐的才学很好，我是素来非常地钦佩，妹妹若能和陆小姐结为朋友，那实在有很大的益处呢。"

陆丁香听他一篇鬼话，意欲不承认吧，那叫麒俊太难为情了，因此抬起头来，也只好含糊地说道：

"李先生说这些话，那可叫我太不好意思了。"

茜珠瞟她一眼，故意很神秘地笑了笑，点头说道：

"哥哥这话绝不会无稽之谈，我和陆小姐虽然初会，但脑海里也有一个美感，陆小姐现在府上哪儿，和哥哥大概也自小同学吧？"

李麒俊不等丁香回答，是已抢着说道：

"不错，我和陆小姐是初中里同学，府上是住……"

说到这里，顿了一顿，暗想：我若告诉了，万一妹妹真的去望她了，发觉她是一个茶花，妹妹不是要笑我和这样低贱的姑娘做朋友了吗？但一个人是不能把阶级观念看得太深了，以为做茶花的姑娘就会低贱了，那么你现在瞧瞧陆丁香这样的服装和容貌，谁知道她是个做茶花的姑娘呢？这样一想，便毅然地说道：

"陆小姐是住环龙路可可咖啡店的楼上……陆小姐，我们舍间是愚园路三百十五号，你有空的话，请你常常来玩玩好吗？"

丁香听他在他妹妹的面前，竭力地表示和自己亲热，虽然他是一片好意，顾全自己的面子，不过在丁香的心里却引起强烈的反感，暗想：只管说做女侍者的好了，何必要冒充同学？做女侍者的就不是人了吗？哼！谁稀罕你们做小姐少爷的！陆丁香心里虽然这样地想着，但表面上又不能不装出笑容来，说道：

　　"很好，改天我一定来拜望李小姐。"

　　李茜珠听哥哥还只有把地址在此刻告诉陆小姐，一时也感到非常奇怪，暗想：既然是初中里同学，怎么我们家里的住址她还不知道吗？这事情看来有些蹊跷，因为哥哥一味地对她热情，而瞧陆小姐的态度，却又一味地对他冷漠，从这一点猜想，愈加肯定陆丁香对哥哥并没爱情，她一定也整个地爱上狄秋航了。因为丁香说改天来拜望自己，遂也忙笑道：

　　"拜望不敢当，不过我很欢迎你来玩玩。"

　　这时，李麒俊倒又懊悔了，丁香如何可以叫她到家里来玩呢？她见了雪琴，知道雪琴是我的妻子，那么她还会肯来爱上我吗？但话已经说了，要想收回来又不可能，也只好到那时随机应变吧。丁香听茜珠这样说，便微笑点了点头。这时，音乐台上的狄秋航瞧着丁香、茜珠和一个少年笑盈盈说话的情形，心里当然非常地不快乐，暗想：原来丁香和茜珠都是个很会交际的姑娘，她们的男朋友也很多，那我何必把她们存着自己专有的心呢？狄秋航想着，心里又灰了一半，遂不再向丁香、茜珠这边望来，自管悉心地奏那梵婀玲了。丁香听完秋航这回奏毕梵婀玲，一见时已十时四十分了，便觉得久坐在这儿也没有什么意思，反正明天我到鸿怡坊再去瞧秋航是了。想定主意，便站起身子，笑道：

　　"两位多坐一会儿，我要早走一步了。"

　　李麒俊一听，便也立刻站起，说道：

　　"时候早哩，陆小姐干吗这样性急地要回去了？"

　　陆丁香道：

"因为我已走出一下午了，也许家里人要记挂的。"

茜珠倒很喜欢丁香先走一步，遂站起来和她握手，说道：

"陆小姐家里既然要记挂，我也不留你了，那么我们再见吧。"

陆丁香点头，一面叫侍者拿上大衣，一面要替茜珠付账。茜珠再三不肯，麒俊笑道：

"陆小姐太客气，倒反显生疏了。"

丁香遂也不再客气，和两人点点头，自管走出去了。李麒俊觉得今夜这个好机会就让它轻易地溜了去，实在很可惜，所以他和妹妹说声我也走了，便急急地追着出去。不料追到维纳斯的门外，陆丁香早已跳上人力车，遂忙喊声陆小姐，我送你回去好不好？但车夫已向前拉着跑了。丁香回过头来，招了招手，说声谢谢你的美意，不用了吧！李麒俊眼瞧着人力车在黑暗中消失了，忍不住轻轻叹了一口气，因为心里十分烦闷，遂又到跳舞场里狂欢去了。李茜珠见哥哥也跟着走了，虽然很替嫂嫂气愤，但为了自己的终身着想，也就管不了许多，所以心里反而很欢喜，秋波盈盈地只管向秋航脉脉地送情。这时，秋航的心里真感到非常地奇怪，暗想：这个少年究竟是谁呢？为什么丁香走了，他也急急地跟出去？从这一点看来，显然那少年是丁香的朋友，并非是茜珠的朋友了，因为茜珠她还等着我呢。秋航既然这样想，心里对于陆丁香的感情未免起了一些裂痕，觉得还是茜珠姑娘她倒是真正爱我的一个人。这夜，茜珠直等到十二时，狄秋航下音乐台来，她才付去账，穿上大衣，笑盈盈地迎上去，和他紧紧地握了一阵手，笑道：

"狄先生，你的音乐天才真好极了，我真佩服得了不得。"

秋航也忙道：

"不见得，李小姐过奖了。真对你不起，倒叫你等候好多时候，晚饭可是我家吃的吗？"

这句话秋航是明知故问，因为陆丁香到我家的时候，李茜珠是已走了，要不然陆丁香为什么没和我说起呢？李茜珠听了，便笑道：

"我和伯母谈会儿就走的，却没有吃饭。"

这时，卢虎和牛小狮等见秋航又遇见了女朋友，于是和秋航点头，说声明儿见，便先匆匆地回家去了。这里秋航和李茜珠也慢步地踱出了维纳斯，在人行道上并肩地走着。茜珠为了要解释秋航的疑窦起见，便先告诉道：

"狄先生，刚才那少年是我的哥哥李麒俊，还有一个姑娘叫陆丁香，她是我哥哥的朋友。"

茜珠所以这样告诉，她当然有她的用意，这不是她的阴谋伤人，因为爱情是最小气的东西，茜珠为了要胜利自己的志愿，她就不得不这样地说。狄秋航这才恍然大悟，原来这少年是茜珠的哥哥，怪不得和茜珠自然很随便的了，遂点头笑道：

"哦，他是你的哥哥，怪不得你们的脸就很相像。"

茜珠的本意，是想探听探听秋航和丁香关系的深厚，不料秋航却并没一些表示，依旧显出很自然的态度，一时暗暗纳闷儿，但口里不得不含笑说道：

"真的吗？不过哥哥近来人瘦得多了。"

狄秋航回眸望她一眼，笑道：

"李小姐大概是很达观的，所以没有忧虑，你就胖得很。"

李茜珠红了两颊，逗给了他一个媚眼，却是很娇媚地笑起来。狄秋航见她这个羞涩的意态，实在是很美丽，心里荡漾了一下，忍不住也笑了。两人柔情蜜意地谈了一会儿，因时已子夜一点了，秋航便给她讨好街车，遂分手别去。

这夜，秋航睡在床上，想起白豆蔻的失约，已经是很不快乐，又因为陆丁香和李麒俊一块儿出去，更加觉得烦恼，暗自思忖：麒俊是个富家子弟，金钱当然多我万倍，女子究竟是爱虚荣的多，所以陆丁香到底是爱上他了，否则，她为什么不等我下音乐台，就和麒俊一块儿出去了呢？想到这里，忍不住轻轻叹口气，但仔细一想：我和她究竟并无生死之交，她去和麒俊交朋友，这是她的自由，我

227

227

能管得了她吗？一会儿，又想李茜珠究竟是多年的朋友，她自小就爱上了我，直到现在，她还没有更变她爱我的方针，这处身在一个富家姑娘的地位，的确是一件难能可贵的事情。此刻秋航的心里，对于茜珠的感情就增加了不少，对于白豆蔻和陆丁香两人却是冷淡了许多。

狄秋航因为想了一整夜心事，第二天直到午饭时分才醒来。狄老太来催他起身，笑道：

"是什么时候了，你还没睡畅吗？快起来吧，我已经给你倒好脸水了。"

秋航听了，一骨碌翻身起来，披衣下来，笑道：

"反正现在我的工作是在夜间，白天里就多睡一会儿也不要紧，母亲怎么老催我呢？"

狄老太笑道：

"愈睡愈懒，睡到这时候也该睡足了。"

秋航哧地一笑，便自管洗脸漱口。待秋航漱洗完毕，狄老太已开上午饭，母子两人便相对坐下。狄老太说道：

"昨夜你回来太晚了，所以我没告诉你，陆小姐在李小姐走后不到五分钟她也来过，听到你已有了职业的话，她快乐得什么似的，后来吃了点心才回去的。"

其实秋航早已知道了，今听母亲这样说，也不说明陆小姐曾到维纳斯来过的话，却点点头，并不表示什么。秋航所以不表示什么，他因为是气着丁香和麒俊一块儿出去。狄老太心中怎么知道呢？所以她又赞美着道：

"陆小姐这人真好，为了我们的事，她就一夜没好好地安睡。"

狄秋航见母亲总是喜欢丁香，意欲说两句气话，但仔细一想，觉得还是不说的好，于是静静地只管吃饭。狄老太还以为他怕难为情，遂也不再说什么了。饭毕，秋航很想再去望白豆蔻，但又觉得不高兴，因为白豆蔻那种架子太大了，但是住在家里太烦闷，于是

228

披上大衣，和母亲说声瞧朋友去，便匆匆地走出了大门。当秋航将出弄口的时候，只见丁香却笑盈盈地来了，一见秋航，便连奔带跳地走到他的身旁，问道：

"你到哪儿去呀？"

秋航想不到丁香这时又会来了，遂笑道：

"我想去瞧一场影戏，你去不去？"

丁香扬着眉，娇憨地笑道：

"假使你请客的话，我当然去瞧白戏。"

说着，把舌儿一伸，瞟他一眼，便又咪咪地笑了。秋航见她显出顽皮的样子，一时把那气愤早又忘记了，暗想：陆小姐这样意态对待我也可谓亲热极了，也许我太多心了吧。遂说道：

"今天我原想叫你请客，怎么你倒想瞧白戏了呢？"

陆丁香听了，早已抿着嘴儿咪咪地笑起来。春天的阳光是暖烘烘的，晒在身上觉得十分适意。秋航、丁香并肩在人行道上走着，因为时间尚早，所以两人预备步行到南京大戏院去瞧《铁血红骑》。默默地走了一截路，丁香因为秋航并不提起昨夜的事情，所以她再也忍耐不住了，便瞟他一眼，憨憨地笑了笑，说道：

"狄先生，昨夜那个李茜珠小姐真美丽，她是你从小的好同学吧？"

狄秋航听她这样说，倒不禁为之愕然，暗想：我正因为你和麒俊一块儿出去在生气哩！不料你却也和我喝起醋来了。遂笑道：

"我也正想问你哩，陆小姐和李小姐怎么认识的？她告诉你，她是我同学吗？"

丁香摇摇头，笑道：

"她没有告诉我，不过我早知道了。"

狄秋航很奇怪道：

"陆小姐，你这话我可不懂，最好请你详细地告诉我吧。"

丁香点头笑道：

"这事情说起来就有趣，昨天我到你家里去，在弄中便和李小姐撞一下，当时两人脑海里就有一个印象。后来在维纳斯又和她遇见了，因为座桌已没有了，所以我们就合桌子坐，于是便互通姓名起来。因为你母亲曾经和我说起'李茜珠'三字，她是你自小的同学，所以我一听她名叫李茜珠，便肯定是你的同学了。"

狄秋航笑道：

"原来你们认识的经过是这样的，那的确很有趣。李小姐是我青海中学的同学，差不多有三年没走动了，最近还只有路上遇见的呢。"

陆丁香听他这样说，方知狄老太是并没有瞒骗自己，遂点点头，沉吟了一会儿，又含笑问道：

"昨夜我走后，李小姐可不是直等到你下音乐台吗？不知她可曾谈起我？"

狄秋航听她这样问，觉得这是一个机会，遂笑道：

"她说一个少年是她的哥哥，另一个姓陆的小姐是她哥哥的要好朋友，后来你和这位李先生又到什么地方玩去呢？"

丁香一听他这样问，显然他也在喝着醋，暗想：我昨夜早料到这一着，想不到果然如此。便绷住了面孔，啐了一声，说道：

"谁是他的好朋友？昨夜我是独个儿回家的，何尝同他一块儿去玩过啦？"

狄秋航见她这个样子，方知陆丁香实在是爱我的人，自己原多心了，遂忙笑道：

"我只不过随便问一声，你生什么气？"

丁香叹了一口气，说道：

"我并不是生你的气，我气李小姐太不应该，为什么在背地里瞎说人家？你知道我和她的哥哥如何认识的？因为他常常来我店里喝咖啡，老是七搭八搭地和人家说话，我瞧了真讨厌死人，你想，这种讨厌鬼，我会跟他去玩吗？昨夜我原想到这一层，所以今天又来望你了……"

说到这里，瞅他一眼，似乎很怨恨的神气。秋航见她盈盈泪下的意态，一时愈加相信丁香是那么痴情，想着她的话，显然她也料到我要多心，所以今天又来了。一时又好生难为情，因为她话中意思，明明说我在喝她的醋了，遂情不自禁地把她手拉来，温柔地抚摸着，笑道：

"我知道你……你就别生气吧！"

秋航说到这里，觉得以下的话实在不容易说下去，因此顿了一顿，只好说了一句你别生气吧。丁香听他这样说，显然是在向自己赔罪，于是把绷住了的粉颊这才又浮现出一丝娇媚的笑意来。两人默默地走了一会儿，丁香几次要把李茜珠的事儿和秋航探问，但始终没有勇气问出来，因为自己怪他太会多心，那么我若问茜珠的事，他不是亦要怪我多心吗？丁香既然这样想着，便不再谈及。这时，早到南京大戏院了，在南京瞧了电影出来，两人在外面吃了点心，方才握手回家。狄秋航回家转了转，方又到维纳斯咖啡店里去了。

次日下午，狄秋航想着白豆蔻的失约，也许有万不得已的苦衷，昨天没有去，今天无论如何总要去一次了。于是坐车匆匆前往，到了三友小筑，敲门进内，林英说道：

"狄少爷，昨天我家小姐等你整整的一日，你怎么没有来呀？我家小姐恐你生气了，所以忧愁得病了。"

狄秋航听了这话，倒是愣住了一会子，正欲说我并没生气呀，忽然楼上播送出一阵很凄悲的歌声来。

第十八回

竞多财歌场争逐鹿
感漂泊情海怀秋航

东方的朝阳已从地平线上慢慢地升起，把那蔚蓝的天空中浮映了五彩的云霓。那闪人眼目的光芒，从半空中透进了人家的窗口掩拢的白纱帷幔的室内，室内的一切都显得分外金碧辉煌了。白豆蔻躺在床上，头发是蓬松松的，圆圆挺结实的两条白胖胖玉臂都撩出在被外，因为被盖得很低，所以可以瞧见她是穿着粉红色软绸的衬衣，雪白的酥胸，两个结实的乳峰，十足地显出她处女的美点。她的星眸是呆呆地只管望着天花板出神，心里想着狄秋航人的漂亮，真是令人感到了万分的可爱。昨天他由两点钟等起，一直会等到六点敲过，足足等了四个钟点，这样耐心好的人恐怕再也找不出第二个了吧，但是结果依然叫他失望回去，这我是多么不安啊！假使他认为我所以失约是故意和他开玩笑，或者被别人约了玩去，那么他的内心一定要非常地怨恨，万一他生了气，从此不来了，这叫我到什么地方去向他解释好呢？想到这里，又怪自己太鲁莽，当时应该要问他一个住址才对的。白豆蔻左思右想，恨来恨去总是恨樊宝之这老不死的可恶，昨天要不是他缠七缠八地赖着不肯走，我会到长安坊去吗？既不到长安坊，又哪儿会失约呢？想到这里，情不自禁地暗暗骂声讨厌鬼，真是个不要脸的老东西。正在这时，林英走上来，把帷幔拉开，向床上望了一眼，笑道：

"已九点半了，快起来吧，也许狄少爷今天赶个早呢。"

白豆蔻一听这话不错，遂很欢喜地一骨碌翻身坐起，披上了睡衣下床，两臂向上伸了一伸，纤手拿下来到嘴上按着，打了一个呵欠，然后移步到梳妆台旁，对镜梳洗去了。待白豆蔻洗过脸，梳过头发，换了那件乔其绒旗袍，穿上那双银色高跟皮鞋的时候，忽听下面有人敲门，白豆蔻乐得什么似的，很快地又要自己去开门。林英笑道：

"小姐别忙，我先去瞧瞧。"

白豆蔻猛可想到昨天樊宝之说一早就把支票送来的话，一颗芳心顿时又冷了下来，向林英说道：

"假使又是这个老东西，你说小姐还没有起来好了。他有一张支票交给你，你就收下是了。"

林英听了，点头答应，遂匆匆地下去。白豆蔻轻轻地走到窗旁，闪着身子，偷窥下去，在林英开门的当儿，白豆蔻的明眸里发现了一个光秃秃的头顶，她恨恨地啐了一口，便立刻退到床边去坐下了。约莫三分钟后，白豆蔻又听到关铁门的声音，接着一阵脚步声，林英已走上来了。白豆蔻见她手里是空空的，并没拿着支票，心里好生奇怪，便急急问道：

"什么？他没有把支票交给你吗？"

林英冷笑一声，暗暗骂声老甲鱼，说道：

"小姐，真气人哩！他说小姐在家吗，我说小姐昨夜睡晚些，今天还没起来，樊老爷有什么东西只管交给我拿上去是了。不料他回答说这东西很重要，非亲自交给小姐不可。小姐既没起来，我就下午再来吧。你想，他明明是不相信我，真是不见世面的东西，还说是个银行里的总裁哩，一张支票稀罕什么？难道我就会吞没了不成？"

林英说着，兀是气愤愤地骂个不停。白豆蔻听了，心里也很不快乐，但却又笑道：

"你也不要骂他了，本来他这种一钱如命的守财奴，要叫他拿出一千八百已经是难极了，何况这次是一万二千元的支票呢，这也无怪他要把它当作天大的事情看待了。"

林英哼了一声，说道：

"这种人可以算为银行里的总裁吗？只好算是马路里的瘪三，我们做仆妇的眼界可也比他高得多哩！"

林英一面咕噜着，一面便走到楼下做饭去了。白豆蔻知道她是气极了，一时倒忍不住又扑哧一声好笑起来。下午吃过了饭，白豆蔻是化妆得格外艳丽，心里充满了无限的甜蜜，不过在甜蜜中又掺和了一些忧愁，这忧愁是怕狄秋航不来了。在一点钟的时候，秋航并没有来，樊宝之匆匆地倒又来了。白豆蔻因为要问他拿支票，所以不得不接见了。樊宝之笑道：

"白小姐，上午我也来过，你还睡着没起来吧？"

白豆蔻点头笑道：

"可不是？真对不起干爹。"

樊宝之摇头道：

"你别这样说，我们还用得了客气吗？"

白豆蔻哧哧地一笑，在罐子里取出一支雪茄烟递给了他，亲自划火柴给他燃着了。樊宝之笑嘻嘻地忽然把她手握住了，色眯眯地望着她，笑道：

"白小姐，昨天你和我说的款子，我已给你带来了。"

白豆蔻乌圆眸珠在长睫毛里滴溜地一转，掀着笑窝儿，故意把身子挨近了他的怀边，娇媚地笑道：

"干爹这样爱护着女儿，那真叫我心里感激极了。"

樊宝之见她这个意态，心里真乐得不知所云，意欲凑过嘴去，在她红润润的颊上吻个香，但到底没有这个勇气，反而放脱了她的纤手，倒退了两步，伸手在袋内摸出了一张支票，递了过来，笑道：

"白小姐，这是一万五千元的一张即期支票，你要用立刻就可以去领取的。"

白豆蔻对于他又会加上三千元，这倒出乎意料之外，连忙伸手接过瞧了瞧，然后笑盈盈地向他鞠了一个躬，说道：

"多谢干爹慷慨解囊，救济贫民，干女儿衷心感激，实在没齿不忘了。"

樊宝之听她这样说，皱了眉头，"唉"了一声，说道：

"你怎么说救济贫民呢？这不是太见外了吗？使我听了，反感到不快。"

说着，又摇了两摇头。白豆蔻却又挨近身子来，纤手拍着他的肩胛，妩媚地笑道：

"那么干女儿是该受的了，干爹就别生气吧！"

说着，秋波盈盈地瞟他一眼，同时又逗给了他一个倾人的娇笑。樊宝之觉得白豆蔻站在身旁，不时地有股子香气送进鼻子里来，今见她这样柔媚的神情，一颗心是不停地荡漾，情不自禁地又把她手握住了，正欲低下头去吻她的纤手，忽然门外电铃的声音又响起来。白豆蔻这就挣脱了手，回眸过去问道：

"谁呀？"

只听有人答道：

"白小姐，是我。"

这声音分明是李家瑞的口吻，白豆蔻猛可记得自己和李家瑞原约定今天一同去玩的，遂忙去开了门。当李家瑞走进来的时候，白豆蔻倒是一怔，仔细向他望了一望，原来他真的已把胡须剃去了，这就忍不住弯了腰哧哧地笑起来，说道：

"李大叔，你今天可漂亮得多了。"

李家瑞很是得意，扬着眉，和白豆蔻一同进内。忽然在室中发现了樊宝之亦在，一时倒觉得有些酸溜溜，两人不约而同地打了一个哈哈，笑道：

"巧极了，巧极了，老樊什么时候到的呀？"

235

樊宝之两眼凝望着家瑞，也笑道：

"老李怎么真的把胡须剃了？而且还穿起西装来，真漂亮极了，年纪仿佛还只有二十几岁的小伙子呢！可是稍许有些美中不足，就是那下巴上虽然没有了胡须，但青青的一片仿佛是被人打过了一拳。"

白豆蔻听他这样向李家瑞取笑，早又咔咔地笑起来了。家瑞当然是很不好意思，虽然心里恨着樊宝之，但表面上也只好附和着笑。白豆蔻生恐他恼羞成怒，遂忙又停止了笑，也取过一支雪茄烟，亲自递给了他。李家瑞含笑道了一声谢，便接过衔在嘴里，白豆蔻又给他燃了火。这时，林英从里面端出三杯咖啡茶，于是大家在沙发上坐了下来。樊宝之心中暗想：李家瑞现在越弄越漂亮了，他所以要漂亮的目的是什么？明眼人不用细说，他当然是存着歹心肠了。家瑞心中也在暗想：这老甲鱼倒可恶，怎么竟自不量力地也来拼命地追求白小姐？这真是癞蛤蟆想吃天鹅肉了。白豆蔻见两人做沉思的样子，心里倒忍不住暗暗好笑，但忽然想起回头狄秋航来了，那可怎么办呢？白豆蔻这样地一想，一颗芳心也暗暗地焦急起来，凝眸含颦地仔细想了一会儿，转了转乌圆的眸珠，有了，我给他们介绍，说秋航是我的表哥是了。李家瑞今天到来，原约白豆蔻出去游玩的，今有樊宝之梗在中间作祟，一时也就开不出口来。他抬头偶然向白豆蔻望了一眼，只见白豆蔻低了粉脸，却在玩弄她手里那张纸条，一时好生奇怪，便问道：

"白小姐，你手中拿着的是什么东西？"

白豆蔻抬起脸，望他一眼，笑道：

"是干爹给我的一张支票。"

李家瑞倒是一怔，回眸向樊宝之望了一眼，只见樊宝之却在含笑点头，吸着雪茄烟，好像很得意的神气，便忙站起来，走到白豆蔻的身旁，笑道：

"你给我瞧瞧。"

白豆蔻遂交给了他，明眸又斜乜了他一眼，笑道：

"李大叔难道连支票还没有瞧见过吗？"

李家瑞且不回答，拿来一瞧，果然是张华东银行一万五千元的即期支票，一时有些奇怪，白小姐轻易不肯受人的礼物，怎么却会受那老甲鱼的金钱呢？莫非是有特殊的缘故吗？遂望着她怔怔地问道：

"这一万五千元钱做什么？是你干爹送给你的吗？"

白豆蔻扬着眉，乌圆的眸珠一转，微笑道：

"你问他做什么？假使李大叔也能慷慨解囊的话，也送侄女儿一万五千元用用。"

李家瑞听白豆蔻这样说，哪肯示弱，立刻在袋内取出大中银行的支票簿，籁籁地写了一张，交给白豆蔻手里，很正经地说道：

"白小姐既要钱用，为什么不早些向我说呢？一万五千元是区区之数，那算得了什么？白小姐，我这儿是三万元的即期支票，你拿着吧，倘然以后你还要钱用，我总可以给你的。"

白豆蔻接过了李家瑞那张三万元的支票，心里真有说不出的痛快，遂站起身子，也向他深深一个鞠躬，满脸堆笑地谢道：

"李大叔热心过人，令人可爱，真使侄女儿感到心头哩！"

樊宝之坐在旁边，瞧了这个情景，气得眼睛里几乎要冒出火星来，哼了一声，向李家瑞说道：

"老李，你这是什么意思？可不是争我的面子吗？"

李家瑞回身望他一眼，却笑嘻嘻地说道：

"老樊，你这是什么话？我岂敢争你的面子？你是个身拥百万家产的人，假使你不把金钱看重的话，就不妨再拿几万出来送送白小姐，反正白小姐是你的干女儿，照民国法律，女儿和儿子有享受同等的权利。你死了后，这些家产不是白小姐也有一份子吗？"

樊宝之听他这话，明明是在挖苦自己，不觉勃然大怒，睁了环眼，方欲发作，白豆蔻早又走过来，笑盈盈地叫了一声干爹，说道：

"李大叔和你说着玩，你别生气，这些事别谈了，我们还是打牌玩吧。"

樊宝之只好又笑道：

"我倒不生气，白小姐，我做干爹的总不肯让大叔占了先，所以我再开二万元支票给你。"

说着话，也从袋内摸出支票簿，放在桌上簌簌地写了。李家瑞见他和自己斗气，方欲做个什么举动，只见白豆蔻回眸过来向自己挤挤眼，努了努嘴，又扮了一个兔子脸。李家瑞知道白豆蔻是在笑这老甲鱼的意思，心里很是安慰，遂也让樊宝之扎些面子去了。这时，白豆蔻叫林英拉台子、倒雀牌、分筹码。樊宝之一面把支票交给白豆蔻，一面问道：

"只有三个人，如何打牌？"

白豆蔻老实不客气地接过支票，一面道谢，一面笑道：

"此刻先叫林英代一代，回头也许还有一个亲戚来，林英便可以让他的。"

李家瑞和樊宝之虽然觉得和仆妇在一块儿打牌，那似乎失了自己的身份，但白小姐既然出了这个主意，有谁敢说一句不是呢？也只好含笑答应，表示赞成。林英因为气着樊宝之，所以也不推辞，四人坐下，便玩起雀牌来了。在白豆蔻的意思，并不是玩牌，是在等狄秋航的到来，但是时间一分一刻地过去，狄秋航也总不见到来，看着已经五点多了，想来今天是不会来了，难道他生了气吗？白豆蔻这样一想，如何还有心思打牌，于是也不管还没有把牌打完，就站起来，说道：

"我们不打了，还是到外面吃点心去吧。"

李家瑞、樊宝之原也无心打牌，今听她这样说，那真是求之不得的事情，遂把雀牌推拢，站起来笑道：

"再好没有，真的我们肚子倒有些饿了。"

白豆蔻一结筹码，三输独赢，林英一个人要赢二百五十六元。

238

樊宝之和李家瑞只好取出钞票，白豆蔻叫林英拿去，自己披上大衣，遂和两人一同到外面吃点心去了。

这晚，白豆蔻从皇宫歌剧院里回家，想着狄秋航果然没有来，显然他是生了气。因为昨天临走的时候，他对林英不是说今天再来吗？现在瞧来，他完全是敷衍的性质了，不过这也怪不了人家，因为自己是太使人家失望了。我好像是黑海大洋中的一叶扁舟，四周包围的全是恐怖的陷阱，假使一有不小心，立刻就会成终身的恨事，而且更会步入到悲惨的境地。前夜的遇见狄秋航，这又仿佛在茫茫无际的黑海中发现了一盏灯塔，他能引导我到幸福的乐园，但是自己太不应该了，已经发现了的灯塔，忽然又被迷糊了。唉！秋航，秋航，你也太不谅解我的苦衷了啊！白豆蔻想到这里，无限心酸冲上鼻端，因此忍不住暗暗地泣了一夜。

次日，林英进房，见小姐两眼红肿，兀是躺在床上出神，心里当然知道小姐是哭过了，同时又知道哭的原因是为狄先生没有来，遂悄悄地走到床边，低声儿说道：

"小姐，已近十一点了，你起来吧，我猜狄先生今天一定会来了。"

白豆蔻听林英这样说，一时也不知打哪儿来的一股子辛酸，眼泪又会像泉水般地涌上来。林英见小姐的神情，显然是有些痴意，一时也引起了同情的悲哀，满脸带了愁容，紧锁了眉毛，又说道：

"小姐，你这又何苦来呢？不是徒然伤自己的身子吗？"

白豆蔻听了，似乎有些难为情，遂叹了一口气，摇了摇头，说道：

"你摸摸我额角，也许我有些病了。病的时候，我会想起在残暴势力下牺牲的爸妈，和海外飘零的叔父的亡魂，我觉得我的命太苦了，我的身世太可怜了。茫茫的大地，谁是我的同情人啊？"

说到这里，更加心痛，不禁呜咽不止。林英轻轻地把手按到她的额上，觉微有烫意，听了小姐这样心酸的话，怎能不引起心头的悲伤？眼泪也夺眶而出了，哽咽着道：

"小姐，你身子既有些不适意，那你就别想这些伤心的事情了。你可饿了没有？我去烧杯牛奶你喝好吗？"

白豆蔻摇了摇头，却不作答。林英见小姐的眼泪由颊上直淌到嘴角，由嘴角淌到颈下去，兀是不去拭它，遂在抽屉内取出一条手帕给她拭去了眼泪，低声儿又说道：

"那么我给小姐去请个大夫好吗？"

白豆蔻又摇了摇头，说道；

"我也没有什么大病，你给我静静躺会儿吧。"

林英听了，也只好又悄悄地走了下去。当她走到楼下的时候，心里就有一个感觉，请大夫原没有什么用，假使今天狄先生能够来的话，小姐的病当然也没有了。中午的时候，林英烧了一碗燕窝粥给白豆蔻吃。白豆蔻兀是不想吃，林英没法，只得含笑说道：

"小姐，我说你快起床吧，好好儿洗个脸，吃了粥，这样精神就好多了。假使下午狄先生来了，瞧你这个模样儿，还能见客吗？"

白豆蔻噘了小嘴儿，呸了一声，说道：

"真不会再来了。"

林英笑道：

"你怎么知道他就不会来？我猜他一定今天来的。小姐，你快喝粥，喝好粥，便起来洗脸，面水放在桌上，我到楼下去等狄先生吧！"

说着，望了白豆蔻哧哧一笑，便自管到楼下去了。白豆蔻见她这个样子，两颊微微一红，倒颇觉有些难为情，芳心暗想：也许狄先生真的今天来吧，那我这个病西施那样的意态像什么呢？白豆蔻心中既有了这么一个感觉，她便又欢喜起来，遂把那碗燕窝粥都吃完了，立刻又掀开被，披上一件睡衣，跳下床来，对镜梳洗了一会儿，意欲涂上一圈儿胭脂，但又觉得十分不好意思。看看时钟已鸣一点，唯恐秋航今天仍不会来，忍不住又叹了一口气，走到窗旁，把帷幔拉开，推开窗门，阳光扑面晒来，倒很感温柔。白豆蔻望着那云堆里的双双飞燕，一时百感交集，思潮高涌，于是离开了窗口，到那钢琴旁边坐下，一面弹着，一面便悲切地唱起来。当她弹唱的时候，狄秋航齐巧到来。林英一见秋航，先代为小姐欢喜得了不得，意欲立刻上楼来报告，却被秋航拉住了，悄悄地说道：

"你慢些，且让她唱完了吧。"

林英听狄少爷这样说，于是停步不前，两人站在扶梯口，只听白豆蔻和着钢琴声音唱道：

我本天涯一歌女，自幼漂泊走异乡，家毁于难父死劫，可怜老母亦遭丧。

既无姊妹伶仃苦，更无兄弟手足行。唯有胞叔抚我长，相提相挈奔南洋。

旧家园，在沈阳，隔断春秋历九霜，沧桑兮沧桑，身世何凄惶！

俺也曾檀板金樽，唱得人声泪酸。俺也曾强颜欢笑，博得人悭囊捐。

都只为，为国效劳，为民请命，故不惜色相牺牲，把大腹贾、守财奴，输巨款，节约献金。

俺内心可曾痛苦也么哥？可曾快乐也么哥？

俺白豆蔻呀，背人独自叹命苦，更无知音可告诉。

人海茫茫风波恶，前途荆棘伏豺虎……

白豆蔻唱得哀怨凄惶，其声若午夜之聆洞箫，余音袅袅，仿佛犹在耳际流动，不禁使秋航、林英都为之盈盈泪下矣。林英见秋航如醉如痴，兀是呆若木鸡，遂低声儿说道：

"狄少爷，你且少待片刻，我去报告小姐一声。"

秋航这才如梦初醒，点了点头，摸出手帕，先把颊上的泪痕拭去了，心中暗想：从这支歌中的词句听来，已经很显明地告诉着白豆蔻的身世实在是一万分的可怜。她原来是沈阳人，因盗劫而家乡俱毁，父母全丧，剩下她孤苦伶仃的一个小女孩儿，随了叔父流亡在海外。现在虽然是回祖国来了，但处身在舞榭歌台中做一个歌女，四周的环境是多么恶劣。她是曾经含了辛酸的眼泪，蕴藏着苦味的隐痛，勉强装着笑容，去敷衍那一班玩弄女性的人们。唉！白豆蔻，你怎晓得你的知音就在你的眼前呀！狄秋航在楼下独个儿表示万分的同情，谁知白豆蔻在楼上唱一句哭一声，待唱完了她自身这只《漂泊歌》，她竟已哭倒在钢琴上了。就在这个当儿，林英匆匆地奔上来，说道：

"小姐，小姐，你怎么啦？狄先生已经来了，快不要哭了，哭得两眼红肿肿的像什么呢？"

白豆蔻抬起头来，望了林英一眼，说道：

"你不用骗我，我可不是为了他而伤心的呀。"

林英道：

"我知道小姐是在可怜自己的身世，但狄少爷是真的来了，你到底见不见他呢？"

白豆蔻听她这样说，便用手背擦着眼泪，很惊讶地问道：

"你这话可当真吗？"

林英见小姐虽然脸带泪痕，然已有喜色，这就笑道：

"狄少爷他已来了好多时了，他因为要听小姐唱完了歌，所以叫我慢些来报告。小姐，你真唱得太令人酸鼻了，所以狄少爷的眼泪也会掉下来。"

白豆蔻听她这样说，当然晓得林英不会骗自己了，但反而着慌起来，站起身子跳了两跳脚，急道：

"那么我这个样子如何好见客呢？"

林英眼珠一转，便悄声儿说道：

"小姐，你躺在床上索性装着病吧，我就把狄先生请到楼上来坐会儿，你瞧怎么样?"

白豆蔻脸一红，微蹙了眉尖，说道:

"一个女孩儿家的卧房，怎好意思请人家进来坐呢? 那不是给人家笑自己太浪漫了吗?"

林英道:

"知己朋友，那也没有什么关系，否则你要洗脸梳头换衣服，叫人家不是又要等得不耐烦了吗?"

白豆蔻当然也愿意请秋航到楼上来坐，但为了怕羞的缘故，只不过说不出口罢了，但林英早已理会小姐的意思，她已匆匆地奔下楼去了。白豆蔻待林英下去，她便慌忙到梳妆台旁，揭开香粉盒儿，在眼皮上扑个不停，当然她是为了要避去哭过了的意思，一面又钻身到被里，身子靠在床栏旁，把被拉上，那一颗芳心也不知是为了什么缘故，却是别别地跳个不住。就在这时，一阵皮鞋脚的声音响上来，白豆蔻感到万分的局促不安，林英在前，狄秋航在后，两人已经步入房内。白豆蔻回眸望去，齐巧和秋航瞧了一个正着，秋航弯着腰，微微地一笑，叫了一声白小姐，你睡着吗? 白豆蔻这就略欠了身子，掀着酒窝儿，把手一摆，嫣然笑道:

"狄先生，你请坐吧。"

秋航于是在靠西的沙发上坐下，林英倒了一杯热气腾腾的玫瑰茶，放在沙发边的茶几上，自己却悄悄地退到外面去了。秋航因为这是人家姑娘的妆阁，心里虽然感到万分的兴奋，但同时也觉得有些拘束，握了杯子，喝了一口茶，却是毕恭毕敬地呆坐着。白豆蔻见大家泥塑木雕地不说话，这当然更觉得不好意思，遂先咳了声，秋波盈盈地瞟了他一眼，说道:

"狄先生，昨天大概你没有空吧? 前天我实在太对不起你了……"

秋航抬起头来，也回望她一眼，见她说到这里，也不知她为什么缘故，竟又淌下泪来。秋航倒是一怔，支吾了一会儿，说道:

"那没有关系，也值得说'对不起'三字吗? 昨天我原想来的，后来家里来了客人，所以就没法脱身了。"

白豆蔻从他这几句话中猜想，显然他是没有生气，心里这才放下了一块大石，忽然觉得颊上有什么虫儿在爬似的，猛可想到自己竟又在淌泪了，暗想：在一个年轻的男朋友面前，这成个什么意思？于是忙又别转了粉颊，伸手擦了擦眼皮。这时，秋航又低声说道：

"白小姐，我听林英说你为我昨天没有来，所以你忧虑得病了，其实我不会生气，你又何苦如此呢？"

秋航这两句话听进白豆蔻的耳里，一颗芳心当然是得到了无上的安慰，但仔细想来，自己为一个男朋友没有来而生了病，这是多么难为情呢！因此两颊便浮现了一朵桃花，不得不装出毫不介意的神气，嫣然笑道：

"其实我也没有生什么大病，因为想着了身世的孤苦，所以暗暗地伤起心来。"

秋航虽然知道这话她是遮蔽自己的难为情，不过从这一曲歌中的词句听来，白豆蔻的伤心淌泪，对于身世的可怜，也未始不是其中的一个原因，遂点了点头，明眸里含了无限的柔情蜜意，向白豆蔻望着，说道：

"白小姐，我和你虽然是个初交，彼此原不知道一些身世，不过今日我在楼下听你唱了这一曲歌，白小姐的身世，我已经完全明白了，当然在这人海茫茫中，欲得一知己，确非容易的事，何况在这恶劣的环境里，四周全布满了荆棘呢？白小姐，我说句冒昧的话，你的身世确实使我万分地同情。"

白豆蔻听他这样诚意真挚的话，一时乐得眉毛一扬，掀着酒窝儿笑道：

"狄先生，你这个话可是真的吗？我的身世果然引起你万分的同情吗？"

秋航点了点头，很甜蜜地一笑。白豆蔻这时的粉颊更红晕了，逗给他一个媚眼，笑道：

244

"狄先生，这也真奇怪，我第一次见到你，我就觉得你的可亲……"

说到这里，忽又难为情起来，抿嘴儿一笑，却再也说不下去了。狄秋航心里荡漾了一下，也笑道：

"我知道白小姐的心……否则……你不会很兴奋地下来唱歌的，对不对？"

白豆蔻听了这话，一颗芳心虽然甜蜜无比，但到底太难为情了，因此红着粉颊，只是憨憨地娇笑。狄秋航见她云发蓬松，两眼红红的，虽然满面娇笑，但总显出楚楚可怜的意态，遂望她一眼，笑道：

"白小姐，你假使没有什么病，你就不妨起来走走，睡久了精神就会更颓唐的。"

白豆蔻虽然也感到自己实在没有病，但此刻因了好得太快的缘故，反而觉得太不好意思，便伸出一只手来，说道：

"早晨原有些热度，此刻不知全退了没有。狄先生，你倒给我摸一摸看。"

狄秋航因为人家已经伸出手来，也就不用避什么嫌疑，于是站起身子，走到床边来，和她握了握，沉吟了一会儿，说道：

"热度是没有了，因为睡着缘故，手当然较了我略为热一些了。"

白豆蔻听他这样说，明明是要自己起床，遂把乌圆眸珠一转，笑道：

"那么我就起来吧。"

话还没有说完，忽见林英匆匆走来道：

"小姐，李老爷又来电话了，你怎么回答他呀？"

第十九回

无限缠绵尽情倾露
私心妄想枉自劳神

　　白豆蔻听李家瑞有电话来了，一时微蹙了眉尖，薄怒含嗔地说道：

　　"你回答他，说小姐已经走出去了。"

　　林英答应一声，便自到电话间里去了。白豆蔻见秋航凝眸做沉思的样子，显然他在想李老爷这个人对我会有什么关系了，遂说道：

　　"狄先生，你且坐会儿，我回头有许多的话要跟你谈一谈。"

　　狄秋航见她把手掠着发，似欲起身的样子，遂点了点头，回身走到窗口去了。白豆蔻对于他这一个举动，当然表示十二分的敬爱，遂很快地掀开被，把睡衣脱下，换了一件百蝶绸的旗袍，同时把绸被折好，放得整整齐齐，然后又套上高跟皮鞋。约莫一刻钟后，白豆蔻便叫狄秋航回过头来，笑道：

　　"狄先生，你坐呀，怎么老站在窗边干吗？"

　　狄秋航知道她已穿好衣服了，于是回转身子，和她微微一笑，便退到沙发上去坐下了。这时，白豆蔻又叫林英端上面水，她向秋航盈盈笑了笑，说声我洗脸了，便对镜自管梳妆了。待白豆蔻梳好妆回过身来的时候，狄秋航倒是怔了怔，因为曾经一度化妆后的脸蛋儿，真仿佛吹弹得破一般嫩白。白豆蔻见他呆呆地望着自己出神，倒忍不住扑哧一声笑了，说道：

"狄先生，我见你似乎很受拘束的样子，当然那是因为坐在我房中的缘故，我想这时请你到外面去玩一会儿，不知你有兴趣吗？"

狄秋航站起身子，点头笑道：

"你倒是应该出去散散心，那么我们就不妨去走一会儿。"

白豆蔻听他答应了，非常地高兴，遂在衣橱内取下大衣，和秋航一同走到楼下去。林英从厨下走出来，说道：

"小姐，你们出去了吗？我正给狄少爷在烧点心呢。"

秋航笑道：

"不吃了，我们出去玩一会儿。"

白豆蔻吩咐林英好生看管在家，两人遂出了三友小筑。白豆蔻望他一眼，说道：

"狄先生，我们要谈话，还是到舞场里坐会儿，不知你喜欢吗？"

狄秋航点头道：

"我不成问题，白小姐爱上哪儿就到哪儿去好了。"

白豆蔻抿嘴嫣然一笑，同时还逗给了他一个妩媚的娇嗔。两人坐车到新都舞厅，泡了两杯柠檬茶。白豆蔻这才向秋航说道：

"狄先生，你道刚才打电话给我的这个李老爷是谁？我现在就详详细细地告诉你吧。"

秋航夹着方糖正放到玻璃杯子里去，听她忽然提起了这个事，心里倒是一怔，遂望了她一眼。只见她露出雪白的牙齿，絮絮地接着说下去道：

"这个姓李的名叫家瑞，他是皇宫剧院的老板，而且又是大中银行的总裁，也许是多了几个钱的缘故，所以虽然年已四十，兀是打扮得年轻小伙子一样，其实玩弄女性，原是有钱人的拿手好戏，不过狄先生你要明白，同样是个女子，也有不同的差别。有些女子固然能够给金钱买到，但有些女子就根本办不到，譬如拿我来说吧，我不瞒你，四周包围我的虽然全是要想蹂躏我的魔鬼，但是我有坚强的意志，我绝不肯随俗去浮沉。不过为了要和恶劣的环境奋斗，

247

所以我不能不敷衍他们，不能不利用他们，因为社会上有些事情，到底还少不了他们呀。狄先生，我再告诉你前天所以失约的原因吧，说起来是很有趣也很痛愤的……"

白豆蔻说到这里，顿了一顿，遂把那天樊宝之的事情也从实告诉了一遍。狄秋航听了，这才恍然大悟，原来是弄假成真，本来是个巧计，现在反而成了拙计，一时也不禁为之哑然失声笑起来，遂很真挚地说道：

"白小姐，对于你的环境恶劣，我是早已明白了的。因为你在唱的那句'强颜含笑，博得人慳囊捐'中听来，知道白小姐所以敷衍这一班人，实在还是你爱国爱民的心切，所以白小姐的身世是令人可怜，白小姐的行为是令人敬佩的。"

白豆蔻叹了一口气，望着秋航，又说道：

"所以对于这些，狄先生总要原谅我的苦衷才好。"

狄秋航听她赤裸裸地全告诉了自己，一时也深深地感动，情不自禁地把她手握住，说道：

"我知道你的心……白小姐……我也告诉你吧，因为我本身是个爱好音乐的人，所以听到了你的芳名以后，我心里真羡慕得了不得。说起来很难为情，我曾经因为要瞧你的戏、听你的歌，而把我一支心爱的钢笔去押当了。"

白豆蔻一听这话，猛可投入他的怀中，说道：

"你这话可真？你这话可真？唉！那么你为什么不早些写信给我呢？我正伤心着没有一个知音，原来狄先生早已是我心灵上唯一的知音了。"

狄秋航对于她突然会倒入自己的怀中，一时却出乎意料之外，反而感到十分局促起来。白豆蔻知道秋航是个很朴实的青年，自己似乎不应该用这样的热情去对待他，于是又坐正了身子，红晕了两颊，瞟他一眼，低声儿说道：

"狄先生，你心里可曾怪我太浪漫一些了吗？其实我平生是很冷酷的，因为狄先生是我生命中唯一的知音，所以我是把你当作自己的哥哥一样看待了……不，也许是弟弟吧，因为我还不晓得狄先生的贵庚是多少。"

她说到这里，是羞涩极了，声音低得几乎听不见，粉脸只管向下垂。狄秋航当然是感到心头，爱入骨髓，情不自禁地去握她手，又叫她抬起脸，笑道：

"我今年虚度二十有二，白小姐未必较我大吧，我想你是只好做我的妹妹……"

说到这里，两人明眸接了一个正着，于是会心地都笑了出来。在白豆蔻的心里，实在很想把身子倒在秋航的怀里，让秋航抱着温存了一会儿，灌溉着这初恋的爱芽。但是她怕秋航君子的心里要怪自己太以轻浮，所以她不得不把二十年来一向镇压着的热情此刻要爆发出来而又终于压制下去，望着他娇憨地笑道：

"你已二十二岁了，这样说来，我小你两年，是只好做你的妹妹了，但我却很喜欢做你的姊姊……"

白豆蔻还没说完，她弯了腰，已是哧哧地笑起来。这一种可人的意态，瞧在秋航的眼里，岂能无动于衷吗？觉得白豆蔻对待自己实在是太好了，她是一个孤苦的女子，四面包围的全是要想蹂躏她的骷髅，她内心的确是非常痛苦，虽然她生活是很舒适，但精神上是缺乏了真挚热情的安慰。她自从遇到了我，就要把我当作知音，真可谓是一见倾心了。那么我岂能不给予她一些安慰呢？况且她本是我心目中唯一的爱人。这样一想，便用手抬起她的粉颊，笑道：

"白小姐，你为什么要做我的姊姊？倒给我说出一个理由来。"

白豆蔻并不躲避，还把粉颊靠到秋航的肩胛上来，一撩眼皮，掀起了酒窝儿对他娇羞地一笑，说道：

"因为你太令我感到可爱了，所以我极愿意永远如姊姊那么地来爱护你，弟弟，你愿意我的爱你吗？"

狄秋航听她真的喊我弟弟，一颗心不住地荡漾，忍不住扑的一声笑起来，说道：

"你太要占便宜了，为什么以妹妹的资格，只想做人家的姊姊呢？"

白豆蔻没有回答，俏眼瞅着秋航的颊，只是得意地憨笑。忽然，她又想起秋航说的为了瞧自己的戏去押当他心爱的钢笔，显然秋航的环境是十分不好，遂又正经地道：

"狄先生，我们既然认彼此是知音，那么一切也不用客套两个字了。我想你的经济也许不十分好，因为我们是知己，你的经济不足，就等于我的经济不足，那是痛痒相关的，所以我……"

说到这里，把手已去拿桌上的皮匣。狄秋航对于她这两句话，几乎感激涕零，遂很快地把她手握来，明眸含情脉脉地凝望着她，点了点头，说道：

"白小姐，你这份儿深情，我是没齿不忘，但是最近我的环境转好了许多，所以对于经济一层还可以敷衍过去，你不相信，我可以告诉你一些知道。我从学校出来，被生活所迫，不得已而考入华东银行做办事员，月薪八十元，只够我家庭中的开支，所以我本身不俭朴也得俭朴起来。在华东做了半年，因我公余时间作些乐曲，被主任瞧见，认为有犯行规，遂即解职，承他们的情，送我两个月的薪水。谁知天下的事情是不可捉摸，所谓塞翁失马，安知非福，不料解职后第二天，我的同学们组织一个乐队，叫我去做领导，现在已准定在维纳斯演奏，月薪大概可得二百左右。白小姐，你想，如今我的经济不是很好了吗？"

白豆蔻听了，暗想：他是华东银行做个职员的，那么樊宝之不是总裁吗？一会儿又想：他家里不知共有多少人？遂凝眸含笑地问道：

"原来狄先生已说妥在维纳斯演奏了，那很好啊！你家里共有多少人？爸爸、妈妈都好？我几时很想来拜望拜望他老人家。"

狄秋航道：

"我家是住吕班路鸿怡坊十八号，你有空只管来玩，因为我家中是只有母亲一个人。"

白豆蔻乌圆眸珠一转，笑道：

"你弟弟、妹妹一个也没有吗？那我一定要做你的姊……不，我又说错了，做你的妹妹吧。不知你喜欢有我这么一个顽皮的妹妹吗？"

说着，又扑地一笑。狄秋航笑道：

"你说这话太客气，那是我求之不得的事，只要你不嫌我这个穷哥哥，我心里还会不喜欢吗？"

不料狄秋航说了这几句话，白豆蔻却动起气来，恨恨地把他身子一推，顿时鼓起了小嘴儿，明眸含了无限哀愁的目光，瞅着她说道：

"狄先生，你要明白，我白豆蔻虽然是个歌女，但却不是爱好虚荣的人，假使我是为金钱来做人的话，那我不瞒你说，早已跟人做太太去了。唉！你说这话，叫我心里悲伤。"

说到这里，竟是盈盈泪下。狄秋航到此，方知白豆蔻实在是真心爱我，一时感激得无可形容，不禁挨近了她的身子，手臂挽住了她的脖子，把脸慢慢地偎过去，柔声儿道：

"白小姐，我说错了，你别生气吧，就饶我这一遭儿。"

白豆蔻见他这样柔情蜜意的神情，方才转忧为喜，趁势也就把身子真的靠到他怀中去了，微昂了粉脸，明眸凝视了他，故意仍噘了小嘴儿，说道：

"你想，假使我不把你当作自己哥哥看待的话，我会冒昧说你经济不足吗？但是你就误会了，立刻说出穷哥哥的话来，早知你如此会多心，我就烂脱了嘴也不开口了。不过……我一片真挚的情意……"

说到这里，一阵伤心，忍不住又滚滚地掉下泪来。狄秋航瞧她似海棠着雨般的脸庞，倍觉楚楚可怜，意欲低下头去，在她红润润的嘴唇上去亲吻了一会儿，但到底没有这个勇气，只用手帕给她拭去了眼泪，说道：

"不，白小姐，你误会了，我倒并没有多心，因为你待我太真挚太好了的缘故，所以反使我感到自己未免带有了寒酸气。你以为对我的一片情意，我是木然无知吗？这我到底是个人呢！当林英叫我上楼去坐，我心中就觉得白小姐已经不把我当作外人看待了。因为一个女孩儿家无论怎样豪爽，也总不至于在卧房里见客吧，所以我是那么幸运和高兴，我是这样地感激着你呀！"

说到这里，又对她微微一笑。白豆蔻心里这才又欢喜得了不得，忍不住破涕为笑，说道：

"只要你能说这几句话，也就是了。"

说毕，坐正了身子，回眸又逗给了他一个白眼，却是别转脸去。秋航见她尚有恨意的样子，心里也就愈加感到心头了，遂拉她纤手，笑道：

"白小姐，你还气我吗？我求你舞一次好吗？"

白豆蔻的生气原是撒着娇，今秋航如此柔情蜜意地说好话，那还用得了再生气吗？这就回眸斜乜了他一眼，站起身子，嫣然一笑道：

"我气你干吗？下次你再说这种话给我听，我就捶你，真不高兴气你哩！"

秋航舌一伸，白豆蔻早忍不住又咯咯地笑了，于是两人携手下舞池，相倚相偎着舞蹈起来。经过这一次的欢舞，因此又引出下面可歌可泣的故事来。

李家瑞怀了一颗火样热的心，竭力要追求白豆蔻，所以便换穿西服，而且剃了胡须，意欲博美人的欢心。但西服虽然穿，胡须虽然剃，李家瑞到底还是个李家瑞，绝不会变成个狄秋航，所以在白豆蔻的心中依然是视若无睹，丝毫没有爱上他的一些意思。不料李家瑞穿西服、剃胡须在白豆蔻身上并没一些收到效验，家里的李太太倒大大引起疑窦来。

这天早晨，家瑞夫妇俩还躺在床上，李太太见他已经醒了，两眼却瞧着帐顶出神，仿佛在想什么心事般的，遂开口说道：

"你现在是愈老愈漂亮了，穿西服不要说它，怎么连胡须也剃去了呢？你要明白，自己是个四十岁的人了，一向留着胡须，如今忽然剃掉，不是叫人家见了笑话吗？"

李家瑞心中原在想昨天下午打电话给白豆蔻，林英回答出去了，恐怕又是这个樊宝之老甲鱼约的吧？他这样子和我作对，这到底不是一回事，万一给他捷足先得，这叫我又如何地心痛呢？正在怨恨樊宝之，忽然被太太一问，于是便忙转了一个身，面对着李太太的脸，说道：

"太太，你别怪我爱漂亮，因为近来我不时地要和外国人接触，所以不得不穿起西服来，比较妥当。"

李太太冷笑一声，恨恨地白他一眼，说道：

"那么胡须剃掉是为了什么？难道外国人就不留胡须的吗？"

这句话倒是把家瑞问住了，眼睛眨了两眨，支吾了一会儿，笑道：

"这当然也有一个原因，因为我和你虽然都是四十左右的人了，但若一块儿出去的话，你胭脂香粉一化妆，好像还只有三十岁的模样，然而我倒像个五十多岁的老头子了，这似乎太不相称。我为了要博得姊姊的爱，所以我要把胡须剃去，这样和姊姊亲起嘴儿来，不是可以不刺痛你了吗？"

家瑞说到这里，涎皮嬉脸地很快凑过嘴去，真的在李太太唇上接了一个吻去。李太太被他这么一来，心里真是又恨又爱，但表面上却啐他一口，伸手在他腿上拧了一把，薄怒含嗔地骂道：

"你这话简直在放屁，你怕我嫌你留了胡须太老相了，难道我还会去偷汉不成？儿子、媳妇、女儿都有了，还说这一种话，我瞧你真不害羞的。"

李家瑞被她拧得痛起来，便索性把她搂抱在怀里，用嘴去亲个不停，笑道：

"我何曾说你去偷汉？因为要增进我俩的爱情，所以我们是应该特别亲热些的。"

李太太躲在他怀里，一面柔情蜜意地和他温存着，一面鼓着腮子，却哼了一声，说道：

"不要你灌迷汤吧，谁不知道你被白豆蔻这只狐狸精迷住了！"

李家瑞听了这话，倒是一惊，因为怕再被她抓伤了颊，所以两手把她更搂紧了一些，吻着她面孔，说道：

"姊姊，上次为了这事，我已经受了多少委屈，你到底信了谁的话，竟疑心我去爱上白豆蔻呢？"

李太太被他搂得透不过气，恨恨地推开他，说道：

"你要搂死我了甘心吗？真是狠心鬼！明明有这一回事，你还要赖呢！那么你剃了胡须做什么呀？"

家瑞两颊一红，微笑道：

"剃胡须为了爱你，不是已经跟你声明过了吗？"

李太太噘了噘嘴，冷笑了一笑，说道：

"外面人都知道了，你还瞒什么？我问你，白豆蔻到底生得怎样美？你不妨请她到家里来玩玩，假使我也认为美丽的话，就答应你把她索性讨进来，那么你总不用天天深夜回来了。"

李家瑞听了这话，心里倒是一喜欢，但究竟不知道太太的话是真是假，所以表面上依然装出很正经的神气，说道：

"人家是个二十岁的姑娘，就是我爱她，她也未必会爱我，所以姊姊这个醋罐儿实在用不着喝的。请她来我家玩玩，你要和她交个朋友，那倒可以，至于什么讨进来这句话，我哪里来这种妄想呢？"

李太太听了，立刻又挨近身子，紧偎了他，显出无限柔情蜜意的神气，满脸堆了笑容，很温和地说道：

"你要明白我爱你的一片苦心，外面的女人虽好，她们爱的究竟

254

是钱呀！你是四十岁的人了，若每夜一二点回来，花费些金钱是小事，人究竟不是铁打铜铸的，你这副老骨头不是根根都要抓散了吗？"

李家瑞笑道：

"你放心，我可不是年轻的人，当然不会这样糊涂的。"

李太太说道：

"在你这个时候交起桃花运来，可比什么都厉害，倒还是年轻人会自己压制呢。"

李家瑞笑道：

"哪有这一种话？你瞧我外面可曾过一夜吗？"

李太太俏眼斜乜了他一眼，说道：

"谁知道呢，下午十二点起，到晚上一二点止，不是也一整夜吗？别的倒没什么，只是晚上回家着了寒，看你死了不是都没处诉苦吗？"

李家瑞嘻嘻地笑了一笑，把手挽住她的脖子，说道：

"你放心吧，我绝不会有这一种事的。"

李太太微昂了粉脸，两人嘴儿齐巧凑在一处，家瑞一低头，两人又紧紧地热吻了一会儿。李太太说道：

"所以我情愿你把白豆蔻娶进门来，从此以后，晚上要在八点以前回家的。"

李家瑞听了这话，心里可喜欢得了不得，但嘴里怎肯承认，便说道：

"白小姐我可以介绍你做个朋友，那你就晓得白小姐可不是个平庸的人。"

李太太听了这话，便啐他一口，说道：

"这可是你不打自招了，既然人家不爱你，你就快死了这条心吧！"

李家瑞笑道：

"你又误会了，我说白小姐不是个平庸姑娘，因为她是个有才学的人，而且英语更加流利，所以你和她交朋友是很好的。你想，麒俊今年也二十一岁了，我还会存这个心吗？"

李太太笑道：

"不用撇清得这样干净，你既然这样爱她，我总不会使你失望的，那么你过两天准定请她到我家来吃饭吧。"

李太太口里虽然这样甜蜜，但心中的毒辣家瑞是料想不到的，所以非常欢喜，而且还感激得了不得，情不自禁地把李太太紧紧抱住了，恩恩爱爱地亲热了一会儿。李太太见他这个情景，心中更加肯定他每天是在追求白豆蔻无疑了，于是心里便开始有了一个计划。这时，丫鬟梅心走进房来，两人方才分开了身子。家瑞便披衣起床，梅心服侍他漱洗完毕，喝过牛奶，便到套房里吸大烟去。家瑞躺在红木炕榻上，一面抽烟，一面想着太太的话，心里真有说不出的甜蜜，既然太太答应我讨白豆蔻做妾，这事情就容易办了。抽毕大烟，梅心送进报纸，李家瑞翻开一见，瞧本埠新闻栏内有两则鸣谢启事，上面有樊宝之和自己的名字，一时弄得莫名其妙，暗想：这到底是怎么一回事？遂急急瞧下去道：

> 大中银行总裁李家瑞大善士捐助法币三万元，为难民造福无疆，特此鸣谢，以扬仁风。
>
> 　　　　　　　　　上海慈善救济会启

李家瑞再瞧樊宝之的捐款却是三万五千元，这才恍然大悟，不禁"啊哟"了一声，笑起来道：

"白豆蔻这妮子好厉害，她竟做了慈善救济会的募捐队了，我道她怎么会开口问我们借钱了，原来是这么一回事呢。"

李家瑞自言自语地说了这几句话，觉得白豆蔻这个姑娘确非金钱所能买得到的，像这样爱国爱民的歌女，实在还是创见，令人敬佩。李家瑞心中愈是敬佩，也就愈加爱她，决意非把她想到手了不肯罢休。正在拿了报纸呆呆地出神，忽见麒俊悄悄地走进来，向家瑞喊了一声爸爸，家瑞一见麒俊，忽然想着了李太太的话，莫非是麒俊告诉的吗？遂放下报纸，向他招了招手，麒俊连忙挨近身旁。家瑞低低地道：

"白豆蔻的事情，我关照你要严守秘密，你如何却在向母亲告诉呢？那我这三千元钱一月地给你零用，不是白给了吗？"

麒俊听了这话，急得跳脚，发咒道：

"爸爸，你不用冤枉我吧！我要如告诉了妈的话，我立刻被汽车轧死，你怎么可以不给我三千元一月钱呢？"

李家瑞慌忙把手按住了他嘴，向门外望了一望，埋怨道：

"我只不过问你一声儿，你大声地嚷起来做什么？"

麒俊知道他怕被妈听见，所以很神秘地问道：

"那么你三千元一月到底给不给？"

李家瑞听他这样说，便瞪他一眼，说道：

"和爸说话可用那一种态度吗？那你简直变成强盗了。"

麒俊这才弯了腰，满脸堆笑地说道：

"爸爸，你放心，我实在没有告诉过你，这一定是妹妹告诉的，因为妹妹总附和妈妈的，你想是不是？"

李家瑞听了，点点头道：

"那么你有什么事情吗？"

麒俊耸了两耸肩膀，笑嘻嘻地支吾了一会儿，说道：

"我有一件事情恳求爸爸，就是请你先给我一万元钱，我以后三个月不向你再要钱，不过暂时早拿一拿，我想这也没有什么问题吧？"

李家瑞听了，便皱起了眉毛，说道：

"你要一万元钱做什么用？一个年轻人究竟不能太浪费的呀！"

麒俊道：

"爸爸，你不要误会了，这一万元钱我可不是去浪费的，是一个朋友要我合股开一家吃食店，做生意的事情，你难道不答应吗？也好，我和母亲说去……"

说着，便回身欲退出室去。这一下子，李家瑞倒急了，便大喊回来，麒俊听了，遂又回转身子。家瑞怒气冲冲地骂道：

"好畜生，你胆敢和父亲作对吗？"

麒俊暗暗好笑，说道：

"这是什么话？我敢和父亲作对吗？父亲既然不肯给我一万元钱，那么我就向母亲要去，难道向母亲要钱，就是和父亲作对吗？这不是大笑话吗？"

家瑞被他这么一说，倒弄得哑口无言，暗暗骂声小鬼真可恶极了，但表面上不得不很正经地道：

"我还没开口哩，你忙什么？既然你是开店去的，那我会不答应你吗？不过你这一万元钱拿去，以后就得三个月不能再向我取钱。"

麒俊听他答应了，满心欢喜，笑道：

"这个理所当然的事，那还用嘱咐吗？"

李家瑞沉吟了一会儿，摇了摇头，说道：

"我信不过你，你得给我写张收条。"

麒俊把嘴一噘，说道：

"自己父子连这一些都信不过吗？爸爸似乎太厉害了，在儿子那里这样认真，在女人身上就爽气得不得了。"

李家瑞听了，两颊微微一红，喝声不许胡说，遂在身边取出支票簿，簌簌地写了一张一万元的支票交给了他。当麒俊伸手来接支票的时候，李家瑞又郑重地说道：

"以后三个月不能再向我取钱了……"

麒俊不等他说完，回答了一声"晓得"两字，身子早已奔出室内去了。未知麒俊要了这一万元做什么用，且看下回再行分解。

258

第二十回

因金钱闹成逃嫁案
怀醋意顿起暗杀仇

陆丁香这天下午和秋航在南京大戏院里瞧《铁血红骑》，不料家里却起了一阵波浪。关老太因为丁香这两星期来时常在外，心里当然颇觉忧虑，便和关天池道：

"你瞧丁香这孩子近来行动，恐怕外面有了情人吧？"

关天池沉吟了一会儿，点头说道：

"可不是？我也这样想，那么你做姑娘的是应该劝劝她才是，现在外面这种拐骗姑娘的小白脸可多着哩。"

关老太喝了一口茶，说道：

"不过论年龄也怪不了她，我想劝也没有什么用，最要紧的是给她找个对象。"

关天池吸了一口烟卷，把烟尾掷到痰盂内，说道：

"找个对象也不是容易的事情，要人漂亮，又要有相当的职业，而且又要人家最好没有家庭，这多么难呢！"

关老太笑道：

"正是呢，我想丁香她出去一定是和人一块儿在玩，不过这个人究竟是怎么样的人呢？假使果然不错的话，就成全了她倒也不要紧。"

关天池想了一会儿，说道：

"我想倒可以问一问莲蓉和琳娜，也许她们对于丁香的事情略为知道一些吧。"

关老太连连点头说道：

"对了对了，我们可以问一问莲蓉的。"

说着，便对使女阿芸道：

"你快把莲蓉喊上来，说老太太有话问她。"

阿芸答应下去，不多一会儿，阿芸、莲蓉一同走上来。关老太便叫莲蓉，问道：

"莲蓉，我问你一句话，你不用隐瞒我的，知道吗？"

莲蓉听了这话，倒是吃了一惊，遂很小心地回答道：

"什么事情？凭我所知道的，总可以告诉老太太。"

关老太满含了笑容，凝望着她，说道：

"其实也没有什么大事，我想丁香这几天时常到外面去，她是一定有了男朋友，不知她的男朋友是怎么样的一个人，你可知道一些吗？假使你瞧见过了，就老实告诉我好了，绝没有什么为难你的事情发生的。"

赵莲蓉听她这样说，一时倒弄得左右为难，觉得说又不是，不说又不是，但说原也无话可说，因为对于丁香的男朋友自己实在没有见面过的。不过若回答不知道吧，又生恐关老太生气，这就急得两颊绯红，因此一急，她倒急出一个主意来，微笑着道：

"老太太问的这个事情嘛，我却并不十分详细，不过我所知道的有一个少年，他是新华大学在读书，名字叫作李麒俊，时常到店里来喝咖啡，对于丁香妹妹似乎十分亲热，也许就是这一个人吗？"

关老太一听果然问出一些头绪来，心里十分欢喜，忙又问下去道：

"那么这个姓李的大约有多少年纪了？人生得怎么样？还漂亮吗？"

赵莲蓉点头道：

"年纪约莫二十一二岁，人生得很俊美，人家在大学里读书，家境当然是好的了。老太太，你若不信，回头他来喝咖啡时，我通知你去亲自瞧一瞧好吗？"

关天池夫妇听了，喜之不胜，遂点头说道：

"甚好，那么你此刻下去吧。"

赵莲蓉于是站起身子，点头走下去了。约莫三点钟的时候，赵莲蓉笑嘻嘻地走上来了，说道：

"老太太，这个姓李的来了，你们快下去瞧吧。"

关天池夫妇俩一听，遂急急相继而下，来到屏风的后面。赵莲蓉在空隙中指出去，说道：

"那边第三张座桌旁一个身穿西服的便是。"

关天池夫妇抢着要瞧，害得关老太的额角在木梗子上撞了一块青的，于是狠狠骂道：

"你男人家不会大大方方走到外面去瞧吗？累得我撞得好痛。"

关天池一面用手拼命给她在额上揉擦，一面又连说你先瞧你先瞧。关老太把他手推开了，瞅他一眼，方才从孔隙中瞧了出去。果见第三张桌子旁坐着一个西服少年，生得眉清目秀，一头菲律宾式的西发，梳得光可鉴人，真是十分俊美。一时满心欢喜，暗想：若与我丁香结成夫妇，正是一对玉人。遂回头对关天池笑道：

"这个少年好极了，你快去把他请到楼上来坐吧，我有许多话要跟他说呢。"

天池见她这样性急，忍不住好笑道：

"我还不曾瞧过他的品貌如何呢，你怎么就要请他到楼上去坐了？"

关老太瞪他一眼，说道：

"我瞧过了说好的，那就不会错，你快去把他请上来是了，我在楼上等着。"

关天池素来也有些惧内，只好答应，遂和赵莲蓉一同走到外面。

261

莲蓉把手向麒俊一点，说这位就是，于是天池便走上前去，拱了拱手，说道：

"这位就是李先生吗？"

李麒俊因为昨夜在维纳斯咖啡馆内和丁香遇见后，觉得丁香这么一打扮后的姿容，更是美到极点，和妹妹并坐一起，妹妹虽艳，到底也及不了她多了。原是一个绝好的机会，不料偏又错过了，所以今天怎么会不来呢？当他一问莲蓉，说丁香饭后就出去了，心里殊觉扫兴，正在闷闷不乐，忽然见莲蓉带一男子出来，说这位就是，那男子便拱手上前，心中倒是猛吃一惊。定睛向他细瞧，又见天池身材魁梧，穿件元色长袍，头戴一顶西瓜皮小帽，完全是个上海人所谓白相人的打扮，一时更加吓了一跳，心里暗想：莫非他要敲诈我吗？但表面上是不得不竭力镇静了态度，站起身子，说道：

"不敢，这位贵姓？我和阁下素昧平生，不知如何认识？"

关天池道：

"在下姓关，陆丁香是我的内侄女儿，听说你们的感情很不错，是不是？"

李麒俊一听这话来势不对，一时把两颊涨得绯红，一颗心的跳跃仿佛小鹿般地乱撞，支支吾吾地竟回答不出话来。关天池见他这个模样，猛可理会自己这态度和说话不对，不是叫人家疑心我有什么歹意吗？于是立刻又和颜悦色地笑道：

"李先生，你别害怕，我就是这儿可可咖啡馆的主人，陆丁香是我的侄女儿，内子爱她像自己女儿一样。听说李先生是丁香的好朋友，所以内子要请你到楼上去坐一会儿，并没有什么歹意，你放心是了。"

李麒俊听了，兀是疑信参半，呆呆地出神。赵莲蓉走上来笑道：

"老太太看中你了，你还装什么骇子？"

李麒俊听莲蓉这样说，方才相信了，立刻向关天池很恭敬地鞠了一个躬，说道：

"原来这位就是关老伯，小侄不知，多有冒昧之处，还请海涵。"

关天池听他口齿伶俐，心中大喜，呵呵笑道：

"说哪儿话来？李先生，请吧。"

李麒俊忙把手一摆，微笑道：

"关老伯先请。"

关天池一想不错，自己是主人，理应上前领路，于是含笑上前，两人便相继到楼上。阿芸早在门口迎着，关天池道：

"你和老太太说去，李先生来了。"

阿芸笑道：

"老太太已恭候多时，李少爷走好。"

李麒俊含笑点头，一面已是跨步进房。这里是关老太的卧室，里面已收拾得非常清洁，桌上放着四盘瓜子、花生和糖果，还有一罐子烟卷。李麒俊见房中站着一位五十左右的妇人，想来就是丁香的姑妈无疑了，于是抢步上前，深深鞠了一躬，说道：

"这位定是关伯母了，小侄来得孟浪，一切望勿见责是幸。"

关老太笑得那张瘪嘴也合不拢来，一面让座，一面笑道：

"李先生，你别客气，我们地方小，真有些见客不来呢，请坐吧。"

随了这一句话，于是三个人在桌边坐下来。阿芸端上三杯香茗，关老太在烟罐子里抽出一支烟卷，递给麒俊，李房俊假装老实人，回头转递给天池，说道：

"我不会吸烟，还是老伯吸吧。"

说着，便亲自又给天池划火柴。两人见麒俊彬彬有礼，实在是个好少年，心中这就愈加欢喜。关老太遂在盘内抓了一把咖啡糖放到他的面前，笑道：

"那么吃些糖吧。"

麒俊略欠身子，点了点头，遂剥了一粒，放在嘴里，慢慢地嚼着。三人呆呆地坐了一会儿，麒俊因为他们不说话，自己当然不好意思开口，所以就暗自想道：原来这咖啡店是丁香的姑爹开设的，怪不得丁香一会儿出去，一会儿出去，有这样的自由。今天这事透见得有些奇怪，他们怎晓得我和丁香是好朋友呢？况且照事实上说，丁香对于我并没十分的好感呀。难道丁香心里爱我，表面上故意冷淡我吗？也或许是的，因为女子最喜欢假惺惺作态，尤其是一个美丽的姑娘，那么丁香自然也脱不了这个脾气。李麒俊这样一想，一颗心灵真是甜蜜无比，那颊上就自然而然地会显出笑容来。关天池自己知道是个不会说话的人，所以只管向关太太挤眉弄眼，关老太虽然晓得丈夫的意思，但一时里又从哪儿说起好呢？凝眸沉思了良久，这才有了主意，微微地笑了一笑，说道：

"我们丁香自小就没了爸妈，一向由我抚养成人，因为她长得太令人可爱了，所以我们倒有些舍不得放她出阁了，但是老叫她伴在我们的身旁吧，难道叫她一辈子不嫁人吗？这断断没有这个理由，所以我们的意思，欲给她找个入赘夫婿，那么丁香既可以不离开我们，我们也有了一个儿子似的，不过这种两全其美的事情是多么难呢！"

李麒俊原是个聪敏的人，听了关老太这一篇话，哪有个不明白她的意思吗？心中暗想：原来关老太是在征求我的同意，其实照自己的地位着想，确实还是这个样子比较妥当，反正我把这儿当作小公馆是了。这样既没有开销，又可以享受温柔滋味，真所谓艳福无穷，何乐而不为呢？不过自己拿什么话说上去好呢？这倒是十分困难，因此望着关老太只是微笑。关老太见他这神情，显然他是很快乐，因为自己已有意见先说给他听过，于是便含笑又问道：

"李先生是什么地方人？府上老太爷和老太太都健全吗？"

李麒俊暗想：我若回答都健在，那么将来便有许多牵累，倒不如索性说个谎。为了女人，一时也就管不了许多，说道：

"我是上海本地人，爸妈都在三年前死了。"

关老太听他爸妈全死，那对于入赘的事情颇为相宜，忙又笑道：

"那么你共有几个兄弟呢?"

李麒俊知道她问的话句句都有用意,遂迎合她的意思说道:

"共有四个兄弟,我是老四,以上三个哥哥都已娶了妻子,彼此各立门户,所以大家都不相关的。"

关天池夫妇听他这样说,心中欢喜得了不得,遂又问道:

"那么李先生求学的费用是谁供给的呢?"

李麒俊转着眸珠,说道:

"爸爸生前很多着几个钱,自从爸妈死后,我们兄弟就分了家,各人分到两万多钱,所以我的学费都是爸爸的遗产内取的。"

关天池一听他有两万多的钱,心中愈加欢喜,便有了一个主意,说道:

"李先生,我听说你和我们的丁香感情很好,不知你可真心地爱她吗?我这人喜欢爽快,假使李先生果然愿意和丁香结为终身伴侣的话,我们不妨谈一谈,你瞧怎么样?"

李麒俊听他这样问,两颊倒是微微一红,笑了一笑,说道:

"老伯既然不当小侄为外人,那么小侄也就厚着脸皮说实话,确实是很爱丁香,不过老伯有什么条件,只要小侄能够办得到的,当然是无不遵命的。"

关天池一听,心中大喜,便呵呵笑道:

"李先生,你这人也好痛快,我生平就最赞成这一种人。至于条件,原也没有什么,我们本意是给丁香找个入赘夫婿,不过丁香究竟不是我们女儿。现在李先生既然在上海只有一个人,我的意思欲委屈你给我做个干儿子,这样丁香就成为我们的媳妇了,岂不是两全其美的办法吗?"

关老太听丈夫说出这个办法,心中也不胜欢喜,笑道:

"李先生,我俩因为膝下并无一男半女,所以瞧见你们年轻的人,都觉羡慕,假使蒙你不弃,我们把丁香就准定嫁给了你吧。"

李麒俊听他们要自己给他做儿子,虽然心有未愿,但为了丁香这么一个美丽的姑娘，就是再牺牲得重大一些也不可惜的，何况只有给人家做儿子呢？遂毅然说道：

"既然老伯和伯母这样地抬爱，敢不遵命吗？"

说罢，便离了座位，向关天池夫妇拜了八拜，口喊："爸妈在上，干儿子在此拜见了。"

两人乐得不知所云，一面扶起，一面连喊罢了。这时，李麒俊心中暗想：他们两老虽然十分爱我，但丁香的心里究竟爱不爱呢？这还是一个问题。不过大凡一个人总是爱钱的多，我可以拿钱去引诱他们，那么关天池不是更会起劲了吗？就是丁香不爱我，他们一定也要强迫她爱我了。想定主意，便又说道：

"干爹，干妈，我想你我彼此既已认作父子，对于丁香却反要隔一层了，所以我们对于聘金一层倒不能省却，孩子在银行里存有一万元钱，明天就拿来给干爹好吗？这样丁香要买什么物品，不是都可以买了吗？"

关天池所希望的就是这一点，因为近来他要扩充范围，需要一笔款子，今听他果然说上来，一时乐得眉飞色舞，点头笑道：

"干儿子既然有这一种存心，当然是很叫人欢喜，不过对于聘金一层，反正彼此都是自己人，那也就无所谓了。我这家咖啡店近来营业很好，所以我想扩充范围，不过却少一笔款子使用，现在你既有一万元钱，我想不妨你就作为投资，反正彼此已成父子，将来这一家咖啡店还不是你所有的吗？"

李麒俊点头道：

"这样好极了，那么明后天我准定把款子取来交给干爹吧。此刻还有些别的事，先走一步了。"

关老太忙道：

"你就吃了饭去吧。"

李麒俊已是站起身子，说道：

"干妈，我不客气，反正日后我要天天来这儿吃饭了呢。"

关老太一听这话倒也不错，于是不再强留，叫天池送到门外。李麒俊这就欢天喜地地回去了。

　　狄秋航那天和白豆蔻在舞场里欢舞了一下午，觉得白豆蔻对待自己那一种痴情，真所谓是天无其高、海无其深，她的身世已是引起了秋航万分的同情，她的人更引起了秋航万分的可爱，因此他觉得白豆蔻确实是自己一个理想中的伴侣，于是把那陆丁香和李茜珠两人的热情又渐渐地淡忘下来，所以这几天下午总和白豆蔻在一块儿游玩。李家瑞和樊宝之自从那天在报上发觉了上海慈善救济会里的鸣谢启事，方知白豆蔻对于金钱两字视若粪土，不足为奇。虽然心中很是失望，但爱白豆蔻的一颗心却是更加增浓，所以两人依然努力追求，并不放松。无奈这几天白豆蔻和秋航一块儿玩去了，所以总没有见面的机会。

　　这天，李家瑞上午就到三友小筑来，说请白豆蔻到公馆里去吃饭，自己太太要和白小姐认识个朋友。白豆蔻情意难却，只好答应下来，不料下午狄秋航又来望白豆蔻，一听白小姐已被朋友约出去了，心中自然颇觉纳闷，只好怏怏回家。谁知一到家里，母亲就很不快乐地说道：

　　"陆小姐前天、昨儿已来望过你两次了，我知道她今天一定又来的，所以叫你等一会儿，不要出去了，偏你不听我的话，果然你走出后不到五分钟，她又来望你了。"

　　秋航听了，急忙问道：

　　"那么母亲干吗不叫她坐一会儿呢？"

　　狄老太生气道：

　　"你还怪我的不是吗？人家一连地来望你三次，都没碰面，怎不要叫人家心里生气吗？所以我留她坐一会儿，她也不肯坐，我瞧她今天来的神情很不好，仿佛和家里吵过嘴似的，两眼红红的，又像哭过了。我问她为什么不高兴，她又不肯告诉我，都是你这个人不好，陆小姐她是约你出去散散心的，偏你不在家，这不是叫人家失望吗？前儿人家为你解职了伤心得淌泪，人家是多么关心你，现在人家心里不快乐，你却不给人家一些安慰，你这真是个不情的东西！现在还不快到她家里去望她吗？"

狄秋航被母亲絮絮地骂了一顿，心中想着丁香的柔情蜜意，一时也深深感到对不住她，两手搓了一搓，好像没法的神气，说道：

"那么此刻我去瞧她吧。"

狄老太瞅他一眼，说道：

"不去瞧她，你还打算到哪儿去？"

狄秋航想不到母亲和丁香的感情竟有这样好，一时忍不住笑起来，连声说我去我去，于是便回身出了鸿怡坊，急急到可可咖啡店里去了。一路上心中暗想：看母亲的态度，她完全看中丁香要给自己做媳妇了，当然像丁香那样品貌的姑娘，能够给自己做妻子，也未始不是自己的幸福，不过白豆蔻的品貌固然和丁香难分轩轾，但我和她却是志同道合，况且她如此痴心相爱，我又怎能够抛得了她呢？想到这里，不免又想起这个李茜珠小姐来，她何尝不是那样痴情呢？唉！我真太幸福了，一个人感到幸福当然是件喜欢的事情，不料狄秋航却叹起气来，你想，这不是很有趣吗？胡思乱想地忖了一会儿，车子早到可可咖啡店的门口。狄秋航付了车资，推门进内，就见窦琳娜笑盈盈地迎上来招待。秋航见丁香没有在里面，一时又不好意思开口相问，只得先在一个座位上坐了下来。窦琳娜问吃什么，狄秋航道：

"先拿杯牛奶和一客火腿吐司来。"

窦琳娜答应一声，便自管下去，不多一会儿，火腿吐司和牛奶拿上来，放在桌上。狄秋航这就再也忍不住开口问道：

"请问你，这儿不是有一位陆丁香小姐吗？她今天可在家里？"

窦琳娜听秋航问起丁香，不免向他瞟了一眼，暗想：倒是个怪俊美的人。便抿嘴儿笑道：

"你问丁香做什么？她出去买东西了，人家再过几天要做新媳妇

268

了呢!"

狄秋航听她这样回答，猛可想起母亲刚才告诉丁香两眼红肿，仿佛哭过似的，那么显然丁香这个婚姻是强迫的，她并不赞同，她为什么不赞同？那还用说吗？当然是为了爱我的缘故了。想到这里，心中就会一阵难过，两颊便红了起来，那杯牛奶和吐司便再也吃不下去了，望着窦琳娜，急急地又问道：

"那么这个婚姻可不是丁香的姑爹和姑妈做的主吗？"

窦琳娜笑道：

"虽然是她姑爹做的主，但她本身当然也欢喜的。你这位先生贵姓？和丁香是什么关系？"

狄秋航立刻又镇静了态度，笑了一笑，装出毫不介意的神气，说道：

"我和丁香是从小的同学，因为一向没有听她说起婚姻的事，现在突然她要做新娘了，所以令人感到有些这样快的感觉。"

说着，便不再问话，低下头来，握着杯子，慢慢地呷着牛奶，心中可就想：她这话就透见得有些奇怪，陆丁香既然也愿意这头婚姻，她何必再要哭？她又何必再要到我家来连望三次？显然丁香本身也喜欢的这一句话是并不准确，那么她为什么要骗我？难道她知道丁香爱上我，所以故意这样说，好叫我死了这条心吗？对了，这女子一定是丁香的姑爹和姑妈的眼线。本来自己还要去见见丁香的姑爹和姑妈，现在当然是可以不必多此一举了。狄秋航想到这里，心中一阵烦躁，也吃不下牛奶吐司，就付了账款，匆匆地走出可可咖啡店，低了头，只管向东走去。

这时，暮色已笼罩了大地，斜阳向西慢慢地低沉，宇宙间已迷离得模糊不清了。忽然秋航身旁有个卖报的孩子走过，口里还很起劲地喊道：

"《大晚夜报》，要看到白豆蔻小姐被绑，六分洋钿一张，要买快来，《大晚夜报》!"

这消息又仿佛是个晴天中的霹雳，骤然听到秋航的耳中，好像挖去了他的一颗心那么地难过，立刻摸出六分钱，买了一张，展开来瞧，只见上面登载着道：

一代歌后白豆蔻被击要闻

下午三时三十五分，本埠愚园路口三百十五号李公馆，原为皇宫歌舞剧院主人李家瑞之住宅。是日，白豆蔻小姐被邀至李公馆午餐，李太太亲自殷殷招待，相形甚欢。餐毕，当由李氏吩咐用自备汽车送白小姐回府，不料汽车开出公馆门口约五十码光景，即遭匪徒多人用汽车架去。

又讯 白豆蔻小姐坐李氏汽车自公馆内开出，突有暴徒三人，各执手枪，向车厢内连开数枪，即逃逸无踪。闻白小姐左臂受伤甚重，恐有生命之虞。以上情形，既非抢劫，又非绑架，却似同暗杀，内容显见甚为复杂，究属何故，容再探访，续志明日本报。

狄秋航瞧完了这一则新闻，不禁失声"啊哟"叫了起来，暗想：这是怎么一回事？白豆蔻既没结怨小人，有谁这样狠毒地去下如此辣手呢？瞧到恐有生命之虞一句时，狄秋航的一颗心好像有刀在割一般地疼痛，也许神经受了极度的刺激，他有些模糊，自己也不知道要跑到什么地方去，只管拼命地向东直奔，口里犹喃喃地说道：

"白豆蔻，你的生命果然很危险吗？陆丁香，你真要嫁人了吗？唉！我的心到哪儿去了？我的心呢？我的心呢？"

狄秋航发狂似的这一阵子狂奔，早已到了黄浦江的旁边，抬头见天空已呈现了灰暗的颜色，夜风一阵一阵地吹刮江面，江水在脚底下激起汹涌的波涛，仿佛愤怒激出来的呐喊。狄秋航泪眼模糊地凝望着那滚滚的江流，忍不住长叹了一声，只觉得心头是空洞洞的，好像掉了一件什么宝贵的东西。

就在这个时候，忽然秋航瞥见西面有个姑娘站在铁栏杆前，临风呜咽，其声甚为悲伤。狄秋航暗想：难道有谁也和我一样地失意吗？遂回眸急急地仔细望去，这一望正是应着了不瞧犹可的一句话，狄秋航立刻没命似的奔了上去，口中大喊道：

"丁香！丁香！"

初集《豆蔻女郎》到此，便暂时告一段落，阅者如欲明了白豆蔻生死究属如何，陆丁香到底可曾嫁与李麒俊，以及三人之结果如何，请诸位在《豆蔻女郎续集》中再细细地瞧吧。

附　　录

从鸳鸯蝴蝶派谈到冯玉奇小说

裴效维

　　《民国通俗小说典藏文库·冯玉奇卷》将收录冯玉奇的百余种小说作品，此举极其不易。现在，我愿以这篇文章给出版者呐喊助威。尽管我人微言轻，但我毕竟是一个中国文学的研究者，为鸳鸯蝴蝶派说些公道话是我的责任。

　　冯玉奇是一位鸳鸯蝴蝶派作家，因此我们要想了解冯玉奇，必须首先厘清有关鸳鸯蝴蝶派的一些问题。

一、何谓鸳鸯蝴蝶派

　　鸳鸯蝴蝶派作家平襟亚在《关于鸳鸯蝴蝶派》（署名宁远）一文中对鸳鸯蝴蝶派的来历说得很清楚：

　　　　鸳鸯蝴蝶派的名称是由群众起出来的，因为那些作品中常写爱情故事，离不开"卅六鸳鸯同命鸟，一双蝴蝶可怜虫"的范围，因而公赠了这个佳名。

　　　　　　　　　　　　——载香港《大公报》1960 年 7 月 20 日

　　可见鸳鸯蝴蝶派并不是一个有组织有宗旨的小说流派，而是因为当时流行的言情小说多写一对对恋人或夫妻如同鸳鸯蝴蝶般相亲相爱，形影不离，因而民间用鸳鸯蝴蝶小说来比喻这种言情小说，那么这种言情小说的作家群当然也就是鸳鸯蝴蝶派了。这种说法应该是可信的，因为民间常用鸳鸯和蝴蝶来比喻恋人或夫妻，很多民间文学作品中不乏其例。这一比喻非常形象生动，但并无褒贬之意，因此不胫而走。

　　传到新文学家那里，便加以利用，并赋予贬义，作为贬低对手的武器。但新文学家对鸳鸯蝴蝶派的界定并不一致，大致有两种看法。

　　一种看法认同民间的比喻说法，即将鸳鸯蝴蝶派小说局限为通俗小说中的言情小说，将鸳鸯蝴蝶派局限为言情小说作家群。鲁迅是这种看法的代表，他在1922年所写的《所谓"国学"》一文中说："洋场上的文豪又作了几篇鸳鸯蝴蝶派体小说出版"，其内容无非是"'卿卿我我''蝴蝶鸳鸯'"（载《晨报副刊》1922年10月4日）。又于1931年8月12日在社会科学研究会做了《上海文艺之一瞥》的长篇演讲，其中对鸳鸯蝴蝶派小说更做了形象而精辟的概括：

　　　　这时新的才子＋佳人小说便又流行起来，但佳人已是良家女子了，和才子相悦相恋，分拆不开，柳阴花下，像一对蝴蝶、一双鸳鸯一样。

　　　　　　　　　　　　　　——连载于《文艺新闻》第20、21期

　　此外，周作人、钱玄同也持这种看法。周作人于1918年4月19日在北京大学文科研究所小说研究会做《日本近三十年小说之发达》的演讲中，就说现代中国小说"还有《玉梨魂》派的鸳鸯蝴蝶体"（载《新青年》第5卷第1号）。次年2月，周作人又发表《中国小说里的男女问题》（署名仲密）一文，认为"近时流行的《玉梨魂》，虽文章很是肉麻，（却）为鸳鸯蝴蝶派小说的鼻祖"（载《每周评论》第5卷第7号）。与周作人差不多同时，钱玄同在1919年1月9日所写的《"黑幕"书》一文中也说："人人皆知'黑幕'书为一种不正当之书籍，其实与'黑幕'同类之书籍正复不少，如《艳情尺牍》《香闺韵语》及'鸳鸯蝴蝶派小说'等等皆是。"（载《新青年》第6卷第1号）这种看法后来被人称之为"狭义的鸳鸯蝴蝶派"看法。

另一种看法却将鸳鸯蝴蝶派无限扩大，认为民国年间新文学派之外的所有通俗小说作家都是鸳鸯蝴蝶派，他们的所有通俗小说都是鸳鸯蝴蝶派小说。这种看法的代表人物是瞿秋白和茅盾。瞿秋白从小说的内容方面来扩大鸳鸯蝴蝶派小说的范围，他在《财神还是反财神》一文中说，"什么武侠，什么神怪，什么侦探，什么言情，什么历史，什么家庭"小说，都是鸳鸯蝴蝶派小说（见人民文学出版社1953年10月版《瞿秋白文集》）。茅盾则从小说的形式方面来扩大鸳鸯蝴蝶派小说的范围，他在《自然主义与中国现代小说》一文中认定鸳鸯蝴蝶派小说包括"旧式章回体的长篇小说""不分章回的旧式小说""中西合璧的旧式小说""文言白话都有"的短篇小说（载1922年7月《小说月报》第13卷第7号）。这种看法后来被人称之为"广义的鸳鸯蝴蝶派"看法，而且逐渐成为主流看法，以致后来的文学研究者都接受了这种看法。

新文学家不仅在鸳鸯蝴蝶派的界定问题上分成了两派，而且在鸳鸯蝴蝶派的名称上也花样百出。如罗家伦因为徐枕亚等人好用四六句的文言写小说，便称其为"滥调四六派"（见署名志希的《今日中国之小说界》，载1919年《新潮》第1卷第1号），但无人响应。郑振铎因为《礼拜六》杂志为鸳鸯蝴蝶派的主要刊物之一，便称其为"礼拜六派"（见署名西谛的《新文学观的建设》一文，载1922年5月21日《文学旬刊》第38号）。这一说法得到了周作人、茅盾、瞿秋白、朱自清、阿英、冯至、楼适夷等人的响应，纷纷采用，以致使用频率越来越高，知名度越来越大，终于成为鸳鸯蝴蝶派的别称了。于是"鸳鸯蝴蝶派"和"礼拜六派"两个名称便被新文学家所滥用。如郑振铎在《新文学观的建设》一文中称"礼拜六派"，而在《〈文学论争集〉导言》一文中却称"鸳鸯蝴蝶派"（见上海良友图书公司 1935 年 10 月出版的《新文学大系·文学论争集》卷首）。还有人在同一篇文章里既称鸳鸯蝴蝶派，又称礼拜六派。如阿英在 1932 年所写的《上海事变与鸳鸯蝴蝶派文艺》一文中说：张恨水的所谓"国难小说"，与"礼拜六派的作品一样，是鸳鸯蝴蝶派的一体"，"充分地说明了鸳鸯蝴蝶派的作家的本色而已"（见上海合众书店 1933 年 6 月出版的《现代中国文学论》）。

茅盾在 20 世纪 70 年代觉得统称鸳鸯蝴蝶派或礼拜六派都不合适，于是提出了一个折中的看法，他在《紧张而复杂的生活、学习与斗争（上）——回忆录（四）》中说：

> 我以为在"五四"以前，"鸳鸯蝴蝶派"这名称对这一派人是适用的。……但在"五四"以后，这一派中有不少人也来"赶潮流"了，他们不再老是某生某女，而居然写家庭冲突，甚至写劳动人民的悲惨生活了，因此，如果用他们那一派最老的刊物《礼拜六》来称呼他们，较为合式。

——载 1979 年 8 月《新文学史料》第 4 辑

事实是该派在"五四"前后没有根本变化，都是既写言情小说，又写其他小说，将其人为地腰斩为两段，既显得武断，又无法掩盖当时的混乱看法。

这些混乱的看法导致后来的文学研究者无所适从：或沿用"鸳鸯蝴蝶派"的说法（如北大本《中国文学史》和《中国小说史稿》、

复旦本《中国文学史》和《中国近代文学史稿》等）；或沿用"礼拜六派"的说法（如山东师院本《中国现代文学史》等）；或干脆别出心裁地称之为"鸳鸯蝴蝶—礼拜六派"（见汤哲声《鸳鸯蝴蝶—礼拜六小说观念的价值取向及其评价》，载《苏州大学学报》1992年第2期）。这可真算是中国小说史上的一出有趣的滑稽戏了。

二、如何评价鸳鸯蝴蝶派

鸳鸯蝴蝶派的开山作品是1900年陈蝶仙的言情小说《泪珠缘》，因此鸳鸯蝴蝶派应该是指言情小说派，这也就是后来的所谓"狭义的鸳鸯蝴蝶派"，但被新文学家扩大为"广义的鸳鸯蝴蝶派"，实际上也就是民国通俗小说派。

鸳鸯蝴蝶派与同时期的"南社"不同，既没有组织，也没有纲领，而是一个在思想倾向和艺术风格上大体相同或相近的小说流派，连"鸳鸯蝴蝶派"这一招牌也是别人强加给它的。然而客观地说，鸳鸯蝴蝶派确实是一个产生过巨大影响的小说流派。在"五四"以前的近二十年间，它几乎独占了中国文坛；在"五四"以后的三十年间，虽然产生了新文学，但新文学只是表面上风光，而鸳鸯蝴蝶派却一派兴旺发达景象。我对"广义的鸳鸯蝴蝶派"做过不完全的统计：该派作家达数百人，较著名者有一百余人，所办刊物、小报和大报副刊仅在上海就有三百四十种，所著中长篇小说两千多种，至于短篇小说、笔记等更难以计数。在此前的中国文学史上，还没有哪个文学流派有过如此宏大的规模，产生过如此巨大的影响。

鸳鸯蝴蝶派由于规模宏大，又处在历史的一个巨变时期，其成员的确鱼龙混杂，其作品也良莠不齐，但总体来说，它形象地记录了中国二十世纪前五十年的历史，为中国读者提供了丰富的精神食粮，对中国小说的传承起过积极作用，因此应该给予充分的肯定。

鸳鸯蝴蝶派小说已经不是中国传统通俗小说的复制，而是一种改良的通俗小说。在形式方面，它既采用章回体，也采用非章回体，甚至采用了西洋小说的日记体、书信体等，至于侦探小说则更是完全模仿自西洋小说。在艺术手法方面，受西洋小说的影响非常明显，如增加了人物形象和景物描写，结构与叙事方式也趋于多样化，单线和复线结构并用，第三人称和第一人称叙述法兼施，还采用了倒叙法和补叙法。在内容方面，鸳鸯蝴蝶派小说已经扩大了描写范围，反映了当时社会生活的各个方面，甚至已经紧跟时事，及时反映当前的社会现实，被称为"时事小说"。如李涵秋的《广陵潮》描写辛亥革命，而他的《战地莺花录》则描写五四运动，这种及时反映当时发生的重大政治事件的小说，与多写历史故事的古代小说完全不同，显然是一大进步。鸳鸯蝴蝶派的言情小说，也不同于古代的才子佳人小说，而是一种新才子佳人小说。古代的才子佳人小说因面对森严的封建礼教，只能写才子与佳人偶尔一见钟情，以眉目传情或诗书传情的方式进行交流，最后皆是有情人终成眷属的大团圆结局。而这种大团圆结局完全是人为的：或出于巧合，或由于才子金榜题名，皇帝御赐完婚，这就完全回避了封建包办婚姻的问题。而民国年间的封建礼教已经在一定程度上松绑，尤其像上海、北京等大城市得风气之先，恋爱自由和婚姻自主思想已经渐入人心。因此有些鸳鸯蝴蝶派的言情小说也突破了古代才子佳人小说的窠臼，才子佳人已经敢于"相悦相恋，分拆不开，柳阴花下，像一对蝴蝶、一双鸳鸯一样"。其结局也不再全是有情人终成眷属的大团圆，而是"有时因为严亲，或者因为薄命，也竟至于偶见悲剧的结局……这实在不能不说是一个大进步"（鲁迅《上海文艺之一瞥》，连载于1931年7月27日、8月3日《文艺新闻》第20、21期）。言情小说由大团圆结局到悲剧结局的确是一个大进步，因为前者是回避封建包办婚姻礼制，而后者是控诉封建包办婚姻礼制。而这一进步的开创者是曹雪芹和高鹗，他们在《红楼梦》里所写的婚姻差不多都是悲剧。因此胡适称赞《红楼梦》不仅把一个个人物"都写作悲剧的下场"，而且最后"作一个大悲剧的结束，打破了中国小说的团圆迷信"（《〈红楼梦〉考证》，见 1923 年亚东图书馆版《胡适文存》）。可见鸳鸯蝴蝶派的言情小说在一定程度上继承了《红楼梦》开创的爱情婚姻悲剧模式，因而具有相当的反封建意义。我们可以徐枕亚的《玉梨魂》为例加以说明，因为该小说被新文学家指为鸳鸯蝴蝶派的代表性作品。

《玉梨魂》的故事很简单——清末宣统年间，小学教员何梦霞与年轻寡妇白梨影相爱，但两人均认为他们的这种行为是不道德的。为了得到感情的解脱，白梨影想出个"移花接木"的办法，即撮合何梦霞与自己的小姑崔筠倩订了婚。然而何梦霞既不能移情于崔筠倩，白梨影也无法忘情于何梦霞，结果造成了一连串的悲剧——白梨影在爱情与道德的激烈冲突下郁郁而死；崔筠倩因得不到何梦霞之爱而离开了人世；白梨影的公公因感伤女儿、儿媳之死而一病身亡；白梨影的十岁儿子鹏郎成了孤儿。何梦霞为排遣苦闷，先赴日本留学，继又回国参加了辛亥武昌起义（即辛亥革命），壮烈牺牲。

《玉梨魂》不仅描写了一个爱情婚姻悲剧，而且不同于一般的爱情婚姻悲剧。一般的爱情婚姻悲剧都是由封建势力造成的，即由包办婚姻造成的；而《玉梨魂》所写的爱情婚姻悲剧，其原因却是何梦霞和白梨影自身的封建道德。他们既渴望获得恋爱自由和婚姻自主的权利，又不能摆脱封建道德和封建礼教的束缚，两者激烈冲突，造成三死一孤的惨剧。从而揭露了封建道德和封建礼教的影响力是多么巨大，它已深入人们的骨髓，使其不能自拔。因此，它的反封建意义比一般的爱情婚姻悲剧更为深刻。

其实，新文学阵营也不是铁板一块，虽然大多数新文学家对鸳鸯蝴蝶派全盘否定，但也有少数新文学家态度比较客观，他们对鸳鸯蝴蝶派也给予一定的肯定。鲁迅是其中最突出的一位，他不仅认为某些鸳鸯蝴蝶派的悲剧言情小说是"一大进步"，而且不同意某些新文学家对鸳鸯蝴蝶派消极影响的夸大其词。他说：

至于说他流毒中国的青年，那似乎是过虑。倘有人能
为这类小说所害，则即使没有这类东西也还是废物，无从
挽救的。与社会，尤其不相干，气类相同的鼓词和唱本，
国内非常多，品格也相像，所以这些作品也再不能"火上
添油"，使中国人堕落得更厉害了。

——《关于〈小说世界〉》，载《晨报副刊》

1923 年 1 月 15 日

这种客观的观点与前述周作人无限夸大鸳鸯蝴蝶派作品能使国
民生活陷入"完全动物的状态"乃至"非动物的状态"的观点形成
了鲜明对比。当抗日战争爆发后，鲁迅更提倡文学界的抗日统一战
线，主张团结鸳鸯蝴蝶派一起抗日。他说：

我以为文艺家在抗日问题上的联合是无条件的，只要
他不是汉奸，愿意或赞成抗日，则不论叫哥哥妹妹，之乎
者也，或鸳鸯蝴蝶都无妨。但在文学问题上我们仍可以互
相批判。

——《答徐懋庸并关于抗日统一战线问题》，

载《作家》月刊第 1 卷第 5 期

鲁迅不仅提倡团结鸳鸯蝴蝶派一起抗日，而且主张新文学派与
鸳鸯蝴蝶派在文学问题上"互相批判"，这种平等对待鸳鸯蝴蝶派的
度量，也与那些视鸳鸯蝴蝶派如寇仇，必欲置诸死地而后快的新文
学家形成了鲜明对比。

对鸳鸯蝴蝶派给予肯定的不只鲁迅，还有朱自清和茅盾。朱自

清认为供人娱乐是中国传统小说的特点，因此不赞成将"消遣"作为罪状来批判鸳鸯蝴蝶派小说。他说：

> 在中国文学的传统里，小说……更是小道中的小道，就因为是消遣的，不严肃。不严肃也就是不正经，小说通常称为"闲书"，不是正经书。……鸳鸯蝴蝶派的小说意在供人们茶余酒后的消遣，倒是中国小说的正宗。

——《论严肃》，载《中国作家》创刊号

茅盾也承认鸳鸯蝴蝶派小说也"写家庭冲突，甚至写劳动人民的悲惨生活"。他还从艺术性方面对鸳鸯蝴蝶派小说给予一定肯定。他认为鸳鸯蝴蝶派的有些长篇小说"采用西洋小说的布局法"，如倒叙法、补叙法，以及人物出场免去套语、故事叙述"戛然收住"等等，这一切是对"旧章回体小说布局法的革命"。还认为鸳鸯蝴蝶派的有些短篇小说学习了西洋短篇小说"截取一段人生来描写，而人生的全体因之以见"的方法："叙述一段人事，可以无头无尾；出场一个人物，可以不细叙家世；书中人物可以只有一人；书中情节可以简至只是一段回忆。……能够学到这一层的，比起一头死钻在旧章回体小说的圈子里的人，自然要高出几倍。"（《自然主义与中国现代小说》，载1922年7月10日《小说月报》第13卷第7号）

鲁迅、朱自清、茅盾毕竟属于新文学派，因此他们对鸳鸯蝴蝶派的肯定是有限的。我们应该摆脱成见与束缚，从中国文学史的角度，对鸳鸯蝴蝶派做出客观公正的评价。

三、如何看待冯玉奇的小说

我们澄清了以上有关鸳鸯蝴蝶派的三个问题，等于为介绍冯玉奇的小说提供了一个坐标，也等于为读者提供了一把参照标尺。读者用这把标尺，就可自行评判冯玉奇的小说了。

　　冯玉奇于 1918 年左右生于浙江慈溪，笔名左明生、海上先觉楼、先觉楼，曾署名慈水冯玉奇、四明冯玉奇、海上冯玉奇。据说他毕业于浙江大学（一说复旦大学）。1937 年九一八事变后寄居上海，感山河破碎，国事蜩螗，开始写作小说以抒怀。其处女作为《解语花》，由上海春明书店出版。出版后旋即由东方书场改编为同名话剧，演出后轰动一时。那时他才十九岁。由此一发而不可收，至 1949 年 7 月《花落谁家》出版，在短短十来年时间里，他创作的小说竟达一百九十多种，平均每年近二十种，总篇幅应该不少于三千万字，只能用"神速"来形容。这时他只有三十一岁。近现代文学史料专家魏绍昌先生（已去世）所编《鸳鸯蝴蝶派研究资料（史料部分）》（上海文艺出版社 1962 年 10 月出版）开列的《冯玉奇作品》目录只有一百七十二种，也有遗珠之憾。不过我们从这一目录中仍可确定冯玉奇是一位以写言情小说为主的通俗小说作家，因为在一百七十二种小说中，言情小说占有一百二十二种，其他小说只有五十种：社会小说三十四种、武侠小说十四种、侦探小说两种。

　　冯玉奇不仅是一位写作神速且极为多产的通俗小说作家，还是一位热心的剧作家和剧务工作者。早在他二十六岁（1944 年）时，就担任了越剧名伶袁雪芬的雪声剧团的剧务，并为之创作了《雁南归》《红粉金戈》《太平天国》《有情人》《孝女复仇》五大剧本，演出效果全都甚佳。在他二十七到二十八岁（1945～1946）时，又与他人合作，前后为全香剧团和天红剧团编导了《小妹妹》《遗产恨》《飘零泪》《义薄云天》《流亡曲》等二十多个剧本，演出效果同样甚佳。可见冯玉奇至少写过十几个剧本。

　　冯玉奇一生所写的小说和剧本总计不下两百五十种，总篇幅可能达到四千万字以上，是名副其实的"著作等身"，是当之无愧的中国最多产的作家，号称多产的同派小说家张恨水也难望其项背。当时的文学作品已是一种特殊商品，冯玉奇的小说如此畅销，其剧本演出又如此轰动，这足可以证明其受人欢迎，这就是读者和观众对冯玉奇的评价，它比专家的评价更为准确，也更为重要。遗憾的是，我们无法看到他的剧作和三十岁以后的作品，也不知其晚景如何，卒于何年。

从冯玉奇的生活年代和创作时段来看，他显然是鸳鸯蝴蝶派的后起之秀，所以尽管他作品如此之多，影响如此之大，而同派的老前辈却很少提到他，这也是"文人相轻"的表现之一。

按说要介绍冯玉奇的小说，应该将其全部小说阅读一遍，但我没有这么多时间，也没有这么大精力，因而只向中国文史出版社借阅了《舞宫春艳》《小红楼》《百合花开》三种，全都是言情小说。因此我只能以这三种言情小说为例加以介绍，这可能会犯以偏概全的错误，因此只能供读者参考。

《舞宫春艳》写了两个纠缠在一起的爱情婚姻悲剧故事：苏州富家子秦可玉自幼与邻居豆腐坊之女李慧娟相恋，由于门第悬殊，秦可玉被其父禁锢，二人难圆成婚之梦。不幸李慧娟生下了一个私生女鹃儿，只好遗弃，自己则郁郁而死。鹃儿被无赖李三子收养，长大后卖到上海做伴舞女郎，改名卷耳。中学生唐小棣先是爱上了姑夫秦可玉家的婢女叶小红，不料叶小红失踪，于是移情于卷耳，但无钱为卷耳赎身，两人感到婚姻无望，于是双双吞鸦片自尽。

《小红楼》的故事紧接《舞宫春艳》：曾经被唐小棣爱过的叶小红的失踪，原来也是被无赖李三子拐卖为伴舞女郎，小棣、卷耳自杀后，小红才被救了回来，并被秦可玉认为义女。经苏雨田介绍，与辛石秋相识相恋而订婚。同时石秋的姨表妹巢爱吾也爱石秋，但石秋既与小红订婚在先，便毅然与小红结婚。爱吾为了摆脱难堪的地位，离家出走，下落不明。石秋奉父命赴北平探望二哥雁秋，在火车站被人诬陷私带军火，被军人押到司令部。可巧爱吾此时已成为张司令的干女儿兼秘书，便设法救了石秋一命。但张司令强迫石秋与爱吾结婚，二人既不敢违命，又固守道德，便以假夫妻应付。后来石秋回到家里，终于与小红团聚。

《百合花开》写了两个紧密相关的爱情婚姻故事：二十岁的寡妇花如兰同时被四十二岁的教育家盖季常和十八岁的革命青年盖雨龙叔侄俩所爱，而盖季常的十六岁侄女盖云仙又同时被三十六岁的银行家杨如仁和十九岁的革命青年杨梦花父子俩所爱。经过许多曲折后，终于两位长辈让步，盖雨龙与花如兰、杨梦花与盖云仙同场结婚。

由以上简单介绍可知，冯玉奇的这三种小说共写了五个爱情婚姻故事，其中两个是悲剧结局，三个是有情人终成眷属。这正如鲁迅所说："有时因为严亲，或者因为薄命，也竟至于偶见悲剧的结局……这实在不能不说是一个大进步。"其次，这三种小说的五个爱情婚姻故事，倒有四个是三角爱情婚姻故事，但它们的情况并不雷同。唐小棣、叶小红、卷耳的三角恋是一男爱二女，辛石秋、叶小红、巢爱吾的三角恋是两女爱一男，而盖季常、盖雨龙、花如兰和杨如仁、杨梦花、盖云仙的三角恋更为异想天开，竟然都是两辈嫡亲男人（叔侄、父子）同爱一个女子。可见冯玉奇极有编故事的才能，从而使作品更具吸引力和娱乐性。又次，这三种言情小说的描写极为干净，没有任何色情描写。除了秦可玉与李慧娟有私生女外，其他人都非礼勿言，非礼勿行。如辛石秋与叶小红因婚礼当天石秋之母去世，为了守孝，新婚夫妻在百日之内没有圆房。而辛石秋与姨表妹巢爱吾了对得起叶小红，虽被张司令强迫成亲，却只做了几天假夫妻。

从表现形式和艺术手法来看，我觉得冯玉奇的小说与当时新文学的新小说都受了西洋小说的影响，基本相同。譬如：两者都突破了传统小说书名的套路，不拘一格，尤其采用了一字书名和二字书名，如冯玉奇有《罪》《孽》《恨》《血》和《歧途》《逃婚》《情奔》等；而巴金有《家》《春》《秋》，茅盾有《幻灭》《动摇》《追求》。两者的对话方式也突破了传统小说的套路，灵活自如：对话既可置于说话者之后，也可置于说话者之前，还可将说话者夹在两句或两段话之间。至于小说的结构法、叙述法与描写法，更是差不多的。譬如人物描写不再是"沉鱼落雁""闭月羞花""倾国倾城"之类的千人一面，景物描写也不再是"落红满地""绿柳成荫""玉兔东升"之类的千篇一律，而加以具体描绘。这里随便举一个例子：

> 小红坐在窗旁，手托香腮，望着窗外院子里放有一缸残荷，风吹枯叶，瑟瑟作响。墙角旁几株梧桐，巍然而立。下面花坞上满种着秋海棠，正在发花，绿叶红筋，临风生姿，可惜艳而无香，但点缀秋色，也颇令人爱而忘倦。

这是《小红楼》对莲花庵一角的景物描绘，虽然算不上十分精彩，但作者通过小红的眼睛描绘了院中的三样东西——风吹作响的"枯荷"、巍然挺立的"梧桐"、正在开花的"海棠"，从而衬托出莲花庵幽静的环境，曲折地表明了时在秋季。频繁使用巧合手法是冯玉奇小说的显著特点，可以说把所谓"无巧不成书"用到了极致。巧合手法有助于编织故事，缩短篇幅，增加作品的吸引力等，但使用过多则时有破绽，有损于作品的真实性。冯玉奇的某些小说也采用了章回体，但只是标题用"第×回"和对偶句，"却说""且听下回分解"之类的套语已不再经常出现，因此并非章回体的完全照搬。况且章回体并非劣等小说的标志，它在我国小说史上发挥过巨大作用，产生过杰出的四大古典小说。因此用章回体来贬低冯玉奇的小说，也是毫无道理的。

冯玉奇的小说也有明显的缺点。它们与其他鸳鸯蝴蝶派小说一样，主要注重小说的娱乐性，而忽视小说的社会性和艺术性，因此没有产生杰出的作品。他是南方人而小说采用北方话，加之写作速度太快，无暇深思熟虑，导致语言不够流畅，用词不够准确，还有许多错别字和语病。还有使用"巧合"法太多,有时破绽明显,这里不再举例。

总而言之,冯玉奇既不是"黄色"和"反动"小说家,也不是杰出小说家,而是一位勤奋多产、有益无害的通俗小说家,他应在中国小说史尤其是中国现代小说中占有一席之地。

2017 年 6 月 4 日于北京蜗居

图书在版编目（CIP）数据

豆蔻女郎 / 冯玉奇著. — 北京：中国文史出版社，2018.3

（民国通俗小说典藏文库·冯玉奇卷）

ISBN 978 - 7 - 5034 - 9977 - 7

Ⅰ．①豆… Ⅱ．①冯… Ⅲ．①长篇小说 - 中国 - 现代 Ⅳ．①I246.5

中国版本图书馆 CIP 数据核字（2017）第 009879 号

点　　校：清寒树　　旷　野

责任编辑：牟国煜

出版发行：中国文史出版社

网　　址：http://www.chinawenshi.net

社　　址：北京市西城区太平桥大街 23 号　　邮编：100811

电　　话：010 - 66173572　66168268　66192736（发行部）

传　　真：010 - 66192703

印　　装：廊坊市海涛印刷有限公司

经　　销：全国新华书店

开　　本：720×1020　1/16

印　　张：18.5　　　　字数：237 千字

版　　次：2018 年 3 月第 1 版

印　　次：2018 年 3 月第 1 次印刷

定　　价：55.00 元